I0578586

桃花源

—— 云端涵养

李艺威

壹 嘉 出 版 1 Plus Books

旧金山 San Francisco 2020

桃花源 —— 云端涵养

The Peach Colony: Cultivated in the Cloud　(Chinese Edition)

©2020 李艺威 Li Yiwei

作者授权壹嘉出版®在美国出版发行

所有权利保留。未经书面许可，不得以任何方式复制、传播
All Rights Reserved, including the right to reproduce this book or portions thereof in any form whatsoever.

Print ISBN：978-1-949736-25-0

eBook ISBN：　978-1-949736-26-7

Library of Congress Control Number: 2020924764

出版人/Publisher：刘雁/Yan Liu

封面设计/Cover Design：Lan Gao

出版/Publisher：壹嘉出版®/1 Plus Books ®

定价/Price：US$18.99

美国·旧金山·2020 / San Francisco, USA, 2020

www.1plusbooks.com

電話/Tel：+1(510) 320-8437

電郵/Email：1plus@1plusbooks.com

目 录

序

2015年春夏之交，有幸拜读了柏拉图的《理想国》，惊讶于这位两千多年前的希腊哲人的思想竟到现在仍给人以启示和灵感。从那时起，一向对读书排斥的我，开始比较自觉和有规律地学习除专业以外的智识。在这段求索的过程中，我逐渐意识到：在工业革命以前，哲学及伦理学似乎经常对科学有引导或至少是辅助和约束的作用；但从此之后，尤其是进入新世纪以后，随着科学技术在短时间内的非线性的巨大发展，它开始反过来对哲学和伦理学产生强有力的冲击。许多以前显而易见或不言自明的规则变得模糊和具有争议性，若干以前被认为是最基本最重要的生命权力被弱化、被删裁、被交易或被重新定义。从人类整体的自由和幸福来看，很有些确乎是积极的；但若这种冲击趋于长期化和稳定化，我却开始忧虑了，并且越来越觉得有必要因循着既有科技发展的方向把自己置身在可以预见或是想象得到的未来的某种极端的时空中去思考一下，哪怕这种考量只是基于个人的极为有限的信息和短浅的见地，只要能引起一些人的注意，那么也是有益的。

在三十多年的生活中，我的家人和师友给予我无尽的关怀和教诲；在最近五六年的学习中，那些看起来并不能解决温饱问题的书籍给予我持久的光明和希望。这关怀、教诲、光明和希望时刻提醒着我，生存环境、物理特征和社会属性的变迁在所难免，而对理性和道德的信仰与追求才是人类存在的佐证和自我认同的根本；这关怀、教诲、光明和希望也愈发让我固执地认为，知识分子，只有在外部与内部的冲突中、在现实和理想的挣扎里，才能不太痛苦地活下去。

谨以此书向这些伟大作家及他们的伟大思想致敬，并把它献给我最亲爱的家人、老师和朋友们，尤其是我的父亲、母亲、外公、外婆、塞西尔女士和开尔文小朋友。

2020年12月12日

于美国西雅图

一

“我怎么了……”

“呃嗯……头好疼……”

“手……胳膊……脚……啊……感觉不到……”

李逐渐恢复了意识，企图开启对躯体的调控，但除了头脑以外，身体没有任何知觉。他挣扎了几次，终于放弃了。决定先重拾此前造成现状的回忆。

“……啊……对了……对了……我出了车祸……是星期五加班后回家的路上……唉……自从十五年前普及无人驾驶技术后，全球年均车祸数量才区区三位数，其中还包括不少轻生者，我这运气也是积累到可以再去一次拉斯维加斯了……周末哥们儿的生日派对肯定是去不成了……还有……还有下周的几个重要的电话会议……该死！下个季度升职的事可能要凉……

“想这些干什么……我甚至不知道自己死了没有…应该还没有，我能感到头疼……但或许这就是进入冥界的第一步，因为我的身体好像……眼睛！我的眼睛可以转动了，我还活着！

“天啊！如果就是这样，还不如去见上帝或魔鬼……”

生还的喜悦极速地被现实的残酷打破，李重新陷入到深沉的失落中。

“不过，无论怎样，至少我的眼睛应该还可以正常工作的吧，那就比完全的植物人好千百倍了，来试试睁开……”

这样想着，李似乎又开始觉得结果并没有那么糟糕。他把可以调动的所有力量都集中到眼皮上。乳白色的马赛克渐渐淡去，对灯光的刺激也慢慢适应过来。李转动着目光打量四周。

"这该是个医院的病房，我看到吊瓶和管子，一定是插在我身体的某些部位了，还有鼻子上的氧气罩，左侧有个闪烁的仪器，右边并没有窗户，想必是在头上或脚下的方向……啊，可以感觉到脖子在痛了，应该马上可以活动活动脑袋……"

"好像有人影在晃动，看来护士或医生已经发现我清醒了……唉，希望不要是位漂亮优雅的女士吧，别看到我这副模样……"

"怎么会想这个……也许一辈子都得待在床上与流食为伴了……啊！其实最不想的是让亲朋看到我这个样子……"

"粉色的……"

二

李被眼前正在关注自己的人惊呆了。她的皮肤，至少脸到脖子的皮肤呈现出一种桃花瓣的淡粉红色，还有一些隐隐约约的渐变。头发和皮肤是相同的色调，越伸向发梢的位置越发白（虽然目前不能完全看到她的头发）。但其实很难说她的头发始于何处，因为与其说那是头发，毋宁说那是皮肤的延展！李不禁想起了小时候看到的漫画《七龙珠》中的魔人布欧。不过，看起来她并没有攻击性，倒是对我的苏醒很高兴和关心的样子，这让李的心情变得平静下来。

"如果眼前这位外星朋友的肤色可以'正常'一点儿的话，还真算是个极标致的美人，但也许因了这特质，她会自动散发出草莓奶昔的味道，这样似乎更好……"

"请你严肃一点儿！"

"外星朋友"的眉头皱了起来，但嘴唇并没有动。李睁大眼睛看着她，觉得自己出现了幻听，或者还有什么其他人在场。

"是我在对你说话，但这是通过心语直接传到你的神经中枢的。"她回了一下头，"罗伊，快过来，目标已经醒了。"

"果然还有同伙啊……"李又开始有些惊恐起来。

"啊，太好了，不然我真不知道回去该怎么交待，刚才我还在想，也许以后很难有机会来现世了。"又一个粉皮肤出现在李的视线内，从面部骨骼和"头发"的长短以及"心语"的音调来看，这是个男性。

"别再挖苦我了，我记得已经向你道过歉了，我会完全承担责任的。第一次出来执行任务，下手有点重了。"粉红女士有些愧疚，并转向李，"很对不起，让你伤成这样，我不知道现世人的身体会这么脆弱，而且完全忘记了你们没有自我恢复功能，虽然罗伊提醒过我……不过你放心，等我们回去，你的伤会很快痊愈的。"

"好了，少说两句，目标情况非常不稳定，我们得快点儿。"罗伊显然觉得他的搭档有些浪费时间了，李确实感到又一阵强烈的疼痛袭来，细密的汗珠从发际线上渗出来。

"我们马上带你回去，你不必害怕，大概只要几秒钟的时间，会有些晕眩感甚至暂时性失去意识，但这是正常的。"罗伊平静而快速地说完话，从上衣胸部的口袋里拿出一个精致的黑色器件在李的病床上方划了一个圆，相应的空间即刻被撕裂开，出现了一个黑色的洞穴，里面不时透出些彩色的光。

"珍妮，你先进吧。"

粉红女士跳进了洞穴，瞬间消失了。罗伊把黑色的器件沿着李的身体轮廓画了一遍。李感到自己的重力缓缓地消失，朝着上方的洞穴移动。

"好了，伙计，我们待会儿再见了。"

三

李醒过来，慢慢地睁开眼睛。一阵清风掀开了床边的暗黄色窗帘，扰乱了房间的光影，使得它斑驳了起来。李下意识地朝反向微微转头，用臂膀遮挡着脸。

"我的伤好了！"李蓦然起来，双手到处摸着揉着自己的头颈、胸腹和腿脚。没有任何伤病的迹象，"难道是梦？"这个念头马上就被奇异的房间布置所否定。

这是一个正六面体的屋子，每个面都是透明的，但可以看到它是由许多蜂窝状的正六边形组织而成，立方的外面裹着一层封闭且形状随着时间变化的曲面，曲面与立方屋子并不相通。那被认为是"窗帘"的东西，其实是外层的曲面。李感觉好像被塞进了一个巨大的肥皂泡儿。小时候他曾在桌子上吹了一个，把逮到的蚂蚁包在里面，现在他竟然成了蚂蚁，还是被双层泡儿裹着的！

曲面虽然呈暗黄色，但也是透明的。李可以清晰地看到外面的景色。通过与地面上的树木、行人的对比，显然自己的房间应该是处于九层或十层的高度。透过地板和其他的"墙壁"可以看到其他的"肥皂泡"，它们各有自己的色彩但都是不透明的。

东张西望了很久，李才注意到自己的"家"里什么陈设也没有，只有身体下面这张白色镀金边的云彩床。李是有些恐高的，他本想下来走走，可对这透明的地板实在不太放心，就俯着身子，用手敲一敲。"还好，是硬的。"李有了一些信心，就用手掌使足劲按了按，发现仍然没有什么异常。"要是地板不透明就好了，算了，无所谓，反正足够坚固。"李一边小声嘀咕着一边坐起身子。这时，他的面前逐渐伸展开一个淡蓝色的对话框，其上弹出一段金黄色的字："您是否需要将地面非透明化？"

李吃惊地看着眼前发生的一切，环顾四周，"没有发现摄像头……唉！高科技嘛……这里的摄像头说不定也是透明隐身的"。在确信自己被监视以及所在的世界是比地球高等许多之后，李平静下来，对着问题说"是的"并点了点头。地板从床沿下方开始变成深蓝色并快速向四周扩展，只两三秒时间，整个平面就不再透明了，对话框也随之燃烧般消失了。李再次用手检验了地面的可靠性，然后起身转了个直角，跃下床。就在这时，一片和床极相似的"云彩"以更快的速度移动到李的双脚下，正好把他接住了。李被这突如其来的事件吓了一跳，下意识里还是想躲开飞来的物体，所以重心有些偏离，"云彩"好像知道他的心思一样，适时地调整位置，同时分裂出两片小云块，扶摇直上擎住李的胸口和一只臂膀，使李重新恢复了平衡，小云块回落到原位与母体相融。

"呜喔，这云彩真是棒极了！"李不禁脱口赞美起来，"要是能命令它移动就更好了。"话音刚落，淡蓝色的对话框就又出现了："您可以通过指令来操控筋斗云……"

"原来你叫筋斗云，那这个世界岂不是水帘洞？应该还住着一群猴怪！"李被这个名字逗得想笑，但强烈的好奇又让他把精神集中到对话框上。

"基本指令如下：（1）向X，X∈{前，后，左，右，上，下}　（2）加/减速（3）停（止）

"接受培训合格后，可使用高阶指令和通过心语操控筋斗云。"对话框再次如燃烧状消散了。

"啊，心语，看来我确实是被那两个外星人绑架了。

"好吧，既来之，则安之，让俺老孙来驾驭你吧。

"冲啊！筋斗云！"

白色的云彩纹丝未动，淡蓝色的对话框像地板不透明化一样又扩展出来：

"请使用基本指令

"基本指令如下：……"

"Common on！ 就不能灵活一点儿吗？"李因为在那些"正在监视"他的人面前耍帅失败有些恼羞。对话框上立刻出现了新的字迹："接受培训通过后，筋斗云与操控者之间才可开启互动模式。目前请使用基本指令。另外，您不叫'老孙'。"

"靠……"李简直不知该给出什么表情，感觉有点儿进入二次元黑色幽默漫画的味道。

"不，不，不，我现在倒更觉得有点儿像被带进了电脑游戏世界，比如《金庸群侠传》之类的里面。

"看来得打怪升级招队友了。

"可我不仅不会野球拳，连出去的门儿都没有。

"这是 Legendary level 吗，还是系统 bug？

"能重玩吗？

"……

"……

　　"唉……好吧……

　　"筋斗云，向前！"

四

　　不到十分钟的时间，李就可以比较熟练地运用基础指令来指挥云彩的移动并同步保持重心而不再需要小云块从母体裂变出来辅助了。这也让他的兴趣迅速地退去。

　　"天啊，不知道要被困在这里多久……

　　"这里空空如野，除了云彩，不被饿死渴死，也要无聊死了……"

　　淡蓝色的对话框在这段牢骚过后又适时地出现了："您是否需要在房间内添加物品，或改变房间色彩？"

　　"妙极了，那么，先在对面的墙壁附近放个皮质的双人沙发吧。"

　　话音未落，从远端的地板下不断升起金黄色的细沙状的流束，再通过墙面进入房间，在指定的位置铺展形成与李想象中一模一样的沙发轮廓，填充，最后颜色和质地也变得相互协调，流束消失了。整个过程只有几秒钟时间。李迫不及待地让筋斗云向前，围着新家具的边边角角仔细打量和摩挲。

　　"Unbelievable！"确认其实在性后，李干脆挤进了松软的皮垫子里，伸了个舒服的懒腰。

　　"这实在太有意思了！既然如此，那就多变出一些来吧，把这里布置得更像是在地球上的家。"在接下来的几分钟时间里，原本空荡荡的立方体被装点得丰富充实，桌椅、书柜、衣橱、灶台，以及电视、电脑、微波炉、冰箱和空调，等等——虽然李并没奢望它们能通电使用和上网播放节目——甚至还搞出了一个小隔间放马桶和盥洗池。地板变成了木质的（至少从视觉、嗅觉和触觉上），外层曲面的色彩被调得明亮了一些，立方体的其他五面除了留下窗户和门的位置以外都变成了不透明的白色。

　　就在李思忖着如何在床边摆些花草植物，以及是否可能造出只哈士奇的时候，靠近沙发的正方墙面的右下端空间发生扭曲，进而形成了一个长方形的开口，从中走进来两个四肢和腹部缠绕着筋斗云的人。出于本能李向后退了几步，聚精会神地关注着眼前发生的变化。

　　"你好啊，李！"

　　"原来是之前在医院病房里的那两个草莓奶昔……"李的心情平静了一些。

　　"还是这么失礼！"

　　"啊，对了，你们能听见我的想法。嗯，抱歉！但我并不知道你们是谁，为什么带我来这里？而且未经我的允许，还把我撞成了重伤！"李忽然想起自己是被绑架来的，情绪陡然变得消极起来。

　　"对不起，对不起，"草莓奶昔先生微笑着说道，"你现在有许多困惑，过会儿我和其他人会告诉你所有你想知道的事情。先做个介绍吧，我叫罗伊，她是珍妮。"站在他近旁的草莓奶昔女士朝李挥了一下手，但似乎因为李对自己的不当称呼有些生气，但眼神中倒还带着些许内疚。

　　"我们看到你的房间颜色变化了并且有阿尔法碳沙被调动，就知道你醒了。如果你没有什么其他要紧的事情，那请允许我们带你到地面上走一走，大概两小时以后，要在中心广场集合。"

　　"我非常乐意参观一下你们的世界，如果这之前我无法说服你们带我重返地球的话。"

　　"对了，有一个比较重要的问题，那个对话框似乎并不能帮我合成食物，它说这里根本没有食物和饮用水。老实说，我可不想被饿死或渴死在这里。"

　　"看起来你和'云端'玩儿得有点过火了，"珍妮显然被李的低级问题逗乐了（这让李有些不满），"你竟然没有观察一下自己的身体吗？呵呵。而且到现在也没让'云端'给你设计一套行头？"

　　"啊？！"

五

李这才意识到自己的确被新世界里的各种奇妙功能迷住了，而没有好好检视自己的身体状况。听到珍妮的话，不由得赶紧用手捂住自己的下体往卫生间里躲。面对着'云端'制造出来的镜子，李简直不敢相信自己的眼睛：他除了容貌和身材以外，完全和罗伊是一样的了！而且……

"这是怎么回事？你们都对我做了什么！"李顾不上遮羞就怒气冲冲地踱出来，"为什么把我变得和你们一样！我并没有同意这样做！而且我觉得这比以前的我难看多了！"李实在控制不住自己的情绪，快速在房间里走来走去，手臂以最大的幅度和力度挥舞着，声音也愈发响亮甚至颤抖了。"更、更糟的是，是，我居然被你们物理阉割了！你们……你们……"强烈的怒火使李的脑袋有些晕眩，一时竟想不到该用什么难听的词句来谴责这些残忍的强盗。

珍妮和罗伊平静地听着李的宣泄，看到他的情绪稍稍稳定了，罗伊先是叫出了'云端'给李设计了一套和自己类似的略带淡粉的金镶白玉衣（和筋斗云的色调非常协调），然后走到仍因愤懑而喘着粗气、与他们怒目相向的李身边，用略带同情但非常坚定沉着的声音说道："伙计，对于没有争得同意就对你的身体进行改造，我们真诚地道歉，你刚才的情绪波动，我们非常理解，如果换作是我的话，也许情况会糟得多，说不定我会直截了当地上去把改造我的人揍一顿。但你的善良和理智终于占了上风，而且这个过程很迅速，因为你知道我们至少到目前为止看起来并不邪恶，而且你心里应该还有很多问题等待我们的答案，这充分说明'云端'的选择是正确的，我们也对你的表现感到满意，不，应该说超过预期，相比于另外的目标……"

"还有其他地球人被带到了这里？"

"是的，我们先不谈这个吧，等会儿前往中心广场的途中我会向你详细说明的。

"你应该还记得来这里之前发生的事故，是的，珍妮现在仍在为这失误处在愧疚当中，如果你不能原谅她的话。

"当时你伤得很重，通过现世，嗯哼，就是地球，是这个名字吧，通过地球上已知的材料和手段已无法让情况好转。更准确地说，你会死。所以我们不得已在未经你允许的情况下，对你的身体进行了迅速的重新碳化，就是把你的身体结构和材质变成和我们一样。不过所有来到这里的地球人都会最终同意身体被改造的。""至于，至于，你说的，嗯，物理，嗯，阉割，这个词真是不容易说出口……"罗伊的脸上划过一道窘迫并以仅够让在场的三个人听清的音调快速念过这个词。"在这里，大家实际上是没有性别的。"

"什么！"李不禁睁大眼睛。

"是的，我们并不是靠你们的那种生殖器官的接触来繁衍后代的，你看，"罗伊一边说一边通过云端抹去自己的衣服，"我和你是一样的。"

"啊，的确如此。"

"珍妮也是，当然我们保留了现世男女性的胸部外围轮廓、发型以及最主要的四肢结构，为了让新来的现世，嗯，地球人的视觉感受更亲切，毕竟这里值得惊奇甚至恐惧的东西已经够多了。至于男女性的生殖系统，确实没有必要，而且并不典雅，在生活中也有一些细小的不便，所以被删减了。

"不过你可以放心，等到你被允许回到现世并且你也确实有此意愿的时候，我们会把你变回原来的状态。我是说，原来健康时的状态，而且你之前在现世，哈哈，你瞧，我总是忘记应该说地球，请允许我用现世吧，谢谢。之前在现世的一切身体上的疾病伤痛都会消失。当然如果你是身有残疾或其他先天的病患，这个我们是无能为力的。"

"准确地说，不能叫无能为力，对吧，罗伊？"

"哦，是的，不过这解释起来有点复杂，我们待会儿可以边走边说。至于饮食，我们的确爱莫能助了。其实，这里的人是不需要进食的，我们的皮肤可以直接转化环境当中的能量为己所用，主要是光能，这很像现世里植物的光合作用，不过比之更有效率和更多元化。李，你已经被重新碳化，身体构造已与我们无异，自然不必担心因无法喝水吃饭而衰竭。

"不知道我的这些说明是否让你满意，并且能够暂时消减对我们的敌意？"罗伊微笑着注视着李。

"是的，我现在心里好些了，我也可以原谅你们施予我的暴行，毕竟你们承担了责任并医好了我，而且让我有机会看到了这样神奇的世界，虽然这并非出自我的意愿，但如果你们提前对我有所暗示或说明，我想我多半也是乐意跟从你们的。可为什么会选择我？我只是一个再普通不过的地球人，没有高超的运动天赋和聪明的头脑，也没有什么值得一提的社会地位或物质财富，更不是什么达官显贵的亲属，为什么会选择我？"

"这是你目前为止提出的最好的问题了，"珍妮高兴地说，"谢谢你的宽容，我现在也感觉好多了。"

"好吧，伙计，如果你不介意的话，我想我们可以在路上慢慢聊这个问题，它的确涉及到这里的方方面面，以及与现世的联系。"

"当然，我已经迫不及待要出发了。"

六

罗伊从口袋里掏出了那个打开新世界大门的黑色器件，拇指轻轻地抹了一下，瞬间正方的墙面外再次升起金沙流束，形成了一个长方体隔间，墙面与此隔间相接触的矩形由中间裂开，像门板一样打开。李紧跟着珍妮和罗伊乘着筋斗云飞入隔间。门板重新关闭将隔间密封，多余的金沙将墙面填补完整。与此同时，外层黄色的曲面逐渐向隔间与立方体房间的空隙外内凹，多出的曲面面积由金沙补充。当曲面最终一分为二，金沙也恰好使用殆尽。他们三人像坐电梯一般并排着缓缓下降。下方邻近的立方体和曲面随即向外平移让出空间，等"电梯"顺利通过后，它们即回复到原来位置。李兴奋地观察着发生的一切，上下左右前后地看，就像《红楼梦》里进贾府的刘姥姥，或是第一次随父母来城镇赶集的乡下小孩子。

珍妮忍不住地笑起来。"啊，请别见怪，"李有些不好意思，"这对于我来说实在是太神奇了。"

"当然，当然，我并没有想嘲笑你，在我成长的过程中，也对每天新学到、新看到的一切充满了好奇和欢乐。看到你的样子，就想起了我们小时候，虽然很短暂但非常非常美好。人们回想起或感受到美好事物的时候，怎么能完全抑制住内心的喜悦而不高兴地笑起来呢！"

李也被珍妮温暖的话语所打动，油然升起一股美妙的情绪。

"但据我所知，在你们现世，尤其是从事政治、军事和商业的人，都会强调喜怒不形于色，甚至为了达到一些不可告人的目的而表露出与内心完全相反的情感，"罗伊说道，"我曾经进行过尝试，大概可以暂时性地减弱情绪的外泄，但完全封闭至少对我来说还是非常困难的；至于采取相反的态度，那简直是不可能的！而且现世的很多人都会为进行这种训练和最终成功地掌握其中的诀窍而感到荣耀，这才真是神奇的事情！"

"请不要这么说吧，"李对罗伊话中带有的苛责（如果有的话）有点不满，"如果你在地球——在现世，你们是这么称呼的吧——生活过，你就会知道，'不以物喜，不以己悲'是很高的精神境界。另外，关于表露与内心感触不符的情绪是好是坏，也是应该依循特有状况而定的。一般情形下，口是心非的确是最可被谴责的行径。但比如面对重病的自己亲爱的人时，难道不应该忍受住强烈的悲恸，而在他们的面前表现得乐观并加以安慰、鼓励，尽量从精神上为他们减轻压力和痛苦吗？国家间的邦交和国家内部的政治治理当中，时常只能运用一些看起来或至少短期内看起来不那么民主或平等或正义的方式，来达到为最大多数民众的长久福祉的目标，这样的微妙时刻，执政者又怎么能轻易莽撞地表露出所有的想法呢。毕竟民众大都只能看到短期的利益，就好像尤瓦尔·赫拉利书中开头所介绍的没有经过认知革命的原始人类一样，即使你告诉他放弃这棵挂满果实的香蕉树或是把它让给别人，就能在不久的未来进入天堂，他也是不会同意的，甚至因为你的不断劝说而大动肝火，招呼伙伴把你打翻在地。"

"罗伊，我们的朋友已经有些不高兴了，"珍妮向罗伊皱了皱眉，"的确，刚才你说话的语气里似乎掺杂了一点这里的优越感，这样可不太好。"

"哦，你说得对。很抱歉，我并不想有所冒犯，也从没想过自己比谁更优越因而趾高气扬。你的话在现世中的确很有道理，不然大家也不会赞扬那种表现，而且的确是应该因事因人而异的；但在这里，一个发展到更高阶段的世界，请允许我这样说，并且我保证并没有任何恶意，这种信条似乎无论在什么情况下都是不太适用的了……"

"好了，罗伊，还是让我来向他解释吧。虽然李已经变得和我们没有差别，但现世中的争强好胜还是留存了一些的，而且你刚才也无意中有所冒犯，他对你的话的接受程度总会有折扣的。"珍妮边说边把李拉到自己一侧。

"李，就目前你的所见所闻，应该不会否认罗伊刚才说的话，即我们的世界，至少在，那个词怎么说来着，对，科技方面，远超过现世，是吧？"李点了点头。"嗯，在接下来的一段时间里，你将有机会亲身体验这里的一切细节，尤其是体验到我们的成长过程。那时，你就会了解，不光是科技，在其他的层面上，这里都代表着更高的阶段。也许这就是现世的未来， 如果现世人能够及时地克服自身外在和内在，尤其是内在的固有缺陷的话。这个你以后就会了解到，玄易师父会非常高兴为你做详尽的介绍，他很想见见你……"

"什么易师父？"

"啊，你不久就会知道了，但现在不谈这些吧。我们还是回到刚才你们讨论的问题上。不过这之前，也许你更愿意先'呼吸'一下新鲜空气。虽然我们并没有呼吸系统。"

"什么……"李还没有完全把问题说出来，就知道了答案。

"当然，我们的鼻子仍然扮演着气味探测器的角色。"

他们的电梯已经下到了地面，移动出建筑群，外层的曲面和内部的矩形墙面变成金沙向四周迅速散去。整个新世界完完全全地展现在李的眼前。

"欢迎来到桃花源！"

<h1 style="text-align:center">七</h1>

在立方体内部的时候，李只是向外粗略地扫过一眼，又因被暗黄色的浮动曲面隔开和楼层较高，最初的印象是比较模糊的。房间内部的奇妙事物层出不穷，后来又跟珍妮和罗伊讨论，李没时间仔细地打量这新大陆的全貌。直到他们来到地面，随着"电梯"的沙化消解，李才开始真切地打量眼前的世界。

　　整个画面被温暖的浅橙色天空——阳光的漫散射——所笼罩，太阳则被一片高地遮挡，上面缓慢飘动的筋斗云，和起起伏伏且随着这起伏逐渐由淡粉到白再到淡粉变化的大地覆盖——那是层层漫漫的桃花的海洋，树上的、地上的，还有被和风吹散在空中随着气流漫天飞舞……李约略向前走了几步，仰着头转身向回看，天空渐渐变成如地球上一般清澈的蓝色，一弯浅浅的月亮似乎刚从远方的地平线上懒洋洋地冒出头来，个头大概有地球上见到的三倍，其上较大的陨石坑的轮廓也看得更清楚些。这时李的目光落在了他刚才居住的建筑上。

　　巨大长方体结构，由一个个互不相连色彩各异的曲面组成，但曲面都是不透明的。李基本上了解到，每个曲面都是单向透光的，而且里面都应该有一个悬浮的立方体房间。整个建筑大概有三十个立方体的高度和十个立方体的长度。建筑之后，隐约有些闪烁的波光反射回来，那应该是湖或者海吧。邻近的道路是由金色和白色的沙子铺成的。李走过去顺手抓起一把，这似乎比地球上的沙沉一些，非常细腻，在地球应该只有顶级的海滩才享受得到。李把沙子撒回原处，正想拍一拍手上的余留，那些沙子就好像提前知晓了人的心思一样，自动从手边散去，和刚被李撒落在地上的沙子延展铺平成原状。因为之前看到过沙束流动重组的情景，李这次倒不是很惊讶了。他重新站起身，回到珍妮和罗伊旁边。此时，路上过来一队机器人。是的，从外形就看得出来，和地球上科幻电影中的机器人外形比较一致。它们安静而快速地通过这条沙路，头上以同样平移速率整齐排列着数量大体相同的筋斗云和其上托载的物品。

　　"哦，是罗伊和珍妮啊，你们好！"

　　李朝着心语声音传来的方向的沙道一侧望去但竟没有看到-什么人。"天啊，难道这里还有隐形人，或是哈利·波特的隐形衣吗？"

　　"我们在你们上面呢！"

　　李抬起脑袋，看到了三个乘着筋斗云的人。"啊，我真笨，有这么神奇的交通工具，当然不用规规矩矩地沿着路走了。"李心里想着，"这样看来，沙道大概是专门为机器人设计的了。"

　　"这位一定是你们带回来的现世人了，你好啊！你的推理能力还真是不赖呢。"来人边说边降落到地面上。

　　"你好啊，诺威！你好，凯瑟琳！"罗伊和珍妮向他们回礼道，"这是李，在现世Doodle公司的工程师。"

"你在Doodle就职啊，久仰，久仰！我是周鹭迪，博雅大学的物理学、文学与哲学院教授。叫我周好了。这里的人似乎只有一个名字，没有姓氏。他们会选择我们的姓或名中比较简单的那个做称谓，我开始还不是很适应，不过想着入乡随俗，而且名字之于人也就不过是用来加以区别的符号罢了，倒确实没大所谓。"

"您好！我才应该说久仰的。博雅可是全球最好的十所学校之一啊，还能在那里身兼三职，而且是完全独立的学科，真是了不起！噢，我叫李昀燊。是Doodle的二级软件工程师，入行八年，但是两年前才转到Doodle的。我的能力并不算出类拔萃，能来Doodle 工作是面试时候有一些好运气吧，再加上可能比别人的工作经验多一点，不过……"

"哦，你太谦虚了，"周一边说着一边迅速把目光转向了罗伊和珍妮，"啊，你们好！来到这里真是眼界大开，感触颇多。希望我们能增进交流，我也想好好学习学习桃花源的先进理论和技术。"

"我们待会儿在广场再聊吧，"凯瑟琳说道，"现在得带着我们的客人沿途转一转，他很有潜力，提的问题很有洞察力。要完整清晰地一一解答还有些不容易。"凯瑟琳和诺威脸上洋溢着成就感。他们三人挥手道别，重新升起了筋斗云。诺威折回到罗伊与珍妮身边，兴奋地小声说道："周是这届新人中唯一的'贤者'呢。真是令人期待。好了，一会儿见。"他转身追上了伙伴，三人向着广场的方向远去了。

"天然的'贤者'！好像已经有四五届没有出现这样的人了！"珍妮显然被刚才诺威的话所震惊，"确实很想看看他在接受培训以后会强到什么程度。"

"是啊。"罗伊的目光仍然停留在周的背影上。

"啊嗯，抱歉，你们谁能解释一下'贤者'这个词。"

"对不起，竟忘了这事，是这样的…"

"罗伊，让我来说吧，"珍妮显然有些激动，看到罗伊点头，就迫不急待的向李说道，"每隔十五到二十年，云端会列出一份现世人的名单。他们就是被选中来桃花源接受培训的人，这些人都是现世精英中的佼佼者。即便如此，云端仍会给这些站在金字塔尖上的翘楚进行再分类，最普通的一级是'凡俗'，能力更强的是'君子'，而最上等为'贤者'。桃花源的人也是按照相似的标准来分类的，不同之处在于，我们的标准更严苛一些，毕竟土生土长且接受过这里教育的人至少平均来讲，在心智方面，确实胜过现世人。另外，还有更高的一个层阶"玄"级。一般来说，刚被招募的现世人是极难达到'贤'级的，即使是按照给现世人的衡量标准。一般都是"君子"，也有少数是更低一级的。"

"原来如此，怪不得你们会对周感到惊讶了。"李立刻有了一股崇敬和羡慕的情绪，"快百年地球上才出这么一位啊。真厉害！"

"是的，"罗伊说道，"但我们所说的能力，并非完全等同于这个人的智力水平和知识储备，或仅与此二者有关的潜能，品格也是同样，甚至是更重要的一个参数。但是……"罗伊皱了皱眉，但很快就恢复了原有的平和与开朗。"啊，我怎么能用自己的方式来评判呢。"

"方便问问我和你们都是属于哪一级的吗？"李转而开始好奇自己和两个同伴了。

"啊，我和罗伊是'君子'。当然每个总类里还会有一些细致的小类。我是'君子'里比较居中的，罗伊则非常接近'贤'，你刚才碰见的诺威和我差不多，凯瑟琳则与罗伊相似。李，你，嗯，你，"珍妮有些犹豫，"你不用感到自卑的，这里有很多很多人通过教育阶段的学习，最终上升了一个甚至两个级别，我的一个好朋友杰森就是凭借自己的努力而从'君子'达到了'贤者'的程度。"

"谢谢你，珍妮！"李现在反倒释然了，"不用为我担心。我本来就觉得自己的能力有限，能被选中已经很让人惊奇了。若是被判定为'君子'，我倒真觉得你们应该好好修缮一下云端了。"

"李，你也不能太看低自己，"罗伊的语气完全没有安慰的感觉，"虽然我们接触的不多，但我和珍妮仍然觉得云端对于你的选择是正确的。我参与过四届的招入工作，珍妮虽然是第一次参与，但她也同很多前届的学员有过长期的沟通与合作。你的潜力是相当不错的，虽然现有能力平庸，但只要你一直保有乐观向上的精神，就一定可以释放出自己的潜能。我想这也是玄易师父希望见到你的原因了。"

"谢谢你，罗伊。你们说的玄易师父应该就是'玄'级的人物了吧？"

"是的，桃花源大几百年才能出现一两个'玄'级的大师。玄易师父是还在世的最年长的一位，已经有七百一十一岁了，体力和脑力都在逐渐下降，但经验和品格仍是这里最棒的，他是教育系统的总导师；另一个是玄悲师父，他是最近出现的一个'玄'级师父，二百三十五岁，仍然处在个人能力的巅峰期，一直担任桃花源每次最高级临时统筹委员会的委员和主持。"

"我想玄易师父一定是搞错了，比如应该是一个和我同名但比我优秀的现世人，要不就是把名字记错了，应该是周才对。"

"玄一级的师父从来不会出错的，"珍妮似乎被李的言论冒犯了，心语的声音提高了几分贝，"他说是你就是你嘛！至于周是不是也被选中，这个我们不得而知。当然，我想是肯定的。

"好了，李，让我们回到刚才讨论的话题吧，我得赶快给你普及桃花源的常识。我们说到了'口是心非'，你举了一个关于生病的例子，对吧？"

珍妮稍稍停顿了一会儿，看到李回想起了在'电梯'中的对话并已经足够关注，就继续说："在桃花源，我们是不会受到伤病困扰的。更确切地说，我们不会生病，如果发生某些事故而受伤，我们的疼痛感觉会自动被抑制，而且伤势会痊愈得很快。就像这样。"珍妮托起李的右手，身旁的罗伊不知什么时候又拿出了那个黑色器件，顺势朝着李的腕部猛地划下去。顿时腕部亮起一道光环，并沿着这个环分裂成两段，李的右手变成了沙束流落到地上。

"啊！"李惊得说不出话来。但马上他意识到，自己并没有感到丝毫的疼痛，但脑神经的确一直接收着从伤口处传来的信号，那个感觉有点像打了麻药以后身体在被进行手术。但很快地，另一股沙束便通过李的脚和腿流到小臂并逐渐复原了右手。

"李，你看到了，这就是我们的身体构造。桃花源在很久以前就掌握了这项奇特的人体改造技术。"罗伊收起了黑色器件，"我们边走边说吧。现在时间尚早，也许我们真可以走一走，而不借助筋斗云。"

"当然。"

"我也没意见。"

八

罗伊通过云端暂时解除了筋斗云的交通运输功能，而只是飘浮在他们身旁或头上。他们三人沿着沙道附近被桃花瓣覆盖的草坪慢慢地向着中心广场的方向走去。

"罗伊，请继续为我讲讲你提到的技术吧。我有一种莫名的感觉，就是这项技术应该非常重要，很可能改变了这里人们的生活与思维方式。"

"你说得不错。我们的祖先大约在五万年前发现了一种新型元素，它和现世的碳元素很有些相似度，所以被命名为'碳阿尔法'。它和碳一样有四个化学键，以及许多能相互转化的同位素，可以形成极其坚固的类似现世的金刚石的正四面体结构，也可以组成任意长度的柔软链状或网状结构。最重要的三个特点是：它可以变得非常惰性，不会像碳那么容易氧化；它可以高效地存储、传递和转化能量；另外由它组成的一些特定结构可以产生可调节的相互斥性。所以它既成为替代碳来制造生物体的保障，也可以用来做一些应用器件或它们的核心部分，比如你刚才居住的立方体建筑和我们的好搭档——筋斗云君。

"在此基础上，我们进而又掌握了快速解链和重构的反应操作。这就是你看到的，无论是我们的身体还是房间里的物品都可以变成碳阿尔法的沙束或由沙束重新组成身体器官或应用器件。

"紧接着，这里的人们又发现了碳与碳阿尔法之前的相互转化反应：阿尔法化和去阿尔法化，以及这两种反应的有效催化剂。你被我们带回桃花源以后，因为伤势过重，所以我们迫不得已紧急对你的身体进行了阿尔法化。

"因为碳阿尔法相对于碳的绝对优势，我们的祖先决定在桃花源进行大规模的阿尔法化。意想不到的是，这项运动带来了一个巨大的副作用，就是由碳组成的东西，包括生物在内，结构变得越来越不稳定。直到这个空间被完全阿尔法化以后，如果有碳结构的物质，比如现世人或现世中的钻石等，在这里的存留时间都不会超过两年。"

"也就是说，大规模的阿尔法化使得桃花源的环境中出现了某种慢性的阿尔法化的催化剂。"李回应道。

　　"是的，我们的祖先在那项轰轰烈烈的环境革命中应该是合成和释放了大量的快速催化剂。而这些催化剂并没有随着时间的推移而完全分解掉，而是变成了一种更稳定的慢性催化剂留存了下来。"罗伊示意珍妮继续他的解释。

　　"与此相反，在现世当中，碳阿尔法变得更加不稳定。也即由碳阿尔法组成的物质会在不长的时间内衰变为碳元素。这也可以看作是两个不同空间所组成的大系统的某种守恒吧。同时，也注定了这两个空间完全不同的发展模式和发展速度。"

　　"嗯，我开始有些明白了。"李极力地把自己接收的新知识进行编排整理，并组织好自己想要从中得到且希望得到两位伙伴证实的一些推论。"也就是说，既然碳阿尔法可以有效地自行解决能量问题，我们的身体内部也就没有必要再形成如同现世人那般复杂而脆弱的脏器和系统了？"

　　"完全正确。"珍妮对于李的理解力感到满意。

　　"啊，其实，我也只是猜测，而且你之前说过我们不需要呼吸的，所以自然就没有像现世人一样的呼吸系统，至于其他的器-官和系统也不过是进行能量的运输和转化，所以应该也就没什么存在的必要了。"

　　"是的，但准确来说，碳阿尔法还是在我们的身体中形成了两大类不同的系统——也即对应着两种完全不同的拓扑构型。一个系统是类似于现世人的神经系统，主要负责感知和思维；另一个系统则是负责所谓的新陈代谢和物理运动。

　　"因为碳阿尔法的这些优势，我们无须饮食排泄，这样就不用像现世人一样对环境进行大规模的破坏；我们不会生病，休息的时间也会大大缩短。"

　　"我突然有个问题，依照你们刚才所介绍的，那岂不是这里的居民都是永生的？如果是这样，你们自阿尔法化革命以来，不应该到现在只存在两个'玄'级师父吧？或者'玄'级的人也会变成低级别的人，就像罗伊刚才说的，玄易师父的能力在逐渐下降？另外，你们的人口数量岂不是一直都在增长？应该还是会死亡的吧？"

　　"我们本来是想等到在中心广场举行仪式的时候再向你介绍这个事情的，"罗伊说，"没想到，你这么快就想到这个问题。那么，我们不妨提前做个说明吧。"珍妮在旁边欢快地点点头，罗伊便欣然地让她继续介绍。

"的确，如你所说，经过阿尔法化后的桃花源居民是可以永生的。但我们并不想这样。对于私人而言，这里的世界是有限的，一个人的理解力也是有限的，最终在某个有限的时间点，总会感到生命继续的无意义。对于整个群体来说，保证健康向上的发展是最重要的事情，这也是为后来的人们能够拥有更大的能力、达到更高的生命境界的基石。所以桃花源设定了被动死亡的机制。"

"也就是说，每个人都会在某个时间点被杀？这真是太疯狂了！"李简直不敢相信自己听到的这些话，"人的生命权应该掌握在自己的手里，不是吗？如果他不想死，为什么要强行把他消灭？我实在无法理解。你们这里的人都文质彬彬，科学技术也相当了得，但似乎政治体制并不怎么先进。"

"李，你确定人的生命权完全掌握在自己的手里吗？你的出生本身就是被动的，当然，你可以说这是没有办法的事，因为出生之前，根本就没有能做决定的'我'。那么，在你生活的过程中，难道不也是在不断地与周围的环境和其他同类进行着妥协和形成着关联吗？到自己想要结束生命的时候，不是又会有许许多多认识或不认识的人坚持着让你活下去吗？你们的生命权从来就不曾完全地属于过自己。"

"但我们那里，很多国家已经允许安乐死了。"

"是的，这对于你们来说的确算是一个进步，至少在生命的最后时刻变得有尊严了。但我们这里也是一样的，而且是整个空间都可以——在达到条件之前，如果有人决定离开，他就有权这样做，我们也会欣然帮助他。问题的关键在于，现世人的寿命是有限的，而这里却可以是无限的。如果你选择毫无价值却仍无限地活着，那么你与死亡又有什么分别？再想到其他潜在的新生命也因此而无法开始他们的旅途，并得不到这过程中绽放的、属于他们的光芒，难道这种活不比死去更自私和卑劣吗？"

"你说得很有道理，但是把一个人恶劣的道德情操作为剥夺他生命的理由，那么制订这规则的人不也同样因剥夺他人的生命而失去崇高的美德，也应该被送上断头台吧？另外，如果一个人能够一直保持着学习的自觉——这一点我想桃花源的居民尤其有着这样的生物学基础，那他就能不断地提高自己的生命境界以为社会做出更大贡献，那他也就不是'毫无价值'地活着了。"

　　"李，你的回答让我又一次惊讶，"罗伊说，"是的，刚才珍妮的后一个论点，似乎被你成功地驳回了。这其实不仅涉及到此处居民机体物理属性的问题，而且还关乎最根本的生命的定义和生命的意义的问题，的确不能用伦理道德或整体的社会意义来敷衍和评判，否则甚至还危险的，就像现世中出现过的集体主义或极权主义制度。个体的生命和整体社会的发展，两者的重要性是平行的。然而事实上我仍然要说，桃花源的这个机制是合理的。我们心里明白其中的道理，但解释起来有点吃力。我想，玄易师父会给你一个满意的答复，而且肯定比我们的全面精致又简捷明了。你不妨在此先把这个问题搁置下来。"

　　"好。"

　　"既然我们不会遭受伤病的折磨，而且是欣然地接受死亡的来临，那我们和我们的朋友们又怎么会感到悲恸呢。另外，这里的人们已经没有现世意义上的性以及与性相关的繁殖的概念，我们的湮灭过程中伴随着两个副作用：一是我们的思想，或者说文化基因补充给了云端，二是构成我们躯体的元素化归泥土，变为孕育后来人的营养。那些新的生命，无论是肉体上还是精神上都体现着我们的价值，这样一来，我们的死亡不就是荣耀和完满的吗。请用你的身体和心灵感受吧，这里的每一朵桃花，都保留着先辈们的光辉！"

　　"我不得不说，我开始逐渐认同你们的观点了，忽然觉得自己的内在世界被你们打开了一扇通向新天地的大门，我看到了它，并正向着它走过去。"李有些激动地说。

　　"是的，是的，我的朋友。这里会为你提供数不尽的知识宝藏，只要你愿意努力，它们就会被你拥有。"珍妮兴奋地回复道。

　　"至于你提到的另一点，即有时总难免需要用非正义非良善的方法来达到正义良善的目标，我们是不能赞同的，而且我们是非常自信这个论断的。至于个中的具体原因，实在抱歉，我又要让你暂时搁置，一并留给玄易师父了。这次'偷懒'绝非我们的释疑能力不足，而是时间有限，我们马上要带你了解桃花源人的日常工作了。"

　　"噢，太好了！这正是我最想了解的内容之一。不知道你们这里的企业和政府是如何高效和谐运作的？"

　　"你看，前面就到了，我们的'公司'和'机关'。"珍妮故意将这两个词提高了声调，接着就被自己的说话方式逗笑了。

九

　　桃花源中心区域的边缘已清楚地出现在李的眼前，这里建筑的主色调是现世Orange手机最传统的暗银色，建筑的周边空地以及建筑本身的表面都被绿色的植物覆盖着，有些是被一些特定的楼层环绕着，有些是像DNA螺旋状的盘绕着，有些是布满两个建筑之间的连接天桥。甚至在高低左右的空中，都浮动着绿色植被，它们时而围绕着某个建筑缓缓旋转，时而和周边的植物浮块融为一体或自我分裂成小块，时而与一两朵飘来的筋斗云轻轻触碰，云彩顿时变成缕缕的"水汽"，消散浸润在其中。这些植物都被精心地培养和裁剪过，颜色的选择也非常考究，虽然都是绿色，但由近到远，色彩的浓淡在有序地变化着，有些地方也会突然用迥然不同的绿色构成一些小而精巧的图案——大概应该是各个公司的标致吧，李这样想着。每栋建筑各有自己的独特造型，但整体上却又不杂乱无章，而恰恰相反，几十栋建筑组成的群体错落有致，似乎模糊地有个生动的形态。这些楼阁的共同之处与李之前住的立方体相似，都是悬浮的，而且很多都是分段悬浮，时常看到几个工作人员或是机器人乘着筋斗云从悬浮的两段楼层之间悠然飞过。楼宇之间常有从天而降的清泉，有的直落地面竟转瞬变作细沙或雾气，有些则被途中经过的植物和云彩一股一股地接住，开出淡粉或玉白的桃花，弥漫开镶金线的层层云纱，甚至腾跃出一条红色的鲤鱼，甩甩鳍尾，又钻入云朵中消失了。各种颜色、大小、品种不一的鸟儿和蝴蝶在云端枝头徘徊，时而飞到人们的肩头眉梢。

　　"桃花源的工作区域——天元阵，是一个正圆形，它的中央就是我们今天最终的目的地——花堃台，也就是之前所说的中心广场，是正方形的。在工作区域之外是我们的住地，其中之一就是你休息的地方——西贤馆，我和珍妮是你的负责人，所以这段时间会暂时与你同住一馆，但在不同的房间；之前见到的凯瑟琳和诺威他们，目前的住处是与以西贤馆和中央广场一线呈四十五度角的贞元精舍，也就是你们即将接受训练的地方。"罗伊边走边介绍道。

"所以，你们的居住区是按四十五度角平均分配在工作区域的周边的，对吗？"

"是的。在各居住区的中部和外围是连结成片的产业化园区，那是由云端操控的机器人的工作区域。"珍妮肯定地回答，"这些大体上就是桃花源大型基础设施的构成。所以这里是没有现世所谓的商业和政府的。"

"啊？！"

"嗯，这里并没有货币的概念。大家需要的物品可以随时由云端快速地制造出来。不再有价值的东西则由云端处理变为元素的沙束回归自然。

"这里没有战争，没有外交，大家都是同一个桃花源的居民，有事情有问题，通过把相关人员组织起来开临时会议商讨解决。如果解决不了，则需要更高级的临时委员会的讨论，拟定的裁决经全体居民表决通过，否则继续讨论修改，其间居民可自行结组草拟建议案，只要建议案的赞同者超过五百人，就可提交委员会作为参考。如此往复，若三次裁决都未通过，则裁决只在赞同区密度最高且在该区赞同比率超过七成的地方试行，试行时长由该区自行决定。试行期满，若效果很好，则重新提交委员会，否则裁决终止；试行期间其他居民都可通过云端进行细节查看，如果有任何重大隐患则可提前召开委员会。因为有云端的帮助，可以达到实时的全源信息交流，委员会的委员除玄悲师父长期担任主持以外，其他委员都会根据议题的相关性和个人的空闲程度而实时变更，一旦裁决不能通过，就会增加和改变一些委员。大体上委员都是从君子级较高阶及以上的居民中选出。其他居民可以通过云端旁听委员会讨论。如果有三成以上的居民对于某位临时委员的观点或讨论态度有强烈质疑，并且之后提出的裁决没有通过，则这个委员将被替换。桃花源采用加权投票制，等级越高票权越大。未完成教育者票权为零，普通居民票权为一，此后等级每提升一次等，票权就增加一。举例来说，我现在是君子中等，票权为三，当我升到罗伊目前的等级君子上等，票权会变为四。这里的裁决一般都是非常公允和有效的。"

"珍妮说得不错，除了云端的巨大帮助以外，这种既高效又公正的机制的产生，还有赖于另外两个方面，"罗伊接着进行解释，"完善的教育系统和严格的人口控制。"

"嗯，的确，平均人口素质如果达不到某种较高的程度，获得通过的提案往往都是只重视短期利益的，就像在现世里一样，"李非常赞同地看着他的伙伴们，"我之前读过的一本书，名字记不太清了，讲到了类似的情况。现世民主国家的政治决策的有效性往往受困于选民的非理性。"

"我们也读过，应该是叫《理性选民的神话》。"

"对的！是不是所有现世发生过的事情，这里都是了如指掌的？"

"我们不敢说完全掌握吧，但现世人类历史上各领域的比较重要的成果和成就，云端都有备份。而我们的思维又随时可以和云端连接，所以确实可以知道很多。"

"我们的头脑可以和云端直接联系起来？！这太妙了！"

"之前在住地，云端就可以实时了解到你的情况，弹出对话框与你进行沟通，就是很好的证明。"

"是，是，但这只代表云端可以从我们这里顺畅地获得信息。但你刚才所言，我们应该也可以顺畅地从云端获得数据和知识，对吧？"

"没错，你会在未来的培训当中逐渐掌握这个技巧的。"

"那么，我们和云端是否有可能在某些时间主动性地不让对方获得信息呢？"

"李，这又是一个非常好的问题！"罗伊非常欣赏地回应道，"我们现在对你越来越有所期待了。"

"这个问题的答案背后是一段非常值得纪念的历史教训。在完整地讲述它之前，还是先允许我们带你进入我和珍妮目前工作的地方参观一番吧。"

"哦，再同意不过了。非常感谢！"

十

李紧随着珍妮和罗伊来到一座高塔型的建筑外侧，整个墙面都被不透明的暗银色物质覆盖着，李正想询问如何进去的时候，罗伊从口袋里再次掏出那个黑色小玩意儿用拇指轻抹一下，距离他们最近的暗银色物质就像云端的对话框完成指令以后一般从中间产生类似蓝色的火焰状向外消散，生成一个长方形的门洞。"我们进去吧。"罗伊带着大家踱进了高塔中。门洞也在李进入后逐渐缩小变回了不透明的墙体。建筑的内部空间是方形的，四周被隔成透明的房间，每个房间里都有几个人在忙碌着，时而相互讨论，时而在云端对话框上推演着什么公式或3D特效，或是正指示云端凭空制造出一些奇形怪状的物件来。但共同的是，这些人的脑袋上都被筋斗云包裹着，像是戴了头盔一样，虽然头盔的形状色彩各异，有些头盔上还会外延出类似Doodle镜片的东西遮住其中一只眼睛。一层的中央是一个稍微突出来的圆形平台，平台上面的天花板也对应着一个大小相等的半透明圆形区域。整个外墙似乎都是可以出入的，不时会看到不同方向的墙体产生门洞，有人进来也有人出去，大家无一例外手里都拿着相同的黑色器件。

"你们手里这个可以开门的东西是什么，我记得你也是用这个把我从现世传送回来的，对吧？"

"哦，你说天目啊，"罗伊把这黑色的小珠子递到李的手里，"它是个正二十面体，每一面上有一个花符或云纹，对应着一个基本功能。"

李仔细地端详着天目。的确，每个等边三角形的中央都有一个用不同颜色刻印上的独立符号，其他地方都呈现出紫黑色，但隐隐约约似乎从中透出一些微弱的光芒。

"比如这个云纹就是用来做不同三维空间传输的，但它目前是灰色的，说明这个功能现在禁用。只有表现出鲜亮色泽的符纹才说明对应的功能是处于激活状态。"珍妮边说边指给李看，"这个花符就是刚才用来开门的，不同的颜色代表不同的通行权限。"

"原来你们这里也还是有特权和等级存在的啊！"

"这并非像在现世中的那样。"罗伊赶快解释到，"每个人的能力不同，分工也不同，对于那些自己不了解或不再从事的工作，对其进行一些通行限制完全是出于安全考虑。并不是说那些不能通行的区域里有什么被一部分人永远独享的宝藏或机密。如果以后你改变了自己的工作，那些不能去的区域就可以进入了，反倒目前可以自由出入的区域会被受到限制，因为一些研究的中间成果也许很重要，但不明白的人进入有可能把它当成没有价值的东西清除掉或是不慎改变它的性质特征。当研究成果完成以后，就可以分享给所有人。研究项目结束时，这些区域也会对全体居民开放的。也就是说，在桃花源，没有地方是长期或永远对普通居民关闭的，限制仅是在研发过程中最脆弱或最关键的短暂时间中。另外，虽然大家在这段时间不能自由进入，但仍可以通过云端了解这些研究室内部正在进行什么项目的开发工作，工作的进程情况等详细信息。"

"噢，原来是这样。"李把天目还给了罗伊。

"走吧，去我和罗伊的实验室瞧瞧。"珍妮一手挽着罗伊一手拉着李向圆形平台快步走去。他们三人在平台中央站好，罗伊心语说了一句"四层，罗伊"，三人外围立刻生成了一个圆柱形的透明电梯间，天花板也自动打开了。三个人迅速地攀升到四楼，电梯间的碳沙退去，珍妮拉着他们小跑着来到一间大屋子前，掏出天目抹了一下，然后三个人依次进了实验室。

"珍妮！罗伊！你们这两天不是不用来这里嘛。"一个在云端对话框上演算的人侧过头来。

"下午好，奥斯曼！是的，但我们想带着新朋友转一转。李，他是我们在这个项目上的同事，奥斯曼。奥斯曼，这是我们从现世引荐来的李。"

李和奥斯曼相互打了招呼握了手，珍妮就迫不急待地拉着他去介绍另外两个正在实验室远端忙着建模型的伙伴——克里斯多夫和伊莲娜。他们因为太专注而且又带着"头盔"所以并没有察觉到有人过来，珍妮和李也不想打扰他们，就回到了罗伊与奥斯曼身边。

"我们现在研究的项目是一个大型工程的一部分，具体来说就是希望实现桃花源人与物在两地间的快速移动或者可能的瞬间穿越。这个工程刚刚起步，我们和另外两个组目前主要负责微缩模型的设计，另外的理论组正在研究移动物体间的距离与物体本身尺度的上限以及相应需要达到的能量与环境条件。"

"这听起来真酷！话说为什么你们这里都要带头盔，安全问题吗？"

"啊，那个不是头盔啦！"珍妮被李的话逗笑了，"我们是可以快速恢复的，当然不需要什么安全帽之类的东西。那个是头脑与云端进行高效连接的设备。

"当你开始进行科学研究的时候，最重要的就是把自己的思维速度、深度和广度达到最大值，而云端就像你们现世的大型计算机一样，提供了桃花源已知最快最好的搜索与计算引擎。普通时候，虽然我们和云端也可以交流，但基本上都是在局域云区完成的，能接触到的数据量和传输速度有限；生成'头盔'以后，就变成全云域连接了。

"我来给你做个演示吧，你要仔细看清了。"珍妮说着闭上了眼睛，马上她身边的一块筋斗云移动到她的头顶，并逐渐变形成头盔状裹住她的脑袋。同时，珍妮面部之外的整个头皮区域像花朵一样绽放开，并与这个云头盔连结起来。瞠目结舌的李还没反应过来，珍妮就又恢复了原状，筋斗云也游回了她的腰间。

"未来的培训时间里，你可能还用不到它，但当你的水平被认为可以从事科研工作以后，这就是最基础也最重要的技能了。"罗伊一旁解释着，"在桃花源，我们每个人的日常工作就是研究，还有一些零散的短暂的义务工作，比如之前和你提到的参与委员会决议的讨论和投票，以及对新来的居民——新出生的和从现世引荐来的——进行培训和教育，这些你以后会逐渐熟悉的。研究成果一旦完成并被大家所接受，云端就会开始处理项目的相关信息，并命令机器人进行产品测试和产业化尝试，之后如果成功了，云端就可快速进行产品的制造和销毁，否则云端会把测试数据返还给工程的工作人员进行改进。也就是说，在正式成功以前，云端是被禁止将产品信息录入数据系统的，这些信息都被严格密封，使用时交给研究员或机器人。"

"关于你们的研究项目，我还有两个问题。"

"你尽管提。"

"第一个问题是具体到你们目前的这个项目的，你刚才说希望实现人与物的快速移动。这个不是目前靠着云端不是已经地实现了吗？比如说，我们想把这个桌子从这里移到另一个实验室去，那可以叫云端记住这个桌子的所有特征，然后把这里的桌子销毁，再同时在指定的实验室里造出一个一模一样的。至于第二个问题是对于桃花源整个研究领域的一般性问题，当你们完成一个项目之后产业化之前，应该还会有审查工作吧？因为有可能研究成果会存在潜在的严重问题，而它们是研究团队没有意识到的。"

"请让我先来回答后一个问题吧，这个相对要简单一些。是的，我们有严格的审查程序，而且这个审查程序是贯穿项目始终的。正像我刚才提到的，整个项目的进程都在所有桃花源居民的观察和监督当中，云端会根据既往的成功与失败的产品信息中进行比较，如果发现问题它会即时报错。即使项目一帆风顺，我们也不会把它完全的产业化，而是先发表试用版本，这些未产业化的东西，只有靠机器人制造，而无法通过云端，就像我刚才说到的。所以这也是你第一个问题的一小部分答案。

"对于前一个问题，我需要把物的转移和人的转移分开来讲。先说物的转移吧，除了那些暂时不能通过云端制造的以外，剩下的东西的确可以像你所说的快速处理，这样相当于是完全回避了'转移'的问题。实际上大部分情况下，我们也是这么做的。但还有一个很重要的例外，就是那些对我们非常重要的被传承下来的物件。一方面，云端的再造功能还不完美，它不能把一个物品所有的细节都捕捉到并完全复制出来，这其实也是桃花源一直在研究和完善的大项目。换句话说，云端的再造将导致物品历史的丢失。另一方面是基于人的内在情感的，正是因为这些历史对我们的重要性，使这些特殊物品对我们产生了精神价值，就像你们现世的那艘船或是其他文化古迹一样，无论它是否被一模一样地再造出来，也无论它的再造是否完全用原有的材料，它在精神层面的存在感一旦消失将是永久的。"

"罗伊，关于人的问题，我们过会儿再谈吧。时间快到了，我们得启程前往花台广场了。对不起，李。等仪式结束以后，或者改天，我们会把它全都解释给你的。"

"哦，当然，这些问题也不是什么紧要的事情。那我们出发吧。"

十一

罗伊、珍妮和李三人出了研究所大楼，朝着桃花源的中心方向走云。除了正在工作紧要关头的研究者，其他的桃花源居民也都陆陆续续从各自的试验室或住地向花垫台移动。李好奇地看着周围三五成群的人们，大家的脸上都显示出雅致且庄重肃穆，但同时又能让人清晰地感觉到一种不可名状的宗教般的虔诚以及安详和愉悦。

罗伊轻轻拍按了李的肩膀说："我们到上面去看看吧。"三个人乘着筋斗云扶摇来到半空中。这真是前所未有的壮观景象！李被深深地震撼着。整个桃花源是一个巨大的海星形状，海星的五个触角应该就是罗伊和珍妮提到的机器人工作的产业化园区，分别呈现出黑、青、赤、黄、白五种不同的整体色彩，依稀可见触角中穿梭往来的忙碌机器工人。再往里一些就是分布在八个方向上的居民住地。李猛然发现这些由正立方体组成的大型建筑实际上并非完成紧密相连，而是形成宽度为二，长度为十或为四的矩形群落，李一一把八个方位上的居民区看过，它们都是由三个平行的矩形组成，中垂线指向桃花源中心。

"这，这！！不就是中国的……"

"你是说中国的八卦吧？"

"对，对，对！你们也懂这些东西！我小时候在中国生活，奶奶经常会讲点关于太极八卦的事情。后来我一直在美国长大，就渐渐淡忘了，不过这些图像还是给我留下了很深的印象。"

"其实你们现世大量的发明创造都与我们桃花源有莫大的关联，这非常有趣，仪式以后我和罗伊就可以讲给你听。或者等你熟练掌握与云端的有效交互，自己也会明白的。"

"这太神妙了，我已经有些迫不及待了。"李的视线继续向内收缩，看到了天元阵的整体面貌。的确，一个巨大的正圆形，被绿色的植物、白色镶金的云雾覆盖着，错落有致的暗银色研究院、清澈幻化的泉水瀑布和穿梭其间的鸥鹭鹳鹤若隐若现。最中央就是方形的花墨台了，整体的基座像是用整块的中国汉白玉雕制而成，其上在东南西北的正方向上有四个硕大的方尖碑。方尖碑内是一个圆形的"祭坛"。

"我们得下去了，李。以后多得是时间细看。"

"好。"

"这种大型集会期间，广场上空是禁飞的，我们得在广场入口附近降落。"

"如果还有时间的话，不妨就落回原来我们升上来的地方罢，我很想随着人群走一段。"李的心中也说不清自己为什么会有这种想法，平常在地球上，他是最讨厌去人多之处的。此时此地，他却极希望有不一样的体会。

　　他们三人重新加入了"朝圣"的队伍。虽然人数越来越多，变得"摩肩接踵"起来，可大家却都保持着沉静，没有语言交流，也听不到心语。"也许开启了屏蔽模式吧，但从他们的神情来看，应该是真的进入到某种灵魂静默的状态。"李这样想着，竟发现自己也似乎受到了感染，心里变得愈发虚空。这种虚空并不是那种凡世里的寂寞或无助，而是一种让人很向往的安宁和孤独，发生什么事情都不想去破坏它、打扰它。李真希望能在这种状态中多徜徉一会儿，但他强制自己恢复有意识的好奇，以便更加完整地观察和记录下这次盛典，留着将来慢慢地回味和体悟。冥冥之中，似有个什么奇特的存在正告他，这或许是最后的一次机会了。

　　"啊，有点起风了。"

　　"有东西贴到我的胳膊上了。

　　"原来是一片桃花瓣。让我把你摘下来，再多飞一会儿吧。"

　　"又有几片飞过来了。这是……"

　　李半转过身子拿掉胳膊上的白粉桃花瓣，才注意到从远方，不，应该说是从四面八方，乘着温和的气流，不计其数的桃花瓣形成不计其数的川流，飘舞过来，呈直线在人群的上方向广场方向会聚，另有一些则从腰身处轻盈掠过。其中总有零星的花瓣会在人们的发丝间面颊上稍作休息，而后随着后续气流的波动又重新加入到自己或别个队列当中。珍妮的胸口处留下了四片花瓣，一片有金脉的，一片粉白混合的和两片淡黄色的，四片花瓣恰好围成比较规则的弧形；她的耳边眉梢也有桃花，好像是被什么魔法控制了，它们紧跟着珍妮，在相应的位置上做小的起浮旋转。李看得有些出神，直到珍妮注意到他的目光，李才感到自己的失礼，赶紧把头扭向另外的方向。

　　进入广场以后，他们来到指定的位置。这时从地上涌起三朵筋斗云，托着三人升到半空中。李发现其他的居民一旦就位，也会被送到空中。渐渐地，花塑台边缘的正上方就形成了一个有梯度的封闭环，这让李有种回到古罗马时代斗兽场的感觉。四周极其安静，可以清晰地听到向广场汇集的花瓣间摩擦的声音，李的心里竟有些局促起来了。

　　"不要紧张。"这是罗伊的心语，"这是桃花源最盛大最庄严同时也最温馨的典礼。你不需要特别做什么，只是不要作声不要有太大的动作就行。如果出现特殊情况，跟着我和珍妮就行了。"李感激地点点头，心里重新变得平静了。

"亲爱的朋友们，以及各位远道而来即将成为桃花源一员的尊敬的客人们！"

广场上突然响起了一位老者低沉深厚的话音，这声音似乎是立体的，从各个方向传来，仿佛奇幻故事中人们接受神的旨意。李知道，这一定是玄悲师父，罗伊和珍妮说过他是桃花源最德高望重的人。李焦急地寻视着四周，希望马上看到这位神秘老头儿的庐山真面，可是人这么多，大家的相貌和服饰又很相似，找起来实在很困难。这时，珍妮轻轻撞了一下李的肩膀，嘴唇向左边努了努，手指稍稍朝同样的方向抬了抬。

"啊，珍妮竟知道我的想法，太好了。"李微笑一下表示感谢，然后立刻向左边远处望去。啊，找到了！在圆环的正北方中央稍靠下的位置，有两位穿着白色长袍的老人，一个站着一个坐着。坐着的更年长一些，正慈祥地微笑着，应该就是玄易师父了；站着的年轻些，表情虽也同样慈祥可亲但没有笑，多了一些庄重肃穆，而且闭着眼睛，背部稍稍前倾，显出非常谦虚的模样，应该就是玄悲师父了。他之所以像陷入冥思的状态，应该是正在专注地用心语做着仪式的主持。两位师父都仙风道骨鹤发童颜，李的脑海中立刻浮现出《哈利·波特》中的邓布利多校长，然后是小时候和父亲、奶奶一起看金庸小说《天龙八部》中的扫地僧和《笑傲江湖》中的风清扬的形象，真是像极了！李的心中不禁激动起来，也由衷地对两位老者心生敬畏。

"今天是桃花源最为圣大的庆典日！我们将以桃花源最崇高的礼仪欢迎尊贵客人的到来，以桃花源最虔诚的热情迎接年轻生命的降临，以桃花源最纯净的温情和感念祈祷好朋友好伙伴的离开。不，他们不会离开我们，他们只是以另一种更高尚的方式守护着这座村庄。他们的美德和功绩永垂不朽。"

玄悲师父伸出双手合十在胸前，就像一位虔诚祷告的佛教徒。玄易师父此时也收敛了笑容，起身合十双手。紧接着他们周边的人们也站起身，合十。由近及远，仿若从两位师父所立之处出现一股洪？流，转瞬间所有的参与者都起立，背部稍向前躬，双手合十，闭上眼睛。李也赶紧照样摆好姿势，但他极想知道接下来会发生什么而没有闭目，相反地，他把眼睛睁得大大的，关注着周围的一举一动。李真希望现在自己的背上脖颈上能多生出一些眼目，把这里即将出现的事情一一记录下来，他的心里非常清楚地告诉自己，这将成为他一生中最无与伦比的历史片段……之一。

十二

　　圆形的云台随着周围的气流开始微微振动起来，台下的四座巨大的方尖碑缓缓地挣脱地面，每个碑的基座处都从八方涌来玉白的细沙束，一边将碑下的地表铺平，一边跟随碑尾上升，直到将碑的底部补充成完美的倒立正四面体。方尖碑一直升到与云台相仿的高度，上下轻轻浮动，并沿着轴向逆时针旋转，而恰在此时云台则停止了振动而改为极缓慢地顺时针转动。李忽然感觉到头顶似有闪电的光茫，不禁向上望去。那些从天元阵和五角产业园区飘来的桃花竟已在云台的正上方形成了巨大的圆形天盖，可能是其内部花瓣与气流的剧烈相互作用，不断地随机产生七彩的闪电，一些在天盖内部，一些则由天盖某一点奇曲直下与云台相接。正在李看得出神之际，混沌一体的天盖中出现两股主要的鸿流，颜色也由原来的杂乱无章变成白金两种主色调，太极图的轮廓愈发清晰了，整体边界趋于静止，但细看内部则仍旧花流涌动不息，花瓣从阴到阳再由阳转阴，吐纳之间，五束花流喷薄而出，恰好云台上一人一片，花瓣落在胸口处随即与肌体融合为一，并形成由一种色彩彰显的云纹花符，李和身边的人们都出现了印有河川样式的黑蓝色符纹，其他四个区域则分别是青绿色的森林、赤红色的炎火、暗黄色的山峦和银灰色的金石。

　　李的耳边渐渐响起了歌声，是罗伊和珍妮再唱。不，是大家都开始歌唱了！这汇集的声音也如玄悲师父的发言一般笼罩着李的全身，而且更有穿透力。李静静地想听清歌词，但实际上歌并无词，只是咏叹的拟声之音。这是李从未听过的奇妙旋律，兼具西方教堂中的赞美诗和东方佛教的清心咒，似古中国的朝堂礼乐，但又更加清宁高玄。蓦然，李的心绪思虑好像与这天籁之声发生共鸣，这已经不再仅仅是某种外在的气流波动，而成为一种情感和灵魂的召唤与舞蹈。他仿佛拥有一双看破时空的天目，窥探到生命的大道，不能言表，胸中却廓然万里。

"我是谁？"

"我在哪儿？"

"有清风抚我面？"

"广袤平整的空间。"

"……一个人。"

"明亮、平和、踏实。"

"雨水……""透过我而落……"

"碎裂成花……"

"掀起层层涟漪……"

"触过我的脚，大地之界……"

李慢慢地又从忘我的境界中抽离出来，睁开眼睛。

是泪水。

"我止不住它。"

……

"珍妮和罗伊在看着我呢。"

"他们也在落泪啊，但却也在对我温暖地微笑。然后重新转过头去，闭上眼，歌唱。"

大家都在流着泪水。

云台上的很多位置改变了颜色，其中站立的人们被改变色泽的筋斗云托起来，飘向广场中央。他们仍然闭着眼睛歌唱，但并不哭泣，而是脸上洋溢着笑容。这是李见过的最平静、最沁人心脾的笑容。他们睁开眼睛，手拉着手，围在方尖碑的下面起舞，舞姿缓慢而轻盈，伸展而优雅。忽然间一个舞者脚下升起一阵桃花旋风将她包裹起来，桃花扶摇直上来到云台的中央，散成一片越来越大的旋涡，花瓣或或从歌唱者的头颈旁飞过，或穿入他们的云鬓之中。李也被一片花瓣打中了，瞬时间天旋地转，自己进入到了另一个世界。

"不，这里应该还是桃花源。但云台去哪儿了？唱歌与舞蹈的人们呢？"

"这里有一群可爱的孩子啊！他们就像小时候的罗伊与珍妮啊！"

"他们开始上课了，老师看起来与桃花源的居民不太一样，倒更像是虚拟出来的动画人物。"

"好像他们中的一个小女孩的色彩要更明亮一些。"

"小女孩和她的伙伴们长大了，在天元阵的研究室里实习工作。"

"她生成了'头盔'，眼前都是各色的虚拟电路一样的模具，真复杂啊！但她看起来还挺自信的。"

"看来是工作中遇到了瓶颈，她和几位同事在苦思冥想解决方法呢。"

"这一定是临时委员会讨论现场了！这么说她是位贤者！她很认真地在用心语回答其他参会者和通过云端旁听者的问题并做出回答。看起来大家对她的说法还是比较满意的。"

"他们的项目终于完成了，机器人正在产业园进行试验生产，并把数据存入云端了。太棒了！"

"她是在和好朋友们旅游吗？大家在海上乘着筋斗云追逐着飞鱼群。"

"她和一个同伴潜入了地球！这地方该是某个中国的城市吧，可以看到建筑顶端布满中文和中国明星的广告牌子。晚上，外面下着雪，他们穿着厚厚的套头衫，用围巾把脸也裹起来只露出眼睛，应该是怕被我们地球人发现引起恐慌。他们静悄悄地上了楼，用天目打了一个公寓的大门。来到卧室，主人是个酣睡的中年女性…他们给她的口鼻轻轻扣上的一个罩子，释放了一些麻醉气体……话说珍妮和罗伊当时怎么没用这么温柔的手段绑架我？！啊，应该是那天一直在公司和同事工作到很晚，他们等不及了吧？缺乏耐心真是会坑死队友啊……总是让属下加班的Boss 也是……"

"她回到了小时候的教室，与孩子们聊天，或者在传授他们知识吗？

"她在和其他的伙伴们讨论着什么，目光一直盯着之前玩耍的孩子们。"

……

又是一阵天旋地转，李睁开眼睛，罗伊珍妮还在我身边，大家仍然唱着歌。"难道刚才是梦境么？啊，我明白了，这是那位舞者的历史！她不在舞池了，她已经……"李抑制不住自己情绪，又簌簌地落下眼泪。第二个舞者被花束包裹起来……

最后三位舞者同时变作轻盈纯洁的花束，飞入每一位虔诚祭者的身体，与其灵魂结合，云台的歌声逐渐加重了节奏感和厚重感，犹如排整好庞大军阵准备冲锋的士兵伴随着战鼓的雄浑而低沉的口号。四座方碑似乎感受到了这种紧张，表面竟起了波澜。歌声节奏越来越急促，越来越低沉，李的整个身体都在跟着振动，在那关键的一刹那，仿若洪水冲破堤坝，万马奔腾，汹涌而来，势不可当。巨大的方碑也瞬间土崩瓦解，碎裂成一个个细长条的深蓝色片段，向着云台喷发出去。当那些碎片在大家身边弥漫之际，李才发觉它们是深蓝色的符纹，更令他惊讶的是，此时此刻自己竟能向阅读中文或是英文一样容易地明白上面的含义——这些都是在桃花源历史上已经故去的前辈们的名字。歌声不再那么压迫，而变得绵远流长，隐然有面对离别的无助与坚强，就像在大漠草原上生活的游牧民族世代传承的古曲，苍茫无垠，凄美悲怆，又不失刚毅和希望。

散漫天地间的"前辈们"重新聚拢于四处，凝结成方碑，歌唱者们的前额也都开始变得明亮起来，一个一个等时等距地从中弹出如萤火虫般大小的光球。这些亮斑中的一半汇聚在方尖碑的上方，徘徊一阵，各自凝结成一小段深色的符纹，与方碑融为一体；另一半则升得更高，被空中巨形的花太极吸收了。方尖碑缓缓回落入地表，周围的气流也越来越平和，一切都归于平静时，太极突然裂解，花流又变得不稳定，色泽从双色，变为四色，八色，以致回归最初的混沌，但细看之下，竟是形成了许许多多的小太极，它们向各自的中心聚集并快速下坠，就像一束束从银河中牺牲的流星，与和田玉台基接触的刹那，零碎的花瓣连接成一体金色，耀眼的光芒从中放射出来，放射之处，金身出现如远古宋瓷上的冰裂开片，光芒消散，金色退去，只剩下温润的釉。清风抚过，变作晶莹的沙粒，消散在空中，时而又因阳光的折射，闪烁着它们的行迹。一个个或躺或蹲的可爱的孩子从中站起了身，揉一揉眼睛，掸一掸肩上的余沙，好奇地看着这片神妙的新世界。他们的眼睛比天空还要澄澈，他们的笑容比桃花还要动人。一朵朵筋斗云不知从什么地方飘过来，载上各自的小主人，来到歌唱者的团体中。此时，李也被一朵筋斗云稍稍抬高，他看到了周鹭迪也是，还有其他一些人，应该都是这次从地球过来的客人吧，李这样想着。他们和那些小人儿们被平均地分散在云台的各个位置上。其他桃花源的居民一边继续唱着美好的圣曲，一边向各自的"客人"聚拢。他们依次走到新人面前，合十的手慢慢打开，露出一枝桃花，轻巧地抛向空中，桃花分离成一片片花瓣，在新伙伴的头上盘旋着。当最后一位歌唱者献上他的花，那花旋随即变成一顶精美的花冠，恰当地戴在"客人"的头上。

歌声渐歇。孩子们被各自群体的一位居民温柔地抱在怀里，其他的人则对着他们热情地说话、微笑、亲吻和抚摸。从现世中过来的朋友们也被大家簇拥着，享受兄弟姐妹般的温情。不知不觉中，云台已下降至地面，变成云彩向四方远去。

太阳斜挂在离海平面不远的位置上，有些打哈欠。天色由西方的暗粉转向东方的深蓝，星光开始闪耀。

十三

时光如白驹过隙，距云台盛典已经两个星期，李进入桃花源的学校上课也一周有余了。因为课业繁重，从早到晚，也就没什么时间再向珍妮和罗伊请教心中的问题。一直没有得到玄易师父的召见，也使李颇感失落，也许真如自己之前所想，是罗伊搞错人了吧，毕竟自己只是最低等级。

"唉，想这些有什么用呢。现在连学校的课程都快应付不过来了。估计马上要肄业回家了。"李乘着筋斗云快速前往教室的途中，心绪烦乱，根本无暇顾及脚下的桃花丛已换上了崭新的桔黄色，耳边报早的灰鹊眨眨眼睛便也知趣地飞走了。

盛典之后，李感觉身体极度地疲惫，在住处昏睡了足足三天三夜，珍妮和罗伊每天都会在傍晚过来陪伴他，有时候李会稍稍醒来，但仍意识模糊，完全记不清他们和自己说过什么，聊天的内容非常有限，罗伊告诉他这是新人的正常现象，没有大碍。等他完全恢复了神志，已是开学报到的时间了。云端专门给筋斗云下了指令，载着他去校园。这次从现世来了三十六人，盛典中新降生了七十二人。土著学生被分成两个班，而现世的三十六人则被分做十二个小组，每组三人。李和那个博雅教授周鹭迪，以及一位名叫虞嫣然的女士分在一起。嫣然刚刚成为地球奢侈品龙头企业香榭丽摩尔欧洲区销售部经理，年龄看起来甚至比自己还要年轻一些，她是君子级中的次高档。李在他们二位面前总会同时升起强烈的崇拜感与自卑感，他真不明白，为什么云端会把他分到这两个天才当中结组。每次课间聊天的时候，他总是说着说着就接不上话了，只能在一旁看着两位聪明绝顶的组员谈笑风生，甚至经常到精妙处，李只能依着高人们的神态来处理自己的表情。

"这能怪谁呢？只是自己天资平庸，平常更不知努力多学。父亲时常敦促我要养成谦逊好学慎言敏事的习惯，可因为在自己的社交圈中算得上博学，就飘飘然没了前进的动力。"

但这不正是个改过自新的好时机。有两位神一样存在的高人做组员，得多多向他们请教学习才是。

希望他们能知无不言，言无不尽吧。不过目前自己的情况还是很不乐观，得先努力把基础补好，不然净问一些低级的问题，也是在浪费他们的宝贵时间了。

桃花源教育系统的课程安排与现世大相径庭。首先，这里没有必要要求学生花太量时间对新知识进行记忆，所有的数据都可以从云端直接调取入脑，入脑后即可形成稳定的记忆或索引。其次也不用花时间反复琢磨每个概念公式的意义，这些也在与云端的连接中瞬间就可以弄明白，甚至各个基础概念间的简单与中等复杂的联系与相关度也是如此。新生在这里只有两件事情要做：第一，熟练掌握与云端的各种安全级别的连接，因为安全级别每升一级，能获得的知识和相应的知识难度就指数次地增加，自己头脑的计算与分析能力也同样呈指数地的扩展；第二，对所有既得知识的深度整合，这是云端不能帮忙解决的，深度整合的程度也决定了学员是否有足够的能力打开下一安全级别的云端连接。

桃花源云端的安全接口共分初中高三级，凡入校前被评定在君子级中等以上者皆已自然掌握初级的安全连接法门，而贤级则对于中级连接的法门已有所体悟，只需三两天即可完全明析个中奥妙，而玄级的起点则由高级开始。换言之，在李这个小组里，虞嫣然在完全扫描过云端存储的初级知识并融会贯通以后即可开始学习中级的接入诀窍，而周鹭迪则更进一步，他可以一边增加对中级接入的稳定性训练的同时扫描领会云端中级的知识。至于我们的主人公李学员，就只能先从最基本的初级接入学起了。

　　李来到教室，和两位组员打过招呼，就进入了自己的训练室，这是一个周围由镜子包裹的蜂窝状教室，但对于站在训练室外面的人来说，整个六角屋则都是通透的，可以清晰地看到里面学员的训练情况。从天花板可以看到外面的天空，但其实教室的上面还有八层，是桃花源居民的住处。而且每一层的天花板都可以看到完整的天空。这是因为建筑的外壁有许多类似地球的纳米管结构，天空的光线可以顺着它们进入室内，再经过光学上的处理，每层的天花板都变得像玻璃一样通透。

　　当李忧心忡忡地踱进教室，立刻在他的斜对面出现了一个蓝色的虚拟教官，他笑容可掬地看着自己的教员。

　　"李，早上好！"

　　"早上好，云教官。"

　　"我们开始今天的训练吧。"

　　"好。"

　　"李，你今天的心情有些低落。不要着急，对于初学者来说，和云端用心语沟通并不是一件容易的事情。而且心里波动越大，与云端的同步越困难。你明白吗？"

　　"是的，教官。请让我稍微平静一下。"

　　"没问题。"

　　"好了，云教官，我们开始吧。"说着，李走到六角屋的中央，立正站好，双手合十，闭上了眼睛。

　　虚拟教官开始以一种平和而洪亮的语调宣读接入法门，以帮助李快速完成初始状态。"在心中想象一个云端的样子，什么样子都行，不要再有大的变动，让云端慢慢从你的对面移动过来，集于你的头顶处。"这几天李一直在做着这样的尝试。说也奇怪，要是在现世，这种想象即使是两三岁的孩童也可轻易完成，自己在放学后想象个什么奇形怪状的事物也易如反掌，但就是一想到云端和与云端相连，大脑随即一片空白。最近五天的训练中，李尝试了很多云端的假想画面，最开始当然是想象成一朵一朵的云彩，但那些云在离自己很远的地方出现以后就是不飘过来，真是急死人，心里越毛躁，云的数量就越稀少，甚至有些云会向反方向移动，最后竟都消散一空了。接着，李又想到了沙束，但它们过于松散，只有零星沙粒聚拢过来，其他的则一直在做布朗运动，到处乱跑，他想指挥这一片，另一片刚集中的沙束则没有约束而四向弥漫走了，想硬抓住那一堆，则近旁的这一堆又流落一地作鸟兽散了。他甚至还想到了现世中数据库的实体机器，这次倒是只有一个了，但又过分沉重，不管你使出多大气力，这黑乎乎的蠢笨家伙就是岿然不动。今天，李决定还是得把云端想象得轻一些散一些，但又不能像沙子那么细碎，或是像云朵那么缥缈。"对了，桃花！就像在云台上看到的场景一样，千万束桃花汇聚于云台上方形成太极。"李对自己的想法很满意，"要是真的实现了，自己的形象岂不就是得道佛陀或上帝转世？"

"心情要平静，但不要想入非非。过分松弛也是不行的。"

李被教官的训责弄得很不好意思，赶快收起了自己的胡思乱想。

"好，今天就来试试桃花吧。"

李重新进入专注的冥想状态，他看到有三三两两的淡粉色花瓣随着和缓的气流向自己飘过来，在身体的周围旋转，风速渐渐变大了，越来越多的花瓣涌过来，在李的身旁疾速地旋转着。李紧紧地皱起了眉头，使出所有的脑力去抬升桃花的旋风，尽量遏制它们的转速以减少离心之力。但这其中的任何一项都极其困难，何况是同时驾驭两项！桃花的速度持续提升，在弹指间向八方飞散了。"啊！"现实中的李不禁叫出了声，他猛然地睁开眼睛，整体身体瘫软在地上，颤抖着。

云教官走到他面前，用手抚在李的肩膀上。李即刻从惊厥中恢复，身体也有了力气。他双手撑地站了起来。

"谢谢你，教官。"

"别客气，这是我的职责。李，你这次做得非常好！比之前几天都有了明显进步，看起来桃花对于你来说是一个特别的存在，它在你的记忆中一定占据了很宝贵的位置。"

"是的，教官。那个在花塑台举行的生命盛典，对我来说真是太震憾了。"

"那就沿着这个路子继续尝试吧。"

"但花瓣的速度和方位太难控制了，我能感觉到，这远远超出我目前的能力范围。"

"的确如此。我想这是因为你还没有把对桃花的记忆和感情完全地收集起来。"

"完全地收集……完全地……

"我大概有些明白了，教官。请让我再试一次吧。"

"好。我就在身旁协助你。"李再次双手合十，闭起双眼，净空了心绪，专注于桃花。

镶着金脉的花瓣又一次三三两两地飞来，开始在身体前打转。偶尔有一两片从身体中穿过，李想到了典礼上云台中央的舞蹈者，他们美好的一生，以及方碑瓦解成的千千万桃花源先驱的名字。起风了。刻着暗色符纹的桃花从四周被迅速地吹过来，在李的身旁旋转着，舞蹈着，形成一个巨大圆柱体的外壁。李抬起双手，手心向上，使尽气力，缓缓地抬起，抬起。圆柱形的花壁从底端开始逐渐爬升，终于与顶端的花壁合而为一，在李的头上形成一个厚厚的花环。

突然之间，腰间的气流开始剧烈地波动，然后向上，花环也随之上下振荡起来，花瓣的速率加快了，在花环平面以外也增加了矢量，越来越大。李痛苦地紧咬着牙关，眼睛的两边挤出了鱼尾。"啊！"李终于瘫倒在地上，他紧攥着拳头，不住地抖动着。教官马上把双手放在他的肩上，颤抖停止了，但身体仍然毫无力气，眼睛大睁眼前却一片空洞。李仍然陷落在花环爆裂的刹那，不能自拔。恐惧和失望萦绕着他。

"李，今天就到这里吧。我们明天再来。你需要休息。"

"是，教官。"

"你已经做得很出色了。真的。不要气馁。"

"是，教官。"

"你情绪不太稳定。我把你的组员们叫过来吧。"

"是，教官。"

十四

李疲惫地睁开眼睛，才发现自己的头正倚在嫣然的肩膀上，而身体则被她搂在怀里。嫣然也靠着他的肩，睡着了。李直了直身体，跪坐起来，让嫣然平躺下，把她的头枕在自己的腿上。然后才用手揉了揉酸痛的脖颈。"不知道她是什么时候过来的，真是谢谢了！"李非常感激地看着这位善良智慧的组员，庆幸着能和她相识并有机会一起学习。

这些天来，每次下课以后，嫣然都会主动跑过来询问自己的训练情况和进度，对他仔细地讲解着自己的心得，希望对他有所帮助。她说她把云端想成信鸽，因为在她的童年里，和外公外婆一起住，家里的阳台上养着几十只鸽子，清晨就打开笼门让它们自行玩闹觅食，黄昏放学一路听着自家的鸽哨回家，晚上这些耍累了的小家伙会乖乖地钻回温暖的窝。上中学以后，两位老人相继离世，鸽子不吃也不喝，没几周也随着他们去了。大学时代已经很难再看到听到这些可爱的小生灵的身影和声音了，心中甚是怀念，每每想起，不禁垂泪。她在训练中自然而然地就想到了它们，连翎羽上的哨铃都与外公做得一模一样，她的心情一下子就变得平静了。鸽子也很听话，先是在她周围的地上鸭步式地走来走云，然后飞到她的肩膀上放肆一会儿，最后会接受指令来到头顶正上方盘旋，与云端的连接也就在那一刻联通了。

训练室的门打开了，周教授微笑着走进来。

"啊，你已经清醒了，太好了！我刚完成了训练，担心你，过来看一眼。"

"谢谢您，教授！我已经恢复了。很抱歉让您分心。"

"啊，没事没事。既然这样，我就回去了。"周教授转过身向室外走去，在门边又停了下来。"啊，不要太着急，和云端的连接其实没有特别难，只要足够专注和有信心就行，不过确实挺费体力的。"说完，他消失在镜子后面。

嫣然被他们的谈话吵醒了，发现自己躺在李的腿上，赶紧坐起来，有些不好意思。"对不起，我竟然睡着了。今天的训练确实很费劲。你好点了吗？这样就太棒了。李，不要太勉强了。你的教官跑来说你情绪不稳定，我就过来看看，哪知情况这么严重，我都吓坏了。你真的很努力，我都没有你这般的毅力呢。但李，你得记住，做事情不能光用蛮力，得智取。你的教官说今天你已经能把云端聚集到身边并抬高到头顶，这真是很大的进步！我为你高兴。但也许，这桃花的形式已到其极限。当然，我只是猜测，也说不定明天你再尝试就成功了。"

"嫣然，真的非常感谢你能过来！你刚才说，桃花的形式到极限了，是什么意思？没关系，请把你的想法全都告诉我吧。你的建议对我总是很有帮助的。之前的白沙和服务器，都是与你的讨论过程中得来的。虽然没有成功，但一直都在向着目标靠近。"

"噢，好。我是这么认为的。我们刚认识的时候，你就经常谈到盛典那天桃花的神奇功能。今天能在训练中前进一大步也是它在你心中具有崇高地位的佐证。但这毕竟只是你这几天才接触到的新事物，它对你的精神冲击再大，也是短暂的；它对你的情绪感动再深，也是别人的。也许，我是说也许，你需要一些属于你自己的长久的东西来做这个'引子'。"

"嫣然，你说得很有道理。我晚上回去确实得好好想想属于我的东西。谢谢你！耽误了你一下午的课程训练，我非常愧疚。我没事的，以后若遇上类似情况，我自己就能调整好，这个我也会和云教官说。"

"你说这话就大错特错了。我们能同时被选中来到这里已是莫大的缘分，而竟又分在同一个组里，这简直就是天意！我很珍视生命中的朋友，尤其是像你一样既优秀又有美德的好朋友，我的训练并不要紧的，大不了多练一两天就能补上了。以后万不可说这话了。"嫣然微笑着使劲胡撸了一下李的头发。李用手摸摸后脑勺儿冲她不好意思地笑了笑。他感到一种亲人的温暖。

回到住地，李辗转反侧，还是想不出有什么特别对自己有意义的物件。云教官说不能把云端想成某个人或智慧生物，这样是违规的，肯定连接失败，不然的话他早就会把云端想象成爷爷的模样了。"童年生活虽然丰富多彩，但似乎并没什么东西一直与我形成坚实的羁绊。我时常会随着父亲和祖父母去各种地方，或旅游或上学，生活环境也总会改变，这的确让我眼界宽阔，但也实在没有特别留恋的山水居处。奶奶虽然因病早早退休，父亲和爷爷都有体面的职业，工作也努力，即使奶奶治病需要很多支出，但家中并不拮据，所以童年时代玩意儿还是挺多，坏了会换成新的，也就没有什么特别持久的。家里人从没养过什么动物，只有奶奶曾经有过一只乌龟，但自己和它没太多交情，那小家伙平常总是躲在床下睡觉，好几天才爬出来吃点东西，然后又心满意足地钻回犄角旮旯里了。到了冬天，因为家里暖器一直修不太好，这哥们儿一个月都不会露脸儿。唉，真是难办啊！"李从云床上站起来，在客厅返复地踱着步子。

温暖的阳光透过随风飘动的外层薄膜洒进来，变换着明暗度，李不情愿地睁开惺忪睡眼。"啊，已经是早上了，不知道什么时候倒在沙发上睡着了。脖子都还是僵硬的，难道这里的人也会落枕？！啊，扭一扭活动一下就好了，我就说嘛。还是在桃花源当个老农民好啊。"

云端的蓝色框框又出现了："距离今天的训练课开始还有二十分钟，请尽快出门。"

"知道了。"李不耐烦地回答道。对话框燃尽在空气中。

李伸了个懒腰，去洗手间清洁了一下脸和牙齿就匆匆乘云上路了。周教授今天没有来，嫣然已经在自己的"蜂巢"内闭目修炼了，但李还是冲她挥了挥手，推门进了练功房。云教官立刻出现在面前，相互打了招呼，李就站到了六角形的中央。

"教官，我们开始吧！"

"好，我从旁协助，这次不要太勉强。是否需要我在认为你危险时切断与云端的联系。"

"不，教官，你只开始时帮助我专注精神即可，我希望挑战自己的极限。"

"好，知道了。"

李双手合十，微微低头，闭上眼睛。云教官开始诵读出门要诀。李渐渐进入了空虚的黑暗之中。

"这次只能再来尝试花瓣了。加油！"李给自己打打气。

万千桃花又汇聚于李的周身，快速地旋转着，李用尽全力缓慢地指挥着花瓣上升于头顶形成圆盘，如同昨天一样。气流又开始大幅度地波动了。李渐渐不支。

"怎么办？

再这样下去，还是会像昨天一样失败，然后失去意识的。

得想个办法！

"李，我是教官，你现在的脑活动非常不稳定，已经接近极限了。"

"教官，我……呃……我还能撑一会儿，请……请再给我一些时间。"

"李，这很危险。连续不停地惊厥，你的脑部有可能产生不可逆的破坏，尤其是在等级比较低的阶段，这种可能性比较大。"

"教官，我想……我的意思……已经表达得……很清楚了。"

呃啊……"我会在最后时刻……给你信号的。"

"好，我知道了。"

快撑不住了，得想办法

呃啊……这个时候怎么腿上好像又出了问题，有什么东西在猛敲我的小腿和脚。

老子都快挂啦！这谁家熊孩子啊！等会儿看我不弄死你这坏东西！我现在也就是把全部力量都擎着这花盘动不了，不然就开个大脚把你踢飞！

"我擦，敲得还挺带感啊！你谁啊！谁啊！"

李实在忍无可忍，低下头，愤怒地瞪向自己的左膝方向，想找到这个害人精，至少要记住他的样子，以后好报仇，虽然是在精神世界里，说不定只是自己心中杂念而生的恶鬼，兴许未来升级后就没有了，但谁知道呢，管不了这许多了。

"小……小毛熊！"

李的嘴不由得张开，感觉下巴和舌头快随着重力而去了。他简直不敢相信自己的眼睛。

"就是我啊，还能有谁在你的生命中是这么小巧可爱的吗！"

那只熊竟开口说话了！李紧闭了眼睛，使劲摇摇脑袋。

"不是幻觉！我是说不是想象中产生的幻觉！"

"你不是在做梦。小燊燊。"

"小燊燊！"李简直要羞愧得找个地缝钻进去。

"教官！这是最危险的时刻了！请切断联接！"……

"教官！我快死了！……

"教官！我非常认真地在说话。

"教官！教官。教官……"

……

"叫你小燊燊难道叫错了吗？"那只小熊鼻子一缩，显出很生气的神态。"你居然敢在心里直呼我的一个正名！小毛熊是你能叫的吗？居然还想踢飞我，反了天了，啊！我刚才扯着脖子喊你，居然装听不见，聋啦！拍你的腿也没反应，你的玩儿心也太重了！你要时刻记着：我是你熊叔！熊叔！

"虽然个头确实小了点儿，但个头和辈分并没有必然联系！哼哼"那只熊清了清喉咙，"就是这样。"

李的身体瞬间就石化了，甚至因为过度惊讶而打了几个冷颤，脸像在发烧一样。头顶上的桃花巨环也好像被突然冰封了，如抽去了隔板的书架上的书，哗啦啦散落一地。这场景倒真像父亲小时最喜欢的功夫片《太极张三丰》里李连杰悟道后打完太极拳的草坪。

"你这小子，多年不见，生活习惯怎么还是这么邋遢，这么爱搞恶作剧吗。"小熊转身走到花堆旁边，"这又是你从谁家摘来的桃花，真可惜，这么漂亮的花…"

李现在唯一能动的只有一刻不离熊身的目光了。

"这也不能多怪你。你父亲一直在外拼命工作挣钱，和你一起生活的时间非常有限，疏于管教。爷爷奶奶又对你百般宠爱。"

"小……熊。"

"嗯？！"熊猫声音上扬，鼻子深深得缩进圆圆的毛脸里，转过来怒视着他。

"……叔……"

"嗯。"熊猫恢复了平静，"什么事？"

"你，你……怎么会……"

"你是问我怎么会在这里吧。我怎么会知道？你以为我愿意来这个鬼地方么！什么也没有，还很阴暗。话说你是为什么要来这里的，你不是在那个什么面条公司干得不错么？被fire了？不可能啊，你虽然生活习惯差了些，但人是老实的也很聪明——比你那个坏坏的爹强，去哪个公司都是足够优秀的，这点我和你爸总是有信心。一定是碰上了不靠谱的上司吧？但也不用自暴自弃到这步田地。"

"我不是……"

"不过既然来了，就帮你重新振作起来嘛！毕竟是看着你长大的亲叔叔。不用谢我。让你父亲感激我就好了。"

"我哪有。"

"好，就从收抬这堆零碎花瓣开始吧。看你这样子，应该今天是动不了了。算了，我自己干就是了，不过明天你恢复体力后得帮我做按摩，舒活筋骨。"

"啊……"

"听到没有？！"熊猫又是缩鼻的强硬一瞪。

"是……"

"嗯。开工！"毛熊双手抬起，恢复了笑眯眯的神情。

"从哪里开始呢，真是的。到处都是花瓣。啊，就从这儿吧，黄色的，看起来比较诱熊。"说着，这熊猫就捧上一把，塞进了嘴里。

"这……这熊，这熊什么时候能吃东西了？！"李感觉今天像是撞邪了，"难道'今天'还没到，我是在做噩梦么？"就在他怀疑和恍惚间，那毛茸茸的小家伙已经吃掉六分之一个圆弧的花瓣了！而且完全没有要停嘴的迹象，弓着腰，像犁一样蛇形前进，所过之处，分毫不剩。

"知（这）堆瓜（花）……"熊很不情愿地抬起头，把食物往下顺一顺，又低下身子。"超搞（好）织（吃）的……像……酱（像）草……莓奶昔。"

"你，你平常不可能会吃东西啊！怎么……怎么可能知道什么味道是草莓奶昔！"

"现在……没……指（时）间……理你。"

"你都把我弄蒙圈了，差点儿。那些花瓣不能吃！不能吃啊！"李突然想到花瓣是云端，或者更准确地说，是与真实云端连接的媒介。"它们对我很重要！我得把这些花瓣放到头顶和云端连接的！啊呀！云端，你懂吗？！不！要！再！吃！了！"

李冲着熊猫愤怒地叫喊着，他还是完全动弹不得，着急生气得脸部扭成了树疙瘩。可那熊猫仿佛什么也听不见听不懂，只顾着扫食花瓣。

眼看着小熊把最后一簇桃花送进嘴里，舒服地躺在地上舔舐着手掌上残留的花蕊和花粉，悠哉地摸着圆鼓鼓的毛肚子，李绝望地颤抖着闭上眼睛。"作孽啊，作孽！怎么会把这货想出来的?唉，今天算是废了！明天……明儿个绝不能再让这坨毛熊进来捣蛋！"

"等一下……"李突然间意识变得格外清醒，脑筋飞速地转着，"这熊与嫣然的鸽子虽然都是动物，但本质完全不一样。后者只是毫无高级思辨能力的低级生物，而这只熊猫，从任何意义上说都已经算得上和我处于同一水平的智慧物种了。

"但是，从第一天的介绍课开始直到之后每天的训练中，教官无不强调一遍甚至两三遍，云端或云端的连接物是几无可能被想象成具备与人进行复杂情感和逻辑交互的生物，即使侥幸成功（其概率数量级与普朗克常数具有可比性，即这种情况的产生几乎可算是一种因测不准原理而导致的量子涨落），对企图连接云端的尝试者来说也面临极大的身体风险（尽管这种风险，教官似乎讳莫如深），且云端会在第一时间发现并阻断之。

"但这只熊从出现到现在已经过去约三十分钟的意念时间，折和现实桃源时间接近一个半小时。教官是由云端程式制造，换言之，他即是云端的一部分，或就等同于云端的一个实体化存在，而且他的职责就是监督和保护我的训练，肯定时刻处于对我的高度关注当中，不可能不知道熊的存在。

"那就只有一种可能，就是这熊并没有被系统定义为智慧生物。好吧，若严格来说，它的确不能算是智慧生物，而只是智慧物。"李感觉自己应该是发现了一个云端定义的小漏洞，不过既然教官甚至在我当时大声疾呼之下都没有主动终止训练，应该是默许了这个漏洞的存在。

"或者这只熊就是云端或教官有意让我想起来的？那他可真是个好

人啊！”

李从沉思中醒过来，而且头部和颈部已经可以活动了，忽然发现那只熊不见了！这真是太棒了！累赘终于走了。他不禁想到了沙隆巴斯送走衰神的感叹。

“小燊燊，你是不是找不到我，很失落啊！”

“哦！NO！”李的脖子又一次石化了。

“我刚才吃饱了，就在地上走一走活动活动，想和你说说话，竟发现你好像又僵住了，我就顺着你后面爬上来看看情况。原来只是在发呆。”熊猫边说边从李的背部蹭到了肩膀上，抱着他的侧脸，以防掉下去。

“快离开！我早就不喜欢毛茸茸的东西了。”李说不出话，心里强烈地希望熊能听到自己的心语。

“啊，自从你上学以后，好像就不喜欢毛毛的东西了啊？”

“对，对，就是这样的！你知晓就最好。快，快走吧。”

“都二十五六年了，我得好好摸摸你。”熊猫用它两只小毛胳膊在李的脸上头上脖子上一通摩挲，李感觉自己的精神要崩溃了。“从小就有恋肤癖，到现在竟还是这鬼样子……你考虑一下别人的感受好吧？！本人可没有恋毛癖！”

“啊，你的新头发真不错，手感格外好！比在地球上扎扎的纤维蛋白强多了。真不错，比你的脸还白嫩。”

“来吧，让我趴在你头发上小憩一会儿。”小熊一跃上了李的头顶，俯下身子紧紧贴在了上面。李感觉熊肚子上的毛发浸进了自己的皮肤之中，身体竟随之恢复了正常。就在此时，整个空间被完全点亮了，大地开始起伏震动，碎裂开生出千万个木质的搁架，上面整整齐齐排满了薄厚不一的书。不知从哪里传来了略带金属机械感的噪声：“你已与云端初级数据库连接成功。”

十五

李呆呆地望着眼前发生的一切，简直不敢相信自己真的成功了。他慢慢地挪到其中的一个书架旁，用手将过一部部书脊，很真实很厚重，空气中弥漫着久违的文字的香味，这让李的精神变得放松，好像又回到了童年时光。家里的书房中，坐在爷爷或是父亲的膝头，翻过一页，听大人们念有趣的故事。李在这绵延的书架中徜徉，仔细地读着每一本书脊上的书名，他意识到，云端初级数据库存放着所有地球中曾经出现过的重要作品。这让他非常兴奋，借助桃花源的身体和云端强大的计算与处理功能，很可能只消几天的工夫就可以博古通今学贯中西了，这一直是父亲的梦想。

在不眠的夜晚，他总能看到书房里明亮的灯光和灯光下埋头读写的佝偻的人影。父亲除了让自己保持学习的自觉，再就是为当时不太爱读书的自己充当说书人，并一直希望儿子能尽早与书为师为友。上中学以后，李开始主动读一些文学作品，大学时代除了对数学和计算机有兴趣以外，在室友的感染下逐步接触历史和哲学类的书籍，但研究生乃至工作以后，则因为空闲时间的急剧减少而与好书渐成陌路。但机缘巧合下来到桃花源，可以达成父亲的心愿了。

想到这里，李不由得心里一阵欣喜，这喜悦又迅速变成对新知的渴望。他从最近的木架上抽出一本，是柏拉图的《理想国》。李翻开第一页，纸页上写的并非地球上的任何一种语言，而是由像天目上显示的花符云纹、某些机器语言以及类似于地球上的各种语言文字混合而成，李正困惑怎么读懂它们的时候，这些文字仿佛知道了阅读者的心思，竟活了过来，从纸面上跳起身，一个一个，一串一串地跃进李的头脑当中，李也就在几乎同时完全领会了其中的意思，而这些已经成功与李交流过的符号，又在它们原有的位置上整齐地浮现出来。

"真是不可思议！"李下意识地摸了摸脑袋，才忽然记起，那只熊还在自己头上打盹呢！李把书合上，重新放回到架子当中。双手举高，摸到了头顶的一球鼓包。李用力把它扯了下来，抓到自己面前。小熊被这一扯惊醒，两只小眼睛瞪得圆圆，好像在质问他，为什么突然搅扰了它的美梦，李也被面前这只熊的无辜与惊愕弄得有点不好意思，但同时也因为这熊擅自吃掉花瓣和未经他同意就爬到自己身上造次生气，竟一时不知说什么做什么好，也是瞪圆了眼睛看着这熊猫。

地面又开始剧烈地震颤起来，所有的书架都向下坍塌，消失于无形。李也随着这凶猛的晃动而感到眼前一阵晕眩……

当他再次睁开眼睛，已回到现实当中，云教官正冲着自己微笑点头呢。"李，干得不错，干得不错！说实话，当你苦苦支撑着那个旋转的巨大花环的时候，我真是捏了一把汗，准备随时切断你与云端的联系。但后来花环竟然减速，并且最终停止运动散落于地，我就放心了。之后你仅凭意念就让地上的花瓣重新聚集并植入大脑，实现与云端的连接，又让我吃了一惊。就你所处的等级来说，同时完成这两件事是非常罕见的。"

"教官，难道不是你从中帮忙才让我连接成功的吗？"李有些困惑。

"当然没有，作为教官，只能对学员进行消极干预，也就是在学员有危险的时候才主动营救。其他的行为都是被禁止的。"

"这么说，我这次成功也是带有一些侥幸成分了？"

"啊，没关系的。这也是极正常的事情。绝大多数新学员，第一次连接都会掺杂一些不确定的因素。就拿你的两位队友来说吧，虞姑娘似乎从一开始就确有百分之百的自信与掌控力，反倒是贤级的周同学与你的情况相类似，他在高级连接时连续失败了三天，也是出于突然闪现的想法中终于在昨天得到了正确答案，也因此他来看你伤情的时候有些迟了。"

"噢，那，教官你除了我和花瓣之外还看到什么了吗？"李故作镇定且有些心不在焉地问。

"还有连接成功后出来的书。"

"是吗。"李稍稍松了口气，还好教官不知道熊的事情。

"我看今天的训练就到这里吧，从明天开始，除了增强与云端连接的熟悉度和稳定性以外，你的另一项重要任务就是把初级库中的所有数据有效加载一遍，这个你刚才已经体验了，虽然没有什么难度，但可能比连接训练更费时，因为数量很大。不过加载速度会随着你的承载量大幅提高的。"

"好，谢谢教官！明天见。"

云教官向李挥挥手，在蓝色火焰中消失了。李心里高兴，小跑着跃出房间，先走过周教授的训练场。只见他眉头紧锁，双手握拳，还在进行着刻苦的练习。李很佩服地看了一会儿，暗暗地为他鼓劲，然后静静地来到嫣然的教室。她刚好完成了一次训练，正坐在屋子中央和教官聊天，李敲敲门，听到积极的回应后，走进去和他们打招呼。

"啊，李！真高兴见到你！这么早就下课了？"

"是，今天运气不错，我连接成功了。"李故意压制着内心的激动，在嫣然面前尽量表现得轻描淡写一点。

"成功了！太棒了！"嫣然过来给李一个熊抱，"我就知道，你没问题的！昨天你还愁眉不展，怎么样，这么优秀的小伙子，要对自己有信心嘛！

"啊，教官，今天能不能就练到这里啊？我想……"

"当然，当然，这是值得好好为队友庆祝的时刻，"云教官也高兴地说，"那么，明天见吧，虞。"

"教官再见。"嫣然向教官恭敬地鞠躬。教官也在鞠躬中燃烧着消散了。

"李，走，去我家小小地庆祝一下吧。把鹭迪也叫上，他知道这个消息一定也会很高兴。"

"嗯，不过我刚从周教授的房间来，他还在紧张地训练，很专注也很辛苦的样子，我想现在还是不太方便打扰他。"

"噢，你说得对。那就等他下课再说，反正他就住在我的楼下。"

两人走出了训练室，迎面碰上也是刚结束训练快步走来的周鹭迪。

"啊，鹭迪！刚才李说你正在练习的紧要关头，本来打算晚些时候再告诉你。没想到这么快你就完成了，贤者就是贤者啊！特大喜讯：李与云端连接成功了！我想咱们一起在我家庆祝一番。"

"噢，是嘛，很好，很好。恭喜你，李！要继续加油啊！不过今天恐怕不太行，体力确实透支了，你看，我现在连抬手都费劲了。教官也说得赶快休息恢复，不然会有脑部损伤。实在抱歉了！改天来我家，我当面谢罪，啊。"周一脸疲倦地说道。

"没关系的，这实在算不得什么大事，尤其是在你们面前。嫣然，要不等你和周教授都有时间了，来我家坐坐吧。"

"鹭迪今天状态确实不好，你和李一样，训练时候还是得量力而为，循序渐进。"

"是，嫣然同志教训得是！哈哈，以后注意。"周露出些笑容，"那我先失陪了。"

"好，明天见！好梦。"周乘着筋斗云径自上升向住地去了。

"嫣然，那我也……"

"不许走！今天对你来说是很值得纪念的日子，怎么可以孤独着过呢。不许走！跟我来。"嫣然装作上级发号命令，双手已温柔地挽入李的右臂，她的筋斗云也悄然将两人托起，向上浮动。

嫣然的房间很有欧洲古代宫廷的味道，一进来，李就想起大学时候去法国参观凡尔塞宫中几个房间的样子，墙上挂着中幅或大幅的肖像和风景油画，装饰桌上摆着中国的外销瓷器，卧室里有一张带华盖的超级大床。空气中隐隐然弥散着香谢丽摩尔二百年店庆出品的限量版水晶蓝熏衣露的淡雅味道。"估计嫣然在地球中的住处也是这么设计的了。"李心里想到。

"啊，是的。但没有那张床和这许多瓷器，油画也都是仿品。许三多说过，人活着不能太舒服了，太舒服了会出问题。"

"那你现在……"

"现在不一样嘛！你不觉得在桃花源，我们好像没有太多现世的七情六欲了吗？家里布置成这样无非是圆自己一个心愿和为了审美的协调。"

的确，正像嫣然所讲，从来到桃花源起，自己的物质欲望可以说完全没有了。当然这和物品随时随地可以让云端实现的事实应该有莫大的关系。但也不全是，不然自己会把时间全放在制造各种器件玩意儿上。这剩下的原因，李也想不太清楚。 更有意思的是，自从可以与云端互通有无以后，头脑的认知能力指数级地上升，各种在地球的智力游戏都变得毫无挑战性。比如围棋，我一直为它招式布局的千变万化所吸引，每每和高手对弈，都为有特别的收获而格外高兴。但现在，我的头脑中已经穷尽了围棋盘上的所有可能性。也就是说，我是不可能输的，最坏的结果就是和棋，而且在桃花源中，应该百分之百是和棋。

"嫣然，你说得很对。在这里，智力的高低几乎或者说完全由与云端的联接等级来决定。对于任何的智力游戏，根本无须比试就已胜负分明了。或者更确切地说，在现世中，人类的智力是瓶颈，而在桃花源，智力游戏本身变成了瓶颈。"

“对，就是这样的。”

“更进一步说，运气的效用，在桃花源中被极大地弱化。”

“啊，是的，就是这样！”嫣然对于李的这个发现表示赞赏。“而且至少在智力方面的信息不对称被彻底消除了。”

“基本正确，但神奇的是，就像带我来这里的桃源人所说，潜力这个东西仍然存在。”

“是的，是的！罗伊也是这么和我说的。他说我在各方面的能力数值都很平庸，唯独潜力这一项比较高，这也是我被云端选中来到这里的原因。虽然到目前为止，我仍然认为是云端内部的评判系统出现了不可思议的扰动。Anyway，我想指出的是，这里的科技只是基本上了解了如何约略地测量潜力的方法，虽然这个方法不够准确，至少我如此认为，但仍然没有任何办法来对潜力进行操作。”

“哈哈，是了，是了！而且就在我们说话的过程中，包括之前在桃花源的游览，李，你应该也注意到了，这里的人似乎唯一的兴趣来源。”

“你是说……”

“对的。”

十六

李站在徐徐下降的“电梯”上，心中仍然回味着在嫣然家的谈话。原先他惊叹于桃花源表象下的巨大科技成就，但并不自卑，一直坚信着地球经过百千万年后亦当有此成就并向往着这成就的生发，但现在却有些忧心忡忡起来。他惊喜于嫣然引导下的新发现，可这新发现背后的原因是什么？这原因对应的结果是否必然？呈现的因果程序背后伴随的牺牲是否全善？自知自觉地、全身心地陷入这样的问题当中想必已囿于这结果之中，又是否能在这纠缠当中看得清它？

李的沉思被身前快速下坠的物体惊醒。

“啊，是另一部暗黑色电梯。这么晚了，竟还有人要工作。怕是像我们一样，突然有了什么新发现，要去实验室试一试。”

暗黑色电梯降到了地面，一个熟悉的背影走了出来，东张西望了两下，好像在确认自己有没有被发现，之后以极快的速度乘云向着训练场的西面空旷地飞去了。

"是周教授！"李开始好奇起来，甚至有些小紧张。他应该还没有进入天元阵从事研究的资格，而且也不是去训练馆加练，方向是远离桃花源中心的，那边应该只有机器人。这是怎么回事？

李也加快了电梯下降的速度，并立刻召来筋斗云，决定稍稍跟在周教授正后方，云彩和自己衣服与皮肤都调整为与周边相近的色泽，尽量避免被发现。周教授飞过一段低浅的草坪后，进入了约一人高的芦苇荡。李只好让筋斗云升到高空，俯下身去寻找周教授的行迹。

天空中忽然来了一阵风，夹带着一些花瓣和白沙。李的眼睛迷了一下，被迫降低些速度，赶紧用手揉揉眼。定睛再看，芦苇荡恢复如初，只有随风飘动的一层一层波浪。

"啊，该死！"

李极速下落到最后一次周教授出现过的地方。

"依照他的速度，消失的地点应该就在附近方圆两百米的范围内。"李很不甘心就此放弃，决定努力找一找。他先是让筋斗云做了一个红外线眼镜，但并没有发现任何热源残留的迹象。"也是，桃花源的生命体本就与地球上不同，只可能接收热量。"于是，李又让筋斗云造出一支荧光的喷雾剂和能够看到荧光的眼镜，画了一个半径一百米的圆形区域，"看来只好用brute-force的方法了"。

经过大概三个小时的仔细搜索，李仍然没有发现任何可疑的位置。"我把每一立方厘米的空间都检查了两遍，甚至此圆形区域外周教授曾经过的部分地方也探索了一下，竟毫无所获。按理说，以高速经过芦苇丛，总会对其中的土地和植被的原貌造成破坏，但周教授竟能使它们完好无损。真是太厉害了！应该是和他已经开启与云端的高级联通模式大有关系。唉，知识就是力量啊！古之人不余欺也！"李有些心灰意冷了，"还是先自己多努力学习和训练吧，也许等自己达到周教授的能力高度，才可能知道有效的跟踪搜索方式。"

李的心气儿一放松，便突然感到身体和精神的疲惫。是啊，白天训练了一整天，不仅要抵抗与云端联接时的巨大阻力，还得和那只不速之熊斗法，身心本就有些透支了，又经过三个小时的地毯式搜索，真是吃不消了。李一边想着，就在圆形荧光的边缘躺下来，筋斗云很适时地变成一只松软的枕头，让李舒舒服服地靠在上面。

桃花源的夜空比地球上还要绚丽，有三条宽度相似"银河"贯穿南北，中间一条比较直，边上的两条都有一些向外的曲率。其中除了万亿计的发出白色或略带淡蓝色光辉的恒星，三条"银河"的河带分别呈现出淡绿、淡黄和淡红的色彩，就像极光一样，色泽随着时间也有些波动。弯弯的大月牙儿低垂在西方，上面的尖尖角恰好钩在一条"银河"上，仿佛若是那河堤决了口，月亮就要落入地下似的。微风轻拍着身旁的芦苇和李的面颊，时而卷来些桃花，散在李的胸前和曲起的腿上，似是也有点疲累了，找个凭借休息一会儿，又一跃进入风波中继续赶路。一两颗流星从西向东横贯银河而去，竟在空中留下浅浅的银灰色星痕，努力撑持好几分钟，才化入银河如丝如纱的光晕之中。李沉醉于这让人遐想的幻妙景致，也惊讶于自己竟这么长时间都不曾对它加以欣赏。要不是明日还有训练课，真真是要在此任性至天明了。

昏昏欲睡的李被地面及附近芦苇的振动惊醒，他旋即翻过身匍匐着，筋斗云披在身上变成芦苇的形状和色泽。在几乎与李处于同一直径上的异侧地面上，拉开了一个洞口，从里面透出青幽幽的光，本来是直冲上照射的，渐渐地像花苞绽放一样，向周围倾斜，被照到的芦苇仿佛受到了某种力的作用随即被压倒在地上。周教授缓缓地探出头，环视四周。李赶紧把头低下去，让筋斗云把自己完全覆盖住，只留下一个小孔，稍微能看出前面的情况。周教授显然没有发现什么异常，就迅速从地洞中升起来，向着训练馆的方向飞走了。青色的光束又向上聚拢，被压弯的芦苇也逐次恢复着原貌。李顾不得许多，连脚蹬带手趴，疯了似的往洞口跑，他知道这是今天唯一的机会了。大地又开始振动了，芦苇也发出瑟瑟的声音，地缝越缩越小，就在关闭的刹那，李钻了进去。地洞内深不见底，呈四十度左右向下，周围的墙壁异常光滑，李几次用手想抓些东西作为下行的阻拦都失败了。他又试着把身体尽量铺展开，增大与墙壁的接触面积以提高摩擦力，但似乎也不太奏效。经过十几秒的加速，终于到了隧道的尽头，一个长廊的天花板，李重重地摔在地上。李是侧身掉下来，左臂和左腿都受了较重的内伤，不能灵活地受大脑支配了。李用右手和后背撑着墙，站了起来。

"左腿虽然不能屈伸，但勉强还能算个支点；左胳膊算是彻底报废了。

"筋斗云应该是没能随着我一起进来，不然也不会摔得这么惨。

"这里竟没有可以进行修复工作的沙束！幸好这里的人体构造感觉不到疼痛，也没有血液之类的东西，要不真的会瞬间就死了呢吧。　"可情况也并没有好到哪里去。就算洞口没有封上，我也断无可能回到地面上去了。

"对了，试试与云端联接，这样就能与外界沟通了。"李尽量平静自己的心绪，闭上眼睛，准备进入与云端联系的精神模式。但奇怪的是，任凭如何努力，虚拟时空中什么都没有出现，最后总是被迫退回到清醒状态。李又尝试了几次，都是一样的结果。

"靠，难道我真的要加入古墓派，成个活死人吗。

"越是在极端不利的时候，越是不能丧失信念和希望。这是爷爷和父亲时常教导我的。要沉着冷静地想办法。

"既然不能逃生，不如把周围环境探一探，兴许会发现其他的出口。"李开始观察自己身处的环境：一个立方矩形的长廊，坠落的位置是在长廊的一端；另一端大概距此一百米。横截面是边长十米左右的正六角形。在六角形上端的两个顶点处有白色光源，但并不强烈，仅恰好能让李看清长廊各点的情况。墙面是深蓝色被边长半米出头的正六角形的金色边框分割，仿佛置身于一个蜂窝格中。李先走到最近的长廊一端的墙面，用手敲了敲自己目前还能碰到的六边形格子，没发现什么异常。李转过身，慢慢地向另一端走过去。他仔细观察着左右以及头上的墙面，随机地拍一拍格子，都是一模一样。李有些失落，皱着眉微微低下头叹口气，发现自己所站的六角形竟然是黄绿色的，上面还有一个数字3。李环顾四周，发现自己刚刚走过的两个格子也呈黄绿色，上面有一个数字2。仔细看上去，其实每个在地板上的格子，从有数字2的开始，就都写着一个数字。2有一层，自己踩着的印有3的格子有一层，远处还有4是四层，5是一层等等。每一层都是一个倒箭头形状。正在李觉得奇怪并思忖这些数字含义的时候，熟悉的蓝色对话框在他面前铺展开来，上面写着："欢迎来到灵台一心秘洞。进入灵台之人皆需接受游戏挑战。游戏规则：地面格子印有从2到8的数字，质数格子一层，其余格子层数等同于里面所印数字。碰到非质数格子或重复接触已碰到的格子或碰到数字低的格子或宣布放弃游戏或超时即为失败。灵台入口在秘洞一端，游戏成功则入口开启。若不接受游戏挑战，则不算失败或成功，进入秘洞者将被送回桃花源。”

“太好了，我不接受挑战。送我回到地面上吧。早知道就不该跟踪周教授，更不该钻进秘洞来。”

“你已进入数字蜂格区域，游戏已开始。你还有291秒。”

“我靠，这不是霸王条款么？！我进来了，你才显示的游戏规则啊。若早知这样，我根本就不会接受游戏。”

“进入秘洞者若提前观察到数字蜂格，游戏规则就会显示出来。你还有283秒。”

“你……这……那若是失败了，是不是和不接受挑战一样结果？”“不是，会被送往铁围。你还有276秒。”

“铁围，那是什么地方？好像在哪里听说过。”李依稀记得是奶奶曾经念叨过这个词。那应该是佛家的概念了。

“难道是……”

“正确。你还有270秒。”

“你这不是坑爹嘛！那如果我再向前走一格，才发现抑或没发现这些数字，不就立刻完蛋了？！”

“运气也是人生很重要的组成部分。你还有265秒。”

蓝色文字燃烧着消失了，对话框的面积缩小到正好承载三位数字，来记录游戏所剩时间。

“看来只能搏一次了。要冷静，冷静。”（262）

……（256）

“既然刚才出现了对话框，就说明此时可以与云端联接了。若是能通过云端恢复身体机能，胜算就会大一些。”（253）

“怎么办……”（201）

“可恶，仍然不行！”（200）

“好吧，想想规则中有什么可以被利用的。”（198）

……（189）

"不能踩到已经碰过的和比当前数字小的格子，但是并没有说不能碰或反复碰完全没有数字的格子。"（187）

李转过身单脚跳到数字为2的格子之前的地板上，没有任何事情发生。这验证了李的猜测。（185）

李再转回来，看着这些数字的排布。（184）

"印有同样数字的格子呈倒箭头形状，是为什么呢？"（183）

……（180）

"印有相同数字的格子只要没有踩到过，也是有一次触碰机会的，那么这种向两端向前延伸的形式，应该是有朝向此两个方向移动的暗示。"（178）"除地面以外，其他在墙面上的格子都没有数。"（177）"我明白了，通过斜向前的加速跑，上到倾斜的墙面上，利用惯性一鼓作气冲到下一个质数的格子。"（175）

"加速是容易的，关键在于要稳当的地下来。"（174）

"看来我得利用身后的格子先进行一下演练了，好在时间还来得及。（172）"

李重新转过身，先在脑海中虚拟地标定好印有3，4，5的格子位置。自己站上除最近端数字3以外靠左方最近的印有3的格子里。调整了一下身体姿态，拖着受伤的左腿，一跛一跛地开始加速起来，跃上墙面以后，基本只能靠右腿向前跳，好在距离不算远，李比较顺利地到达了5的格子，并很好地控制住了身体的前倾，没有碰到6的格子。（165）

接下来，李沿着5的格子向回走到最后端，停下来，调整一下身体，目测了一下到达数字7的格子的距离。再一次加速起来，跃上墙面，随着惯性继续向前跳，最后平安地在7的格子上落定了。（151）

数字8的格子厚度最大，但它之后的格子就没有数字了，所以可以使出全力冲刺。李按照同样的方法尝试了一次，但没有成功，落在的倒数第三层数字8的格子上。他退回到格子7，重新加速，这一次在最后阶段，他并没有选择用脚，而且纵身向前作平扑，用手去够安全格子，再顺势前空翻。这次成功了，而且手碰到的格子距离数字格子8甚至还多出一层。（121）

李看时间还有富裕，就又重头排演了一遍。这回是一气呵成。

（88.3）

李快速走回到真正印有3的格子上，调整好身体，尽量把调整心情，使自己平静下来，闭上眼再想象一遍自己刚才成功排演的细节。（75.1）

然后他坚定地睁眼，开始加速。

十七

就像排演时一样，李很顺利地到达了格子5。他现在更有信心了。时间也还是足够的。（65.6）

他又在脑子里过了一遍如何站上格子7的流程。加速，跃上墙面，随着惯性向前跳。就在一切看似正常，李也觉得可以提前想一想通过格子8的步骤时，李的右脚不知是被受伤的左腿别了一下，或是着力点有些偏，重心突然不稳。李赶紧收回有点散漫的心思，左脚立刻点一下墙面支撑，然后马上右脚跟上，用力跳到格子7。但力气有点过，身体重心向着前方的格子8倾斜过去。李迅速以右腿为轴心，强行向身后旋转，让重心朝着后面的格子7倒去。最后，算是有惊无险地趴在了格子7上。一个前滚翻坐起来。李被这个失误吓得不轻，而且之前的排演和刚才的两次加速，也让他的体力开始不支。

"这里的光源竟然不能为身体提供能量。"李开始对自己的体能担心起来。他看看一直跟在身边的对话框，44.0。"还好，我可以稍微休息一下，通过空气补充点能量，虽然非常有限，但即使只有30秒，也可以让我成功的概率至少提升20％到30％。"

李盯着对话框，尽量停止任何思考以减少能量损失。还有20秒的时候，李跟跄着站起来，把流程快速地过了一遍。（11.8）

"来吧！"李开始全力加速，用尽全力向前跃上墙面。右脚在接触到墙的一刹那，开始打滑！这种触觉就像刚刚钻进地洞时一模一样。

"摩擦系数竟然变化了！"

李的身体开始逐渐失去重心，不得不提前做鱼跃的动作。李努力用双手够最远端的墙面，然后施加最大的垂直作用力，将身体尽可能向前方抛出去，并尽量收腿。

"加油啊，就差一点儿了。"李重重地砸在了地面上，他用右手把上身撑起来。回头看。对话框的时间静止在3.69。在他的斜后方，一个印着数字8的格子发出可怕的黄绿色。

对话框上的数字消失了，边框扩大，弹出一行血红色的字迹：游戏失败，秘洞100秒后坍缩。"整个空间开始猛烈地振动起来，四周的蜂窝状格子也逐渐出现了裂痕，有些甚至直接随着振动上下左右飞跃。远处秘洞的一端向着李的方向收缩过来。

李仍然沉浸在任务失败和将要牺牲的惊恐当中，不甘心而又无助的泪水滴落在手臂和地面上。

"还是输了。输得这么干脆和彻底。

"我竟然要死在这个陌生的与地球毫无联系的世界里。我的朋友，我的亲人，永别了。爷爷和奶奶，我将被隔离于现世轮回之外，不能与你们再见了。我真的不甘心，但是……我尽了最大之努力，所以也没什么可后悔的。"

李擦干了泪水，准备以更加平静的昂扬的姿态来面对死亡。

身旁的对话框仍然闪烁着有些刺眼的红色数字：76，75，74……

"等等，依照桃花源的技术，如果真想置人于死地，完全可以瞬间办到，为什么还要等100秒？

"是的，我还有60多秒的生命。这一定暗示着还有什么方法可以自救！

"对的，就是这样！"李不禁重新兴奋起来。

"秘洞是从另一端开始逐渐向这里坍缩的。也就是说，自救的方法应该是存在于这一端。"

李站起来，转过身，向着秘洞的尽头走去，并仔细观察着周围尚未探索的空间。

"啊，这秘洞一端的墙面从原来的蓝色变成了绿色，上面好像显现了一些字迹。"

李用尽全力快步走过去。果然，上面印着生存的条件："两道题目，给出正确答案可逃脱秘洞。做错任何一道，秘洞探索速度即变为无限大。每道题目各有一个提示，可帮助减少题目难度。一旦选择提示，秘洞坍缩时间减半；每答对一题，秘洞坍缩时间加30秒。是否选择开始答题？"（43）

"当然，请赶快出题！"（42）

"第一题：一个只能称轻重而没有任何标尺刻度的天平和90枚硬币，已知其中的89枚的重量是完全一样的。请问最少需要使天平几次来得到那重量特殊的一枚硬币？"（37）

　　（23）

"请给出提示。"（18）

"提示（17）：如果一共有12枚硬币，则最少需要称三次。"（15）

"12枚是三次……（14）

"90比12大而且大很多，所以最低次数的 lower bound 应该是四次。（12）

"从12组12个硬币中找出有问题的一组肯定也是三次，那么再从这有问题的一组12枚硬币中找出那个唯一的特殊硬币还需三次。所以这个问题的upper bound应该是六次。 （6）

"90和12与144的相对位置……这样看来概率更大的应该是……（3）

"我选5次！"（2）

……

"第二题[1]：（32）

"在一个小镇上，所有的妇女都相信一个预言，即有一天镇上会有个陌生人造访，他会通告这个城镇里是否有男人对自己的妻子不忠。陌生人只会说'有'或者'没有'，但不会告知具体有多少个不忠的男人。每个妇女都知道除她自己的丈夫以外，其他的男人是否不忠，但任何妇女都不想把自己知道的信息与别人分享。不忠的男人也不会自行承认自己的不道德行为。一旦有一天，一个女人确认自己的丈夫出轨，她就会在第二天把他扫地出门。现在假定，这个具有神奇能力的陌生人来到了镇上并

____

1. 本题自出《Heard on The Street: Quantitative Questions from Wall Street Job Interviews》

且告诉大家'有'不忠的男人存在。当他说到第十天的时候，开始有女人把自己的丈夫踢出家门。请问，这个镇上，有多少不忠的男人？"（23）（13）

"请给出提示。"（12）

"提示（11）：如果只有一个男人对她的妻子不忠，则在陌生男人宣布后的第一天，即会被他的妻子踢出家门。"（9）

"啊！我知道了。如果只有一个男人不忠，他的老婆将以为这个小镇上没有任何男人不忠——其她女人虽知道，但却不告诉这可怜女人——而陌生人的宣布与自己的判断不符，所以只能是自己的丈夫不忠。如果是两个男人不忠，则此二者的妻子们都认为只有对方的老公不忠，所以她们期待着第一天对方会把自己的男人踢出家门，可实际上第一天将无事发生。这会让她们立刻意识到还有自己的男人也劈腿了，所以第二天早上，两个男的都被同时踢出家门。（1）

"答案是……咳啊……"

秘洞一端的墙面压入了李的胸膛，李瞬间失去了意识。

……

我在哪儿？

已经死了？感觉不到自己的身体……看来真的失败了。

只差一点点。

这是轮回之外吗？是地狱吗？

为什么如此平静？

到处都是淡粉色的雾气。

这是我的灵魂么？ 我什么也看不到，听不到，感知不到。 真是寂寞啊。

……

雾气渐渐消散了么？

我还有身体！还可以行动！

仍然完全没有感觉。

有两个人走过来了。一个瘦高，一个矮胖。

噢，他们都是极其聪明和有道德感的人。

他们看到了我，并走过来，但他们不知道也无法知道我的智力和品格是什么程度的。

他们显得有点紧张。

原来我是在生死二界的边缘上。

刚才虽然没有真正喊出答案，但似乎我的思路是正确的，所以云端并没有把我直接交给魔鬼。大概是这样吧。

我是怎么知道这些的？！难道是云端在传递这些信息么？

这两位绅士的手里各握着一支灵魂剥离器，一旦被打中，就会与生界永别了吧。我的手里竟也出现了一支一模一样的武器。这是说我可以用它来还击吗？[2]

"我们三个人的设计准度很不一样，成功率分别为百分之十，三十，和六十。只有我不知道这些准确性分别对应哪个人。

"大家轮流发射，我被排在最后一位。

"好吧，只希望我别是那个百分之十的菜鸟。

"每个人的发射时间是半分钟，过时则手中的武器会以相同的准确度对自己开枪，然后轮到下一位选手。啊，我可以被允许与云端联接一次做必要的概率计算，真是谢谢了！"

……

这是最后的最后了吧。

第一个胖胖的绅士已经端起武器。游戏已经开始了吗。

他向那瘦高个儿开了一枪，但打偏了。这很好。

轮到第二位绅士了，选择了我，已经瞄准了。

看来我的准确度不是那个最差的了。

他有些犹豫。不用担心，这是生死存亡之际，我不会对你有任何责难的。好吧，让我把眼睛闭起来，并且给你一个微笑吧，这样或许能让

---

2. 同注1.

你痛快点儿。

应该开枪了吧。看来我运气不错呢。不知道这好运气会不会保持下去。

"Let's see …"

十八

李慢慢睁开眼睛，双手撑持着坐起身来。头很疼，并且嗡嗡作响。李下意识地用手使劲揉一揉太阳穴，然后做了几次"干洗脸"，感觉清醒了些。"记得刚才还在射击，不知道什么时候就昏睡过去了。""我的手臂和腿脚上的伤竟然好了，而且也重新有了知觉。这是不是说明我过关了？"

李站起身，环顾四周，那两个绅士已经消失得无影无踪，雾气也没有了。整个世界，除了向八方无限延展的乳白色平面，和略带些微黄的空气外，再没有其他。李又开始怀疑起来。

恐怕还是输了吧。这或许就是关押我身体和魂灵的地方了。

既然如此，不妨到处走走，兴许能碰到什么同样可怜的人，或者哪怕是个物件也好。

李刚刚决定了一个前进的方向准备迈步的时候，在距离自己两三百米远的地方，渐渐地显现出一个巨大的圆形水缸，充满了浅蓝色的液体，一条青色的如蛇如带鱼状的动物在其中快速地来回游弋。它仿佛也观察到有不速之客的到来，慢慢停止了活动，把身体盘起来，面部朝着李，但丝毫没有紧张或惊诧的神色，反倒是有种早知如此的平静。李对于眼前的景象是兴奋的，终于有了另一个伙伴——如果它确实没有恶意的话。就算有恶意又怎样呢，反正已经不在人世了，总不会在死亡的世界里再"死"一次吧。李加快了步子，走到这动物面前，仔细地打量它。这家伙的长相非常类似中国古代先人雕刻的玉猪龙，而且肌体的质地也很像是玉石，由成千上万的玉鳞片构成。长长的嘴巴侧面有一些白色的须发，仿佛是上了年纪。

"你来得有些迟了。"

"你竟然会说话？！真不可思议。你叫什么……"

"时间不多。李，听我说。"

"你知道我的……"

"话只能说这一次。你须专心，不要打断我。"

"噢。"

玉龙停了下来，表情变得极为凝重，但面容又是那么沉着和坚定，好像一位迎接着近在眼前的惊涛骇浪和狂风暴雨的老水手。他这次不再用心语，而是以尽量大的声音说出来。

"不可对其他人提起这里的事和我说过的话。"

话音未落，水缸中即传来一声极清脆响亮的玉碎的爆破音。一根碗口粗的红色长枪，斜插进玉龙正中的身体里，鳞片飞崩着向周围散去，渗出水银般的液体。长枪射入的力度是如此之大，蓝色液体的波动打到缸壁上产生的振动而造成的气体冲击，把毫无准备的李弹倒在地。李艰难地重新站起，但向后退了几步。

"这里仍是桃源的崇文同仁殿……"

又一根红枪，极速地插进玉龙的脖颈。这次李有所防备，躬着背，屈着膝，双手护住头部和胸部，而且相对之前的位置靠后，冲击波虽然依旧猛烈，但只是身体稍稍向后平移，并没有再被弹起来。

玉龙痛苦地咧开嘴角，左眼紧闭，银色带着荧光的液体从咬合的牙齿缝隙中缓缓地流出来。

"你会死的！请不要再说了！有什么办法来帮助你！"李大声喊道。

"任何世界……物律守恒……唯……"

又是一根红枪，从玉龙的右眼眉入，左下颚出。数颗龙牙如出膛的子弹一般，向着三四个不同的方向飞窜，划出一道道水线。它们飞跃的过程中逐渐被蓝色液体侵蚀，发出火焰般的光芒，消失了。玉龙极度虚弱，还算完整的左眼皮耷拉着，瞳孔几乎失去了焦点。刚刚插入的红枪，把它的面部钉得死死的。李快步冲到水缸旁，用尽气力想砸破它，但透明的琉璃壁甚至没有一丝一毫的振颤。

玉龙似乎感到了李的心意，慈祥地看着他，静静地表达着自己的感谢。它用尾巴敲击水缸，示意李不要再做无谓的努力，并且自己还有话要说，让他集中精神。

李恢复了冷静，尽量站到玉龙的面前。玉龙顿了顿，腹部的积液把身体局域撑大了一点，这些积液慢慢上升到脖颈，最终到达口腔。玉龙再次狠狠地用尾巴敲了两下水缸，李知道，他又要说话了。玉龙猛地将积蓄在口中的液体一齐吐出来，趁着下面的积液还没有返上来，用尽最后的气力说道：

"心智不同……而结异果……"

最后一根红枪从后脑贯穿整个口腔，径直顶到水缸的琉璃壁上。巨大的冲击波，瞬间抵达李的整个正面身体，根本没有时间反应，就被弹射出去，李感到身后的空气被挤压成铜墙铁壁，但因前面压力太大，背后的音障被生生地挤碎，李感觉自己的身体也被碾成了支离的扁片，就在失去意识前的瞬间，隐隐然又听到了玉龙的心语："你真的很像……"

……李再次醒来的时候，已经躺在一张由筋斗云组成的软床上。他慢慢地坐起来，用眼睛和双手仔细检查了一下身体——完好无损。李跃下地，开始打量这间陌生的屋子。整个房间是密封的长方体，没有门窗，地板、天花板和四面墙都是浅紫色的，从长方体的棱边上透出极柔和的光，均匀地点亮整个房间，既不刺眼也不昏黄，非常适合休息或冥思。四周的墙壁上悬挂着一些半身照片，都是一席白衫的老人，相貌端庄安详，冲着观看者微笑着，眼神中透出一种深邃的智慧与悲悯。任何人站在他们面前，都有种被看穿的感觉，但却丝毫没有不适感，反而希望亲近他们，得到他们的指导和教训。这让李马上想到了玄悲和玄易两位师父。是啊，照片上的这些老爷爷老奶奶多像他们，难道这里是桃花源的"圣贤纪念馆"？自己又是怎么来到这里的呢？刚才是梦吗？

正在思量的时候，左手边的墙壁发生了空间扭曲，一个白衫老人捧着一摞书踱进了房间。"你是玄易师父！"李简直不敢相信自己的眼睛。桃花源最鼎鼎大名的人物竟就这样毫无征兆地出现在自己的面前。

"啊，李，你已经醒了。"玄易师父把怀中的书籍放到左手边刚刚由沙束形成的中国式紫檀木桌子上，然后微笑着看着李，那神态和墙上照片中的老者一模一样。"有没有做个好梦？"话语间，两人的身旁已各多了一把貌似黄花梨木的高椅，老人伸手示意李坐下，不要拘束。

"师父，这里是什么地方，我是怎么到这儿来的？""这是我的居所，至于你的到来，我也很是意外呢。"玄易师父话语中透着一些喜悦的情绪。

"你知道么，在没有被允许的情况下能够找到这里来的人可是非常了不起的。即使是贤一级的桃花源民也需要一些运气。

"我很好奇你是怎么知道通向这里的隧道的入口暗语，不要紧张，我丝毫没有要责备你的意思。"

"师父，其实我并不知道什么隧道什么暗语的。"

"哦？"

李犹豫了一下，但还是决定把事情的原委坦白地说出来，他觉得欺瞒不好，更何况是在这样一位令人极之尊敬的长辈面前。

"是这样的，我今天在贞元精舍完成功课以后，偶然看到周鹭迪教授向着人际罕至的工业园方向疾走，似还有些不安的神色，就跟了去。"

"原来是这样……那你一定也在遂道里接受了考验？"

"是的，是的！但我最后一道题目并没有能在规定时间内答出来，虽然已经基本猜出了正确答案，然后……"李突然梗住了，他想到了玉龙的话"不可对其他人提起这里的事和我说过的话"，现在也不确定这是不是一场梦，并且他也开始倾向于这种论断，但不知为什么，他此时还是把与玉龙会面的情景咽回了肚子里。

"然后什么？"

"嗯……然后，我就失去意识了。再醒来时，已身在此地。"

"哦。"

"我想，你应该还是在最后时刻答对了那题目，或者云端感知到了你心里将要说出的答案，所以就让你通过了。当时，还真是把我吓了一跳。你浑身是伤，几乎丧命。"

"谢谢师父救我！非常抱歉私自闯入您的住处，恳请您的原谅！我更不该怀疑和跟踪周教授的，我会向他说明一切，并同样请求他的原谅的！"

"别这样说，我的孩子。人皆有好奇疑惑之心，你对这许多事情都不知晓，而且也没有伤害他人，何来的道歉呢。而且，我从你被选中来桃源开始，就已经向珍妮和罗伊表达了希望见到你的意愿，所以我是一直允许并欢迎你来这里的。只是最近事情多了些，你又在刻苦的学习当中，我就擅自决定把见面的事情缓一缓。如此说来，倒是我应该你道歉啊，我的孩子。"

玄易师父的话再次深深地打动着李的心灵。师父的气质和胸怀即使再聪明贤慧之人也难启及。

"师父，在这里打扰多时了，我还是回去吧。您也该休息了。"李说着便起身准备辞行。

"啊，不要紧的。在我面前，不要拘泥礼数，桃源之中没有什么下上级关系，也没有什么高低贵贱的分别，所有的人都是平等和自由的，都是相互信赖和友爱的。要说真有什么不同，那不过只是经验上和天赋上的，前者是完全可以通过后天的努力获得的；至于后者嘛，的确，从某种程度上来说是不容易弥补的，这是上天的安排。但我想你在桃源的这段日子里也有所见闻，越是有天赋的人，承担的社会责任和义务就越多，承载的来自他人的期待和嘱托也越重，更没有权力享有什么特权。所以，恳请你，我的孩子，以朋友的名与实来对待我，和对待桃花源的人民。"

"谢谢师父，我会做到的。"

"太好了！

"既然来了，就是缘已起，何不顺乎自然？在你昏睡时，我已经和玄悲师父以及管理精舍的各位老师商量过了，临时放假休整一天。所以不必这么急着回去。和你聊一聊，我很喜悦和荣幸。"

"师父真是折煞我了！千万不要这么说，我才是荣幸极了。只是怕误了您的工作，扰了您的生活。"

"呵呵呵，好了，好了，再这么客套下去，倒真是要误我大事矣。

"来，来，让我先引你在周遭转一转，这里风景还算说得过去。"说着，玄易师父右手轻盈地托起长衫的袖口，向远后方掠过，顿时，紫色的天花板与四壁退去了色彩和实质，眼前豁然展现出一方广阔的中国秦汉时期的帝王庭院，清朗通透，庭檐下的风铃低吟着久远悠扬的歌赋，梁柱间涡旋的花瓣勾勒出绵延芳芬的诗词韵味。庭外竹林小桥曲水流觞，白沙浅滩上，奇松怪柏间，雨露浸润的黑褐石板，三两鹊雀，整肃着羽翼，怡然点脚于春明清秋的银盏铜爵。

"这是老朽的陋室——天柱山灵台阁。"

十九

老人招呼李来到庭外的回廊上，指给他看周围的山水。

"我们所在的位置处于另一块大陆之上，这里基本维持了原始生态的面貌，除我以外，再没有其他人于此长住。大陆的腹地呈现西高东低之势，有两条大江河分列南北，由三千里外的高原寒地发端，灵台阁的位置在偏南大江的下游，据传此地亘古时有陨石撞击形成天坑，江河流入就注水成湖，天柱山是由西北山脉绵延至东南的最后一座高峰，视野极佳，又临一湖，所以我就在此清理了最上部分的峰顶建了这方阁院。

"这里与桃源大陆隔太平海相望，乘云而来甚费时日，所以在地下通过一定的时空弯曲开了条隧道一心洞，便于两地的往返。其实自从一百五十年前我移居于此，就逐渐将桃源的管理协调事务交给玄悲师弟了，大概在三十五年前，我完完全全地'退休'，只静心于自我休养，准备在这儿了此一生，哈哈，请你不要见笑。但桃源人还是希望我能发挥些余热。我的脑筋已经比不上年轻人了，不想尸位素餐，再三推辞掉了科研创作的任务，只挂了个教育顾问的虚衔，在精舍学员中期或末期的评定中给些建议。

"在你入学的这段时间，我和罗伊谈过一次，他与珍妮都非常喜欢你，说了很多你们讨论的话题，我也觉得很有趣也很有价值。"

"师父，请您不要这么说。我的能力是整个学园里最差劲的了，连与云端最初级的接入都要花上一周的时间，而且还有同组队友极大的协助帮衬，加上一些运气成分。而且目前来说，也只是成功了一次罢了，其实我也不知道下一次尝试是否会顺利成功。

"不过，您的话提醒了我，我确实有一些对桃源的问题至今不能领悟，和珍妮罗伊聊起过，他们觉得您是最合适给予我解答的人。如果师父不嫌弃我的愚钝，不厌烦问题的稚拙，请您教我。"

"不要这么说，我的孩子。众生都是平等的，也许现在我之所识会比你更深入更广泛一些，但我相信通过勤勉和坚信，人人都可以学业精进，达到甚至超出自己当初的预期。能够帮助你们，是我的责任和福气。

"罗伊他们大体上和我说了你有疑惑的地方，我也都一一记下了。不妨让我从头与你说起。"

李的内心激动不已，恭恭敬敬地站起身，微微向长者鞠躬，专注地听取老人的见地。

"珍妮罗伊首先提到你问到若再次回到地球，在地球原来一切身体上的疾病伤痛都会消失，但身体外在的残疾或先天的病患，是不会被消除的。其实，桃花源的技术可以治愈现世存在的一切疾病。之所以不这样做，是因为我们在决定与现世进行连接时，就达成了一个协定，即这种连接是秘密的，对现世的影响要尽量小，这也是为了保护桃花源。外在的残疾或先天疾患，或是一目了然，或是到目前为止尚无行之有效的解决方案，贸然治好，自然会引起整个社会的关注和震动，这样的事情应该会被地球人称作奇迹，但奇迹是不会发生的，或者退一步说，发生的频率要足够低或者发生的原因中存在可以被科学或至少宗教所能解释的成分，不然就会引起对现有秩序的严重破坏，这样说来，对于现世的发展也是不利的。

"另外他们还有一点说得不太准确，就是并非一切内在的病痛都会消失，我们也会根据具体情况做出选择。这其中有两点最重要的考虑指标：第一个与我刚刚讲到的原因相同，如果内在的病痛在现世中仍是疑难杂症或者比较难被根治的话，桃花源一般至多做到减轻病患的程度；第二点，就是这种内在的病患被在现世中其他人知晓的范围。范围太大，桃花源也是不予救治的。个中原因还是要避免对现世过多的干涉。桃花源的确有能力修改或清除现世人类的记忆，从现世开始创建文明起，就不断地有人来到桃花源，他们中间又会有很多人重归故里，这一来一回，都需要靠桃花源进行大量的因果修改。但须知这因果并非孤立存在，而是强关联强耦合的，各种因果交织成网，极难梳理。每增加对一个因果的彻底修改，就牵扯到对一众因果网络的修改。对于大多数的因果修改来说，距离核心因果（也即需要被彻底修改的那个因果）越远的因果的修改程度会越小。也就是说这种修改工作是可解的，即在有限的时空域中可以被完成而不导致整体因果网络的崩溃。但总是还存在这样的一些因果，被称作奇点因果，一旦对其进行超越域值的改动，则引起某种正向反馈机制，导致修改工作是不可解的。奇点因果的分布并不均匀也不特别常恒，奇点因果本身也并不特别稳定，可以与普通的因果相互转换，而这种转换又存在随机性，其中的域值亦具有类似的性质。但有一点是可以肯定的，对因果修改数量的增加伴随着不可解工作发生的概率的增加。"

"师父，您刚才说，不让现世的因果网络崩溃也是对桃花源的保护。这一点我并不太理解。桃花源与现世间的联系，主动权完全在桃源，而且现世人即使知道在他们生活的时空之外还有一个桃花源世界的存在，他们也是对这里完全无法构成任何影响的，也就更不用说威胁和灾祸了。"

"的确，你说得很对，我的孩子。对于桃花源来说，从古至今，乃至万世之后，我们的文明都是现世宇宙中任何智慧体创造的文明所无法比拟的，这一点我有充分的自信。然而，如果现世的因果网络出现了问题，或者说现世的既有独立秩序被打破，抑或是现世对桃花源的存在和运行机理有了了解，将会导致桃花源的发展减慢甚至可能长期停滞下来。这就要说到桃花源最最核心的发展机制了。

"起风了，我们回到厅堂里吧。"

玄易师父起身，李跟随其右后，慢步踱进了灵台阁内室。室中央有一暗褐色矮长桌，桌两端各有一席。玄易来到北席，双膝跪坐其上，并示意李在另一侧坐下来。

"你参加了花堃台的仪式，应该知道，桃花源的生命产生机理完全不像现世中生命的创造方法。这里，是由云端来负责的。我们也有类似现世中遗传因子的东西，只不过它是云端从一个巨大的因子数据库生成的一段段源代码，这些源代码承载着新生命的体貌特征和天赋潜质。就如同现世中生命的进步与进化需要遗传因子的突变和换位来产生丰富的多样性，这些代码也是在遵循一定规则的前提下进行随机搭配并引入一定程度的噪声而最终成形的。如果因子数据库的体量恒定，这种机制所能制造的优质的多样性数目是有其极限的。所以桃花源需要寻找扩充因子数据库体量的有效方法。"

"啊，我有些明白了。从现世定期的招人，就可以达到这个目的。"

"正确！需要特别说明的是，桃花源的因子数据库里所保存的，并非物质层面的DNA，而是精神层面的特质。也就是说，无选择的扩大数据库的体量不是最优解或次优解，反倒会造成不必要的风险。所以桃花源从现世招来的，都是经过云端长期考核，千挑万选出来的精英。这些精英来到桃花源，他们精神上与众不同的优点和特质就会逐渐被输入到数据库当中。那么，如果现世崩坏，精英的数目就会锐减，现世物质环境的不稳定也会对云端的测评和桃源前往现世招人的过程产生很大的阻碍；如果更进一步，现世人知道了桃花源的招人过程，就会出现大量的伪装者，使得云端的选拔机制部分地或整体地失效。当然因为云端是长时间地对现世中每一个人进行观测，绝大多数伪装者总会露出马脚，但仍会有极少数极聪明的漏网之鱼，而这些极少数也是最具破坏力的。"

"我明白了。"

"这对现世，其实也是大有裨益的。罗伊和珍妮也许和你提过，从桃花源再次返回现世的人的头脑中总会留有一些在桃源时经历的残影。这并不是桃花源完全无力解决的问题，恰恰相反，是我们有意为之的。李，你能猜猜为什么我们会这么做吗？"

"请让我想一想。"李的眼睛呆呆地盯着桌面，脑筋飞速地旋转着。"啊，我大概知道了。"

"说说看。"

李双手合十向老人微鞠一躬，然后把腰身直立起来。

"这些返回现世的人脑中残留桃花源记忆，那么他们在这里接受的培训，增长的智慧都会或多或少地保留下来。换句话说，他们再次回到现世，自身的能力修为都会比来桃花源之前有质的提高。那么他们也就能为现世的发展和进步起到更大的作用。"

玄易面带慈祥笑容地看着李，显然对眼前学生的回答感到满意，微微抬手，请李继续往下说。

"如果是这样，现世的进步，也就促进了现世优秀人才的进步，那么这反过来，桃花源也就能获得更多更优质的'遗传因子'了。所以，应该说，是一个双赢的结果。"

"孺子可教，孺子可教啊！"玄易击掌赞叹学生的悟性。李重新坐下来，有点不好意思地稍稍低下头。忽然又想到了一个问题，把脸扬起来。

"师父，鉴于您刚才的说法，为了不让现世人知晓关于桃花源的存在，这些记忆残留应该完全不是他们在桃花源的生活工作影像了？"

"是的。"玄易顿了顿，接着说，"生活工作以及科技方面的具象是会被抹除的，原因在前面也有说明。但品格思想上的增进则会以某种的形式保存下来，经由时间的推移逐渐显现。另外，现世人在桃花源生活的时间若超过一定时限，再次返回，上述的具象则不能完全地被删节——这是桃源技术尚未臻于完美的结果。留存的具象会以非常模糊的状态隐藏在他们的潜意识中，只有在不甚清醒之际，比如醉酒、睡觉或痴狂时，才有概率产生支离的影像。这些影像又会和他们现世的生活环境影像相纠缠，以达到足够的混淆。

"为什么中国会有人写《桃花源记》？为什么西方国家会有人创作出魔法学院的小说？为什么会有人在睡梦中获得数以百计的深奥且精确的数学公式？为什么会有人写出超凡脱俗犹如神来之笔的诗篇？为什么现世中会产生各种宗教和神话故事？现世人的道德伦理观是如何产生的？为什么总会有些人设计出超越时代局限的伟大理论和作品？我的孩子，这些远不只是巧合。"

李的内心被深深地震撼了，一时竟说不出话来，只怔怔地望着玄易师父。"现世人类的文明竟与桃花源有着这般紧密的联系！那些在我们的历史上被称之为奇才圣贤的天赋异禀的伟大人物，想必都曾来到过这里，接受启蒙，最大限度地激发出自身的潜能，然后回到现世，为整个社会带来阶跃式的发展。"李的思想汹涌不停。

"我的孩子，你在想什么？"

"啊，师父，对不起！您的话给我触动很深。脑子里突然冒出很多想法，刚才一直在试图理出个头绪，所以发呆了。您又讲到什么了吗？"

"没有，没有。愿意把你的想法分享给老朽听听么？"

"当然。这是我的荣幸，只是可能不够成熟，您不要见笑。

"我觉得桃花源之所以会如此强大，和它的选才制度的先进性是分不开的。这里注重对每一个人的长期观察和评估，当然拥有云端这样的好帮手是最重要的因素。而且云端的存在还避免了信息的不对称……"

玄易右手拂袖，随即在西侧出现一大块云端的淡蓝色对话框，上面整齐而复杂地罗列着一些文字和图像。

"云端的出现确实让对人的长期综合考量成为现实。然而信息的不对称有时也不一定是完全的坏事，关键看运用它的人的动机。你看，"玄易指了指对话框中显示的案例，"比如说，信息的不对称既能增加选拔者对被选拔者的有效审查，也可以纵容他们选择与自己喜好相似却没有过硬本领的人。对于云端的使用亦是如此。品格方面的教育，在我看来，才是桃花源最重要的事。如果大家都保持着诚实的态度，选拔与考核甚至可以是多余的。"

李恭恭敬敬地站起身，向玄易师父行礼道："昀燊谨受教。"

"哎，我都说过了，咱们不要这许多繁文缛节。把我的经验思考分享给你，既是我的责任也是我的愿望。来，来，快坐下。

"其实倒是我应该向你道歉，打断了你的话。请你继续说。"

"嗯。我还想到，从古至今有那么多来到桃花源深造的天才们学成之后决定回到现在造福同胞，这种高尚的品格让我非常敬佩。他们不仅是头脑上的天才也是心灵上的天才。"

"的确如此，云端的选择都是德才兼顾的。这里的教育核心也是如此。如果一个人没有足够高尚的道德品质，他是不能进入高阶领域继续学习的。"

"是这样啊！"

"嗯，你现在不知道也正常，毕竟前三阶段的学习是向所有现世学员开放的。但之后的一阶，就需要有道德水平的提前考核了。"

"也就是说云端的接入除了我们现在知道的低中高三级以外，还有更高的一级？"

"可以这么理解。"

"啊！看来我是没什么希望完成学业了。"

"不要悲观。你现在觉得困难的，只是在技术层面。能被桃花源选中，就足以说明你的资质并不差，经过一番培训和努力，是可以掌握与云端交互的各种机巧的。最重要的是道德品格方面的考核。正像我之前说过的，云端早在选拔你们来这里之前很久就开始了这项考核，而且从未间断过。道德品格的形成和发展是一个非常长期的过程，也受到诸多因素的强烈影响，而且上升压力很大。就像现世中的一句俗语'学恶易，从善难'。或者可以把道德品格的进步比作个人良善度提纯的过程。越是纯净就越难更进一步。

"你们在前三级的学习训练过程中，道德品格的考核主要是云端，也包括少数对你们负责的桃花源教员。比如珍妮和罗伊就是你的教员。他们是过来人，你有问题，要多找他们交流。从低级升到中级，从中级升到高级，都要提前达到一定的道德品格要求。当然，这两次考核并不太困难，基本上绝大部分的学员都可以通过。在各位学员学习期满时，会迎来终极考核，它是由桃花源所有成年民众参与评审的。他们会提前通过云端查看每一个考生所有的资料信息，尤其是在来到桃源之后的学习生活状况。考核当天云端会从易到难出题，直到评审认为考生不能通过为止。只有至少通过全部中等级考核的现世人才有机会留下来开启与最后图书馆的连接。

"在完成这里的学业及最终考核以后，没能进入最难一级考试的学员将会被送回现世，其他学生的去留则完全由学生自己来决定；如果选择回归现世，也就同时放弃了和终极图书馆连接的机会。我们会专门与各位学员仔细说明情况，作为他们选择的参考。其实，不论是留在桃花源或是回到现世，对于整个生态的建设都是有同等的好处的。留下来，可以帮助桃花源进步，完善云端的各种功能；回到现世，则帮助人类文明的发展。当然，对于个人境界修养的提升来说，无疑留在桃花源将更有优势。但是，普渡众生，让尚未启蒙的同胞们得到进步的机会，也是极其重要的。许多人因此而选择了后者，这是让我和所有其他桃源人大为感动和赞叹的；另外一些人选择了前者，我们也甚为欣喜，可以和更多优秀的朋友一起奋斗；当然了，总会有极少数的，虽然也选择了回到现世，但却是为了获得更大更多的名利。这样的动机我们不敢苟同，不过这些人客观上毕竟还是帮助了现世的发展，所以倒也不是一无是处。"

"恐怕这最后一类人应该都通不过中等考核吧，师父？"

"的确如此。但你要知道，我的孩子，人心无常，有些人也许在通过考核时仍然具备着很高的道德品格素养，但因为不能'时时勤拂拭'而沾染了凡俗欲望的尘埃并自甘堕落。"

"其实，我觉得有个两全其美的方法，就是先在这里进修，等到学得足够了再回到现世，可多尽助人之责。"

"嗯，你能想到这一点很好。但这确实太理想化了。在桃花源生活得越久，就越会被这里层出不穷的新知所吸引，需要做出取舍的艰难程度就越大。桃花源与现世共享同一个时间轴，我们的确可以帮助现世人治疗疾患，但却无法让你们青春永驻，超过了一定的时限再回去，你们的机体就会衰老得不成样子，也没什么机会和精力为你们的社会做贡献了。另外，我们需要保证现世因果网络的健康稳定。在这里拖得愈久，我们需要修改的体量愈大，超过某个节点，我们就只能抹除这个人在现世中存在过的历史，或制造一个他失踪的悬案了。如果拖得更久，就会在修改个人历史的同时触及因果网络的奇点，或者无法完全清除个人在桃花源的具象记忆。所以即使你想先留再走，桃花源规定回归现世的截止日在通过考核后的四周以内，逾期就无法离开这里了。

"不过话说回来，如果世间时时处处都有两全其美的选项，那么我们还需要什么高尚的道德和坚毅的品格呢？美德和牺牲总是相伴随的。也许你会觉得这很残酷，但从某种更广义的角度来看，正是它们的存在，我们才有别于机器，我们探索的精神空间才更多元更迷人。"

李虽然还不能完全理解老人最后这段话的全部意思，但却发自心底地赞同他的观点。

"李，虽然与你交谈时间不长，但我隐约感觉到你对我的话总是先入为主地持有一种赞同的态度，然后很快地全盘接受下来。我不知道你在和其他桃源人接触的时候或者在现世与比自己年长或有经验的人讨论的时候是否也会有如此的态度。也许我的担忧是多余的，但强调一下总没有害处，也请你原谅我的啰唆。

"教育过程中，最严重的问题之一，就是在知识技能的传授过程中，毫无质疑地让学者接受。这与研究和思考的真实相去甚远。所有事物的进步和发展都是，或者说绝大部分是，在不断地怀疑、尝试、确定、推广的循环中发生的。这就要求学习的独立性和主动性。我不是说所有的事情都得否定权威。不，远不是这样。权威是要有的，权威的很多观点很多经验是非常有价值的，但当你得到了这些知识和技能以后，必须要再经过自己的思考，去粗取细、去伪存真，甚至由此对权威提出积极的质疑，这样才能产生属于自己的智慧和美德。"

"师父说得对。我在这方面是需要加强的。"

"嗯。好了，我看，今天的谈话已经够多了。你需要休息休息。"

李起立，转向老人，深深鞠躬。"谢谢师父教导我！"

"不要客气，与你谈话，我非常高兴。如果你愿意的话，后天晚上训练完成以后，可以再来我这里坐坐。"

"这太好了！"李兴奋得叫了出来，发现自己的失态有些羞愧，但马上又被兴奋所包围了，"师父，我正想着能不能多向您请教，但又害怕您没有时间，以及自己有没有这个资格。所以……"

"我的孩子，不要这样想。我们已经是朋友了，对吗？把手伸出来。"

李抬起了左臂，摊开手掌，随即在掌心处冒出了一个天目。李仔细端详着它，只有一面的云纹是亮的。

"这就是来此地的通行证了。以后你到达那片芦苇荡以后，就用这个触击地面，自然会有一个入口引你过来。"

李将天目收好，向老者行礼。玄易右手在半空中一拂，随即出现一扇光门。"李，你可以从这里去到外面的芦苇丛，之后叫筋斗云载你回桃花源。来这里的事情不必主动与他人提及。"

"知道了，师父。"

李再次作揖拜别玄易，然后踏进了光门，转瞬就来到了芦苇荡地面上，筋斗云正等着他，亲昵地在身旁转圈。李拍拍筋斗云，起程回到了宿舍。

<h1 style="text-align:center">二十</h1>

窗外传来鸟儿们报早的鸣叫，立方体外侧的浮动薄膜也由沉静的深蓝色变成了昂扬的淡黄色，让清晨的阳光欢快轻松地透射进来。李一夜未眠，伏在书桌前把与玄易师父谈话的重点和所受到的启发逐一记下来——现世的习惯还是很难改变。

"现在最担心的就是碰见别人。我还不会阻断读心术的方法。自己真是疏忽了！应该在回来之前向师父请教的。

　　"好在这几天都是单独的训练课，教官虽然是云端的实体化，但他的职责只在观察我在训练中是否有危险，而无权限深度探察我的内心思维，算是不幸中的万幸了。现在，唯一的任务就是在见到玄易大师之前避免与嫣然的见面和交流。碰到周教授倒是无所谓，想必当他知晓我的情况以后，还会帮我打掩护。

　　"这些天就早点儿去训练，早点儿完成训练回家吧。"

　　李揉揉眼睛，站起身来，伸了个懒腰。让云端把外层薄膜完全透明化，叫了筋斗云，迅速前往贞元精舍。 果然，因为比以往提前了一个半小时，精舍中还是空荡荡的。李在快速移动中，小心翼翼地观察着周围的动静，直到进了练功房，看着屋门关闭。

　　"李，上午好！今天来得很早啊，我们需要提前开始吗？"教官边说边从空中显现出来。"教官早！我今天精神状态不错，可以开始训练了。"

　　李站立在中央，进入了冥想状态。

　　他再次来到了空虚昏暗的世界，沉静地等待着桃花吹来。忽然之间大地振动开裂，升出一座座书架。

　　"嗯？！我好像还没看到桃花吧，怎么就连接成功了？！难道是幻觉？！"

　　"因为有我在啊，燊燊小同学！"

　　"OH，NO！！怎么这个熊猫又出现了？！一定是幻觉，一定是幻觉。我得集中精力，桃花瓣，桃花瓣……"李感觉到头顶上有东西在动，不停地往自己的前额蹭过来。他下意识地睁开眼，看到半个毛绒脑袋垂下来，两只距离自己不到五公分的黑棕色小眼睛溜圆地瞪着自己。

　　"哎啊！"李被吓了一跳，向后退了两步，差点儿摔倒。"你快点儿下来，不要再干扰我训练了！"说着就要上手抓。

　　"等一下！"熊猫大声喝斥道，把李暂时性地震住了，手悬在半空中没敢动。熊猫趁机赶快说："你仔细想想为什么上次你会连接成功，又为什么连接突然中断了？想好了，再对付我也不迟。"

　　"本来桃花瓣要集中到头顶上才会与云端相联系，可你却把它们都吃个净光，说起来我就生气，还没找你算账呢。连接成功估计是教官的帮忙了。至于后来的事情，我把你一拽下来，就和云端失联了，肯定又是你捣鬼！等等……

"你是说，是你在帮助我？"

"Bingo！我的确是把花瓣都吃了，但这并不表示它们被我消化吸收了。它们一直储存在我的肚子里。"

"然后你爬上来，就相当于所有的花瓣都汇聚到我的头顶，所以云端就连上了。"

"嗯，嗯。话说，当时我正准备把花瓣移植到你的头上，结果你小子竟不识好熊心，粗鲁地把我揪下来，结果前功尽弃。万幸的是，这些花瓣还在我肚子里，不然我又要替你再吃一次了。真是生气！"

"对不起，熊猫！我当时太冲动了。"

"熊猫？！"

"不，我是说，熊叔。"

"嗯。这次你可别这么莽撞了，稍等我一下。"

"噢。"李像个受气包一样，乖乖地坐在地上，熊猫也把脑袋缩回去。

"不要抬头，小朋友！放平点儿！"

"是，熊叔。

"熊叔，话说你是怎么来的桃花源啊，而且只存在我的精神当中？

"你确定是现世中我家里的那只毛绒玩具吗？但你确实知道我的名字，而且长相也一模一样。这太神奇了！"

半个毛脑袋又滑到李的眼前，目光有些愤怒和抱怨。

"对，对不起！我不该打扰您的工作。请您继续。"李有点胆怯地说道。

毛脑袋慢慢缩了回去。

不一会儿，熊猫就完成了操作，从李的头上跳到了他的左肩膀上。

"行了，已经搞定了。以后，你每次与云端连接就都不需要冥想时间了。想连就连。"

"太好了，谢谢熊叔！"

"当然，我会一直出现地！"

"哦……""怎么了？不忿儿啊？！"

"没，没有。""走吧，去完成今天的任务吧。"

李随着熊猫的指引来到了印着"1号"的书架旁边，拿起最左上的一本书。

"啊，是《诗》！记得上小学以后，老爹教的第一部文学方面的书就是这本经过孔老夫子修订的诗经了。除了三五首最脍炙人口的，其他的都忘记了。这次正好可以温故而知新。"说着，李就迅速翻过了目录，情不自禁地把《关雎》和《葛覃》诵出了声。

"这里是桃花源，你已经和云端相连了。现世的学习方法已经很没效率了，你完全可以一目十行。试试看。"

"噢，知道了，熊叔。"

李停止了诵读，开始尝试只用眼睛看。神奇的是即使不经过刻意的从眼到脑的理解，这些诗文一经被看过，就会迅速地被记住，只字不差。李加快了阅读速度，他发现即使一刻不停地翻书，还是可以毫无困难地记下所有其中的意思。

"这简直太棒了！

"照这样的速度我只要两三天，不，也许一两天就可以把现世的所有经典全部了然于胸了！"

"你的速度还是有点儿慢。"

"啊？！"

"来。"熊猫左手一挥，李手中的《诗》就飘到了半空中，悬浮在他眼眉的高度。

"看仔细，不要走神了。"

"好。"

熊猫击掌一次，《诗》的书页迅速地从左向右展开，翻转速度非常快，恰好可以让李用眼捕捉到每一页闪过的文字。大概十秒钟以后，书的最后一页掠过。李的心怦怦地跳起来。"真是让人兴奋，没想到可以如此神速地学习和读书！熊叔，谢谢你！我们继续吧！我甚至想一晚上就把所有的东西都学完！"

"现在可以开始减慢速度了。"

"哈啊？！"

熊猫又挥了一下左臂，诗经就回到了李的手上。

"你确定已经理解了所有的内容了吗？"

"那当然，每首诗的页码我都记得清清楚楚的。""好，那我问问你，《邶风·静女》一篇是怎么回事？"

"太容易了。这篇就是讲男女青年的约会。主要描写了男方的心理活动，表现出对女方的强烈的爱慕之情。从对女方所赠之物的喜爱之极来展现对姑娘本身的浓烈的情感。

"静女其姝，俟我于城隅。爱而不见，搔首踟蹰。静女其娈，贻我彤管。彤管有炜，说怿女美。自牧归荑，洵美且异。匪女之为美，美人之贻。

"你看，我真的是全都记住了。"

"这样啊。你翻到那一页来，把手放到诗文上。"

"有这个必要嘛，"李有些半信半疑，但还是循着熊猫的话照做了，"熊叔，要不，我们就别……"正当李想劝说熊猫赶快帮助自己读完剩下的典籍时，他的手正好碰到了印着诗文的纸面。转瞬间，所有的文字似乎都活了过来，变成了数十根银针，刺入李的体内直达他的内心。那一刻，他变成了在城隅来回踱步的青涩少年，焦急地望着姑娘家的方向；片刻他又变成了想要追赶上深藏绵绵情义，却又有些害羞，压抑着自己脚步的豆蔻少女，顾不及身边的繁华。两人看见了对方，迎着，注目着，到了近前反又不敢抬头；傻傻地笑，互赠了礼物，说话时总有机会打量着他/她的容貌，却禁不住莫名地想要落泪，强忍着停止了语言的交流。漫无目的地走着，走着，心里突突地跳，多么想看她/他一眼，目光绕一大圈，碰一下，又赶快避开了。清晨到黄昏，听莺歌蛙鸣，看游鱼飞蝶，美丽的故事和优雅的风景都无法留在我心中，祈求上天恩赐时光稍驻；只有你，只有你……"

"怎么样，有什么新的发现和体会？"

"嗯，熊叔，要不你先休息一会儿？我，我再翻翻看看……"

"哈哈，知错能改，善莫大焉。就是嘴硬，这点和你老爹还有些差距。

“好啦，你专心看，我要趴在你脑袋上打个盹了。”熊猫说话间就顺着李的后脖颈爬上了头。李现在才由衷地发现这只初看起来浑身惹人厌的毛球，原来拥有极丰富的经验和智慧，而且是真诚地愿意帮助自己的。他定了定神，把书翻回第一页，开始了“手读”。

……

一天的时光很快就结束了，云教官已经向李发出了提示。李把卢梭的法语原著放回到“36号”书架上，揉一揉眼睛，伸了个懒腰，准备叫醒头上的熊猫，却惊奇地发现它已经站在面对着自己的书架顶上了。

“很好，很好！能在一天的时间内看完将近三分之一的典籍，你的专注度和理解力还是让我欣喜的。今天就到这里好了，你需要休息。”

“谢谢你，熊叔！没有你的帮助，我不可能把这些书的精髓弄懂。我现在才知道和大师们真正交流的畅快。每一本经典都给予我醍醐灌顶般的启示，这真是太妙了。要不是时间有限，我很想彻夜在此阅读。”

“我理解你的心情。但规定就是规定，而且恢复好精神，学习效率会更高的。另外，我还要和你说两件事。老头子已经帮你把在灵台阁的记忆与外界分隔开了，估计以后每次去的记忆都会被自动进行类似处理，所以只要你不说，就不会有其他人通过云端知晓。你与我的事情也不可告诉他人，这一点，在第一次见面时就该和你说，可你没给我机会，当时真是让我紧张得不行，还好，你没有主动泄密，也没有人刻意询问。记住，任何人都不行。只要你不说，没有人会知道我的存在。”

“知道了，熊叔，我会保守秘密的。明天见。”

“See you， 小燊燊！”熊猫突然变回了一贯的不正经状态，向李来了个飞吻，微笑着招手欢送。不知怎么的，这种不正经已经远没有以前那么让他烦躁了，反而有些和家人在一起的亲昵感觉。

二十一

李回到了真实世界，与云教官行礼道别后，迅速地离开了训练房，乘着筋斗云回到了宿舍。本来还想再研究一下明天见玄易师父时要提的问题，才发觉自己实在是太累了。从昨天开始就几乎没合眼，而且一直在做高消耗的脑力劳动。

"筋斗云，请扶我上床吧。"李有点吃力地小声说着。白色的云朵架着他的腰、背和后脖子，缓缓地移动到床的上方，轻轻地把李放下，云朵也随即与床融为一体。李沉沉地睡去了。

青灰色的玉龙从结界它的水箱中飞跃而出，环绕在李的身旁；两个端着猎枪的瘦高和矮胖的绅士盈盈地走过来与他握手；周教授和嫣然不知什么时候成了亲密的伴侣，互相拥抱着乘云而来，半开玩笑地责备他训练是不是偷了懒，怎么这许多日子过去了，连最低级云端图书馆的书都还没看完；李觉得受了冤枉，想要争辩，告诉他们其实读书上有一种虽然费时却非常有效的方法，小熊猫突然从头顶上落了下来，皱着眉，瘪着鼻子，瞪着他，让李硬生生把到了嘴边的话咽回了肚里，只能不停地向两位队友道歉，保证自己今后一定刻苦努力，不给小队扯后腿。筋斗云在身后顶他的背，好像是告诉他该去见玄易师父了，李不高兴地把它推开，觉得时间尚早，还想和大家多待一会儿；筋斗云又去拱他的腿，差点儿让他跪下来，李很生气，摆手的动作幅度更大了；云彩没办法，就顺势缠住了李的双手，使劲向左侧一拉……

李迷迷瞪瞪地睁开眼睛，筋斗云已经把他的上半身抬起来维持着坐姿，面前巨大的蓝色对话框闪烁着刺眼的橘黄色数字。李打了个哈欠，扫视了一下对话框，不禁睡意全无。

"都这点儿了！要迟到了，要迟到了！"

"云端，衣服！"

"能不能暂时撤消窗户？只此一次。"

"向新生管理部汇报吧，我稍后会向他们做报告和检讨。谢了！"

"筋斗云，我们走！"

李进了精舍，一路快跑到训练房，向教官行礼道歉，进入沉思状态。

"你今天迟到了半个小时。看来昨天还是太勉强自己了吧。"熊猫站在上次他看完最后一本书的"36号"书架上说。

"对不起熊叔！确实睡过头了，幸好筋斗云叫醒我，不然今天可能得旷课了。那我就开始了。"

"加了个油！"

……

"啊，终于到最后一本了！明天可以演练如何开启中级联接了，真不错啊！"李抓起了最后一本书，让它腾空悬浮起来，准备开始第一遍地速读，却被熊猫制止了。

"等一下，小燊燊。最后一本书，还是请你颠倒一下阅读顺序，好吗？"

"噢，知道了，熊叔。"李有些疑惑，但还是照做了。他重新把书捧在手里，开始一页一页地细读。完成之后，再把书悬空，以极快的频率把它速读了一遍。

"Yes！看来今天可以提前下课了。正好可以回家小睡一会儿，养精蓄锐，准备好晚上和师父的谈话以及明天的中级训练。"

李把书放回了最后一个书架的右下角落，突然间所有的书架和图书都震荡起来，从左向右，从前向后，逐次地变成了蓝白色离散式的马赛克；然后又从左向右，由前向后，波浪般地蜕变出新的书架和新的图书。书架虽还是木质结构，上面已经郁郁葱葱地盖上了各种绿色的植被，而且比之前的更高更宽；书籍的包装也由现世的杂乱无章变得格调统一，基本上底色都是淡银灰色，上面有一些用其他色彩的流畅线条刻画的云纹花符，长宽一致，只是厚度不同而已。

"哈？！这是什么情况？

"现世的知识我还没学完么？"

"Are you idiot？！"

"你昨天结束训练时，我就说了，已经完成现世阅读三分之一的任务了。而且你仔细看看书架和书籍的变化就知道不一样了吧。

"动动脑筋，别越学越成书呆子了。"

"难道……"

"你已经自动完成中级联接了。"

熊猫不知道什么时候戴上了三角锥形的花帽子，吹着喇叭，打了一枪满是彩色闪亮纸屑的子弹，弄得它和李的头上肩膀上都是亮闪闪的片片。

"这可都是我的功劳哟。"

"啊？"

"还记得昨天我在你头上'打盹'吗？"

"噢，你是说你已经可以让我随时与云端联接了？"

"我还以为只是适用于低级联接呢。但你是怎么做到的？我听教官说，每一级的联接诀窍是不同的。"

"的确，对于一般人来说，三级联接存在很大的不同，而且每高一级操作的困难度和多样性就会上升一些。但这些不同只不过是表面形式罢了，它们的本质都是一样的，那就是与云端的量子耦合。我把需要进行耦合的全部节点及其自由度都封进你的身体了，自然水到渠成，易如反掌。"

"太好了。那我们去玄易师父所说的究极联接的云端空间看看吧。"

"这个，恐怕不行。"

"为什么？"

"桃花源的云端在培训新人阶段设制了一套限制条件。只有在满足相应的条件以后，受训者才能开始对下一级的耦合工作。从零到低级联接是没有限制条件的；低到中，中到高，限制条件相同，就是必须把前一等级的知识完全掌握，但是中级到高级，我制造的耦合质量是不够用的，还需要你自己付出一翻努力；至于和终级云端的耦合就需要经过整个桃源人民的考核，获得八成以上肯定的并且也有意愿继续留在桃源的新人，才有资格。"

"原来如此。"李稍显沮丧，但很快又恢复了乐观的态度，"这样的规定很合理。就好像要先学完小学的课程才能开始学习中学的课程一样。"

"也许吧！"

"不过，熊叔，我今天还是想提前结束训练了。因为晚上我还有重要的问题向玄易师父讨教。"

"好，好。那么我们拥抱告别吧。"

"熊叔，你不觉得这很怪吗？我已经岁数很大了，况且我从小就不太喜欢毛茸茸的东西……抱歉，我没有冒犯你的意思。"

"少啰唆。"熊猫说着就跳到了李的脸上，短小的四肢在上面蹭了蹭，"小燊燊，皮肤还是这么光滑紧致嘛！"

李猝不及防地被熊猫强行捂住了脸，很不爽，便紧把它拽了下来，放回到书架上。"靠，熊叔，你这不征求同意就强上的坏毛病还是收敛一下！"

"知道啦，知道啦！只是怀念一下当年的美好时光而已。好吧，再见了。"

熊猫用屁股和腿脚一蹦一跳地顺着一个个书架的顶端远去了。

李回到现实当中，与教官道别后，匆匆离开了精舍，回到西贤馆，沉沉睡去。

云端的闹钟准时在阳光消失的一霎响起，李把之前写好的想与玄易师父讨论的话题又看了看，放进了口袋中，让云端将自己的行装和肤色调暗，下楼去了。李指示筋斗云贴地面低飞，向着芦苇荡疾行。一路上很顺利和安全，没有发现任何其他桃花源人。李跪下来，掏出玄易师父给的天目，把唯一明亮符纹的一面向下，按到地上。芦苇荡开始了振动，土层向外裂开一个洞，闪烁着奇异的七彩光芒。李让筋斗云留守待命，自己纵身跳了进去。土地再次振动，洞口慢慢闭合，恢复如初。

李再次醒来时，人已在灵台阁的正厅，也就是上一次与玄易师父见面谈话的地方。他慢慢起来，发现师父已经跪坐在长长的紫檀木长方桌对面，微笑地看着他了。李赶紧起身端坐，向老人行礼。

"师父已经坐很久了吧？很抱歉！"

"没有，没有。你来得非常准时。现在感觉怎么样？"

"嗯，很好，已经完全清醒了。"

"那么，我们开始今天的谈话吧。"

李抬起右手准备拿出口袋中的问题提示清单，被玄易师父制止了："不用把它拿出来了，我已经知道你今天想提出的问题了。"李才意识到，自己还没有学会如何阻断与其他人相沟通的联系，像玄易师父这样法力的人自然是可以轻易探知到的。

"我这几天也在思考你的问题，想着如何更好更简单地表达我的想法。我们上次聊到了桃花源的长效全面的选拔机制，这是一个非常好的开端。我们不妨依着一定的顺序把几个最重要的领域娓娓道来，至于一些亚类或细枝末节的问题，我想随着你对总体总类的把握逐渐清晰以及在精舍学习的深入，会自行有所觉悟的。你认为我的提议还好吗，我的孩子？"

"当然，师父。这样安排非常合适。我想即使在细节上仍然有困惑之处，珍妮和罗伊就可以帮我解释清楚了。"

"好，好。那我就倚老卖老一次。"

"师父今天想谈谈那一方面？"

"啊，我想向你介绍一下桃花源培养人才的方法。一是，这是我长期的分内工作，比较熟悉，多年下来也总结了一点个人的浅见和教训；另一个是，这和你近些日子罗列的许多问题是有比较强的相关性的。"

"太好了！我已经有点迫不及待了，请您开始吧。"

话音刚落，在李的左前方亮起一道垂直的淡紫色光线，向左右迅速伸展开，形成一块微微透明的大屏幕。

"李，为了方便你的理解，我把自己的讲解重点进行了图形化处理，你可以一边听我说，一边看云屏上的实时介绍。如果有任何疑难，请随时打断我，提出你的问题。"

"好的，师父。"

"桃花源教育的第一原则在德育，即培养人拥有丰富合宜的道德情操。启蒙良知，让仁、义、诚、信等古老信条成为人们行为的根本基石。学习虽然是独立的事情，良知的完整塑造却是要最终体现在日常的行动当中，所以需要依托集体的力量，也就是说，所有的教育阶段都需要让个体长期处于群体中的活动时间里，但实践独立学习期间的收获。与此同时，依靠着云端的强大功能，虽然表面上来看是很多个孩子由同一个老师来教导，但从每一个孩子的视角来看，这"同一个老师"都把最多的精力用于对他的培养上，也即实际上云端产生了许多镜像，每个镜像会为它所专门指导的学生量身制订和实施培养计划。

　　"云屏上列出了各个教育阶段需要掌握或者说需要习得的良知特性，最开始是非常基础和零碎的元素，比如礼让、耐心、分享和互助，之后逐渐变得复杂，特性交融，需要考虑多个方面交互，以后再开始行动或者是一边行动一边随着事态的发展而调整自己的计划，最后的几个阶段将伴随着特性间的矛盾冲突，这种冲突可能是极尖锐的，这就需要对良知的充分把握与平衡。"

　　"师父，请允许我打断一下。如果出现了两难或多难的境况，我想，很多时候都不太可能存在唯一或者最优的选择吧？若是这样，又要如何对被试者进行评判呢？"

　　"李，这是一个非常好的问题。我想答案可以大体上分为两种情况。首先，仁义诚信之类皆有大小轻重之分，这种大小轻重并非一成不变，有时候资助一个人是好的，而转了场景，也许不再进行资助对那人更有益处。但其实，如果我们从更深层的角度来看，大小轻重又是恒常的。这个可能需要你认真体会。第二种情况就如同你所顾虑的，大小轻重的判断仍然无法择选出行为的优先次序，这时如果有其他值得信赖的伙伴，可以博采众议；如果孤身一人或情势紧急，就只能求诸于自己的智识了。其实即使在有朋友支持的时候，最终进行评定和做出选择的人仍然是自己——所以不断地学习思考以提高自己的智慧境界是非常重要的事情。当然，修身养性的重要性原因并非仅限于处理棘手困难的问题上；更严谨地说，精神境界的提高不需要也不应该有个现实原因，否则就还是功利的和自私的，是与目的相矛盾的。我说的有些远了，这种形而上的东西，我们可以留待将来再集中地讨论，如果你有兴趣的话。

　　"当孩子们完成了每个阶段的学习任务，就需要进行一或两次的考核。他们会被逐一催眠进入云端产生的虚拟时空中，在那里他们除了已经学习的品德和智识以外，其余的事情都会被暂时抹除，而重新植入虚拟场景中的历史经验。之所以如此做，是为了最大程度地减少因为意识到考核而可能出现的紧张和伪饰，我们需要看到这些学生在平常的生活中遇到问题后是如何应对的——所以你看，有时候信息对称也不是什么好事情。"玄易有意识地停下来，微笑着看看李，等待他的问题或见解。

　　"这样的考核是极好的。真正的习得过程应该是变成一种习惯、一种性格、一种潜意识，这对于品德教育尤其重要。不愧屋漏是学道的根基要诀。"

“很好，很好！

“考核分为三档，第一档表示合格，学生们可以开始进行新内容的学习和训练；第三档为不合格，孩子们需要重新学习，我们也会针对每个学生的情况进行特别指导，因为不同的人会在不同的领域有所欠缺；中间一档表示我们难以做出明晰的地评定，这些学生会被安排进行加试，以便被最终分配到其他两个等级。

“无论考核通过与否，我们都会为每个学生做详细的报告并和他们一起分析这一整个小阶段（包括考试内容）的得失。你要知道，考试的直接目的的确是为了区分和选拔，但考试的根本目的是帮助考生更方便、更全面、更准确地评价自己，从而为将来的发展起到积极作用。你们现世的绝大部分考试则将直接任务与根本目的混为一谈或者更糟，这也是导致学生以记住得更多、分数更高来评定自己的一个重要原因。知识的学习过程大概需要经过四个阶段：记住，明白，体悟和圆融。记住，无须赘言；明白，就是对记忆的内容有初步的整合或者说建立各种概念间的基本联系；体悟是将精微深刻的意义与联系也挖掘出来；圆融就是将所学内化于最高层次的思维原则中。”

“师父，我突然想到一个问题。”

“嗯，请讲。”

“由于云端的存在，教师们应该很容易了解到学生们的所思所想。如果是这样的话，考核不就多此一举了吗？”

“这又是一个极好的问题。”玄易赞许地说道，“这触及到最基本的人性与人权问题。”老人稍稍停顿一下，等待云屏上显示他即将要讲解内容的相应图式。

“桃花源的科学水平远胜于其他存在过或正存在着的智慧生物群落的科技水平，但有意思的事情是，在非科学的精神领域，比如情感、想象力乃至于重要的哲学层面，我们并没有特别明显的差别。或者说得更准确一点，我们的差别主要来自于和平时间上的积累，而非思维基础的优劣。

“我们曾经一度小范围地推行过‘精神透明’的举措，但负面影响非常可观，甚至超出我们的预期。测试中的桃花源居民总是希望知道别人更多的想法，而在一定的情形下又有不想被人完全了解的倾向；他们先后出现了情绪波动、沉默甚至轻微抑郁、刻意独处的症状。当然，需要指出的是桃花源的居民出现这种消极情绪的过程是相对缓慢的，这也从侧面反映出我们的教育体系取得了一些可喜的成绩。我们惊奇地发现给予大家决定是否可以被他人探知想法——尤其是情绪方面的想法——的权力是非常重要的，它不仅有助于个体保持长期稳定的精神健康，也是团体和社会有序发展的基石之一。桃源的教育系统可以说已经把人固有的自私暴力等丑恶的特质剥离出去，但却仍然不能达到纯粹无瑕和清澈整齐的地步，也许这就是与神明之间的差距吧。"

老人透过中庭的栏杆望了望外面，语气中隐约流露出零星的叹惋，其中除了一种全面的参透玄机的释然状态，似乎还带一点淡淡的遗憾。但这种低落的情绪就像衣料上突然擦出的静电火花，转瞬即逝。

"然而从某种意义上来说，我们却应该是自信甚至有些自豪的，这更加值得尊敬，不是吗？"玄易转向李，慈祥地微笑着。

"啊！您这句话很让我受启发。"

"啊哈呵，有点扯远了。年纪大了，就经常有些注意力涣散，真诚地请你原谅。其实除了刚才说过的问题以外，我们还发现，完全的精神透明有些时候反而不利于交流。这种情况在探索和解释未知或复杂事物概念时表现得尤其突出，因为表述者本身的内在逻辑就是混沌的，他需要进行大量的思维梳理工作，这个过程中观察者或倾听者会产生很大的困惑，他们的介入也会引起表述者内在的无序度。而且，更有意思的是，我们发现，有些时候，甚至在这种'研究'过程中的很多情境，人们说出来或写出来的东西比之他们头脑中的状态还要有条理，从而反过来指导思维的熵减。

"我们对于教育的一个根本性综旨是消除智慧生物因社会性萌生的种种恶念。但现在看来，这个宗旨几乎很难完全实现，它更像是一种极限状态，至少从统计学上来讲是这样的。这是为什么之前提到的测试者会出现负面情绪的一个重要原因。其实对于经过目前桃花源完整教育项目的人来说，长期的和绝大部分根本性的恶念已经被去除掉。但我们需要强调的是，随机的噪声和不确定性是无处不在的，这是自然界的基础法则。我们总会在某些时刻因为外部或内部的偶然刺激而暂时性地产生一些消极情绪和想法，而这些消极的东西是有一定概率产生链式反应的——虽然大家的自律和自控能力都达到了很高的水平，如果团体中有贤级或更高等级的人存在，一般会较早地结束这种反应，但终会在一些群众当中留下比较长期的精神影响。你能明白我的意思吗？"

"是的，师父。"

"李，其实在不完全知晓对方想法的情况下，往往还会产生非常积极的作用。我们的教育纲领中很重要的两条之一就是把对方尽可能地往高尚的和智慧的方向去着想，尤其是在对方的一些举动和言词不太符合自己预判的时候；第二就是在自己言行的整个思考、实施到结束后，得到对方回应再思考的过程中，尽可能地符合甚至超过已习得的道德标准。这后一条与我们目前谈论的无关，不多说。前一条确实取得了很好的效果，而且是比完全知悉对方想法的效果还要好。

"所以，'精神透明'总体上来讲并不能为个人和团体带来明显的实质性的好处，反而会有长期的风险和损耗。所以我们最终没有通过这个项目。当然，我们仍然会对那些敢于增加'精神透明'时间的个人或集体表示由衷地钦佩和赞扬，因为这是不断自我教育的最好体现之一。而且定期地和不定期地，我们也会对所有已经走出精舍多年的民众进行测试，等级越低，测试的频率就会越高，并帮助有波动的伙伴端正他们的品格，提供再修行的诸多机会。"

"这样实在太好了。"

"在桃花源，一个人的科学研究水平是随着道德情操水平的增加而增长的。更准确地说，如果一个人的品格不能达到特定的级别，对于云端的连接等级是受到严格限制的。像你们这些从现世过来的成员，我们的要求会相对宽松一点儿，因为你们绝大多数人将会在学成以后返回；当然，你们能被云端选择，基本上可以说已经达到了与云端各等级连接的标准，但最高等级连接之前还是需要考试的。"

"是不是考试通过了，就有机会留在桃花源呢？"

"也不完全，但这的确是其中一个的硬性指标。另外还要经过整个桃花源居民讨论和投票。"

"明白了。师父，我会努力的。"

"嗯。但我的建议是最好不要过分执着和贪求，勤勉很重要，顺其自然之心亦不可失。"

"您的意思我明白。目前来说，我并没有执着于留下来，只是希望能最大限度地学习和提高自己的智识和品德。师父说得很对，每个人的天赋机遇冥冥中已有定数，不可强求，只怀着一片赤诚恒心，对自己对天地少有愧疚遗憾便是了。"

"好！好！"玄易为李的话感到欣慰，"我想我们可以暂时休息整理。李，你把到现在为止，我们讨论的事情回顾一遍，看看还有什么不明白或希望多了解的地方。"

"是，师父。"李由跪姿变成盘腿打坐，闭上眼睛，以云端为辅助，重新审视琢磨刚才所学。

片刻后，李重新恢复了跪姿，对老人说道："师父之前说过，桃花源的教育体系已经把诸多人的根本恶性消除，这让我很惊奇。只是经过这些天在精舍的学习，总觉得所有劣根性要被剔除的话，似乎还应有其他因素的帮助。请师父教我。"

"你怎么会想到这个，让我很有些意外呢。"

"对不起，师父！我绝没有要质疑桃花源教育体系先进性和全面性的意思。唉，我胡思乱想而已，您不要在意。"

"不，不，不，我的孩子。正相反，你的观察力和判断力是精准的和深刻的。我是因为非常欣喜以至于感到意外。嗯，很久没有遇到像你这般的年轻人了。"

"您谬赞了。"被老师父如此夸奖，李感觉脸上有些发烧，"我真的只是瞎猜的，没想到会是个有趣的问题。"

"这不仅仅是个有趣的问题，这是桃花源人之所以在道德与理性上能够达到这样一种高度并还在不断进步的核心因素之一。那就是彻底消灭性的内质。"

"啊！！"

二十二

虽然李朦胧间对于桃花源人没有性别的惊诧性已经有了一些心理准备，但从玄易师父的口中说出，并且对性的抹除是人们达到近乎完美精神高度的基础这件事，仍感到强烈的震撼与不可思议，竟一时说不出话来。

"这的确有些令人难以接受，对吧？"老人微笑着说道。李的眼睛睁得大大的，点头表示赞同。

"起初，我们也尝试了其他多种实验。首先是仅对人们精神的改造，但统计学上来讲效果并不理想。现在看来，这是显而易见的。我们的精神终究由机体的结构性质决定，也一直受到它的约束。教育能够带来的好处就是使精神产生对这种约束的抗性，可对于整个生命群落来说，这种抗性的均值有其极限，且波动很大，尤其是在感受到的外部紧张越来越大的情况下。虽然我不否认总会有一些完美的个体在各种困境中成长起来，但大多数个体还是最终平庸甚至堕落下去。在这里我需要向那些曾经接受实验的志愿者表示最崇高的敬意，即使我们的技术足以使他们回复到被试之前的状态，但他们所经历的苦痛却是不可磨灭的。

"之后，我们不得不开始对物理机体的改造，这方面的实验与失败的次数也不亚于前面的精神改造。幸运的是，我们找到了关键所在。精神中枢的一片小区域是产生原始性欲望的温床，当我们把这个范围内的精神连接抑制并阻断后，其他卑微的原始欲望也相应地大幅减弱甚至消失了。

"我们的长期实验显示，人的天然恶性，诸如贪婪、暴力、对广义毒品的上瘾、自私、虚荣、嫉妒，乃至于懒惰、偏执和傲慢等，主要甚至全部与性的欲望相连接。举个例子来说，因为你与另一个人的爱情，就会导致你们更加非理性地在乎对方，这就使得偏执和私心产生，你们的世界中出现的宗教和类宗教的伦理哲学，几乎无一例外地且一直如是地以博爱作为最重要的指导思想，而其他类宗教与非宗教哲学，几乎无一例外地且自始至终地以理性作为最重要的指导思想，这恰恰说明廓然大公与中庸之道的普遍不可达性。从情爱之爱与亲人之爱推及于万物众生之爱的愿望美好却无法实现，原因即在于私心与非理性等恶趣的根本内质没有消亡。不铲除根本而只在枝干上强加抑制以期达到无花无果的境地，这样的情况对于一两株树木或许有效，但事倍功半，面向整个森林来说就全然无用了。对于性本质的消除，最大的问题是外在的繁衍，而这一点早已被我们的科技所解决。所以我们最终做出了这个决定。

"之后，随着云端和其他理论技术的不断完善，我们对于机体还陆续地进行了一些改进，这个当你开始第三阶段培训的时候就会知道了。广义上来说，这种对机体的改进可以称为物质基础层面的教育，而我们绝大多数印象中的教育其实是精神层面的东西，两者相辅相承，缺失了哪一个，都会出现难以逾越的瓶颈。

"大体情况就是这样了，在未来几天的学习训练中，你会有更细的体会。李，你是否还有什么进一步的问题？"

"您的讲解非常有趣，对我大有帮助，让我对桃花源的历史乃至我们现世人类未来的发展都有了更清醒的认识。在这个问题上，我已经没有宏观上的疑惑，虽然我目前还不能完全理解和认同您的观点。

"比如说，根据现世的研究更多地表明，性或者说性行为是可以大量降低人类的恶冲动的。我始终不能确信性的本身是有善恶的，而应该看一个群体或社会怎么认知、使用和界定它。现世的历史中，越是对性进行压抑和持有过分的偏见，越是会增加恶念恶行产生的几率。但如果性完全不存在了……这从来没有发生过。我不知道……而且也许过去的桃花源人和现世人在物理基础构造上是有所不同的吧。除此之外，您所提出的应该给予对物理机体的教育与对精神世界的教育同等的宏观重视的观点很启发我，我也是赞同的。"

"很好！我为你的独立思考和以此展示的不妥协感到高兴！

"咳，实际上今天我希望呈现予你的主要内容已经完成了。不过看起来还有一些时间，如果你不介意的话，我们倒是可以继续把你的其他问题探寻一番。"

"只怕过分浪费了您的时间与精力，所以……"

"不会，正相反，我是非常欣喜与你们这些优秀的年轻人聊天的，只是不要嫌弃老朽啰唆了，哈哈。"

"弟子不敢。"

"好，好！那么我们就开始吧，先说哪一个呢？"老人身旁的云屏上即时地显示出李之前几天提出而没有得到解释的问题，但玄易并没有看屏幕。"这个不错。之前你与珍妮、罗伊谈到了非常时期可以甚至只能用非常手段来解决的问题。"李点点头。

"桃花源的云端一刻不停地记录和总结着地球上发生的事情，我个人也经常会浏览一些你们现世的发展情况。的确，尤其在涉足到政治与伦理问题的时候，情况会突然变得复杂，复杂到远超过你们科学技术可以解决的程度，甚至超过你们理性的可控范围，让决策者的理性陷入两难或多难的境地；与此同时，情况的紧急性似乎也溢出了警戒域值。我的描述应该还算客观中肯吧？"

"是的，师父。或者对于桃花源来说，这些都不是什么棘手的问题，但以我们现世人类有限的智识、手段和经验来说，也许本身就没有绝对正义善良而能达到最优结果的办法。更严肃的是，对于现世人类整体理性或者甚至整体部分理性的假设，至少在这些复杂突发事件过程中都是不理性和不负责任的论断。"

"李，你的话是非常真诚的，而且从站在你们地球人的角度来看，也确实是比较客观的。啊，为了更好地解释这个议题，让我们暂时先来阐明另一个重要的判断。如果你不能同意它的话，我想也就没有必要继续我们在此议题上更多的探索了，因为我们的认知观本身存在了差异，于是我们需要花更多的时间在这上面先达成共识。当然，请千万不要有任何心理压力，我最不愿看到的是你虽然内心不赞同我的说法表面上却因为一些礼节甚至是私心而随声附和。在桃花源人人都是平等的，大家不会因为彼此在某些事情上的意见相左而产生任何负面情绪。恰恰相反，我们是热烈欢迎不同的声音的，只是要求这种声音发自你的内心，以及实在你尽力的学习和思考以后。

"现世人类开始文明社会至今，可以分为四个阶段。初期大家的思维是完全开放的，每个人每个家庭都可以有自己独立的一套解释问题的标准，标准一致或相近则可以进而组成群落与团体，不一致则可以离开，或单独行动或寻找其他志同道合者结伴。之后，群落的优势变得明显，绝大多数人自愿或权衡后被动放弃了或保留了与整体思维模式不同的认知观念，以换取通过集体的力量而得到的巨大的物质方面的利益。逐渐地，这种集体的势力毫无约束地扩大，从而决定出唯一可行的思维方式，并斥之暴力试图使所有民众从根本上消除任何不同的思想形态。之后一些人发现了这种问题的灾难性，经过长期不懈的改革与革命，发展到现在的在温和的法律框架下尊重个人拥有和表明不同价值观的有限的开放思维模式。但在这种看似稳定平和的模式下有一种分裂的趋势正在有条不紊地发展：领导和制定社会规则的群体正向着（主观的）单一化思维模式迈进，而其他在规则下"游戏"的普通百姓则向着更分散的思维模式前行，双方都对自己迸发的道路有一种莫名的执着。前者是能够看到双方发展趋势的执着，而后者是只看到自己的发展趋势，并误以为只有此种发展趋势的执着。

"我要在这里阐明的一个判断是，世间存在着一种共同的对于善良与理性的理想标准或模式，虽然可能不会特别精细。我们这些智慧生物因为历史和智识的局限性，的确会在不同的阶段发展出不同的标准范式，但从整个文明的发展过程中，我们通过总结与创新，正在一步步地逼近着真理，虽然有可能永远无法揭露出它的全貌。这种逼近是双重的，既有不断近似的逼近，也有不断发现部分真理的逼近。

"举个简单的例子，很多现世人——尤其是处于按照你们所谓的经济标准来说的中低层的人们，保持着这样的观点，即只要是不违反法律的思想和行为都是对的、应该被接受的。这种价值体系看起来给了所有的人一种开放度最高的自由与快乐，因为大家都是相互尊重的；大家都可以，只要有能力，无拘无束地做自己认为正确或愉悦的事情，每一个个体似乎无时无处不在完全地掌握着自己。但事实上的结果却往往并非那么乐观。这些人陷入到自己的专断与偏执当中，只有为了得到原始欲望满足才会不情愿地达成暂时性的联合，这种联合显然不是基于足够的尊重而只是一种妥协、消极的容忍。他们对不同的声音——哪怕这些声音是经过历史和科学检验的——表现出本质的怀疑和拒绝，这导致他们是懒惰的，不思进取的，因为真正的新知往往是一种对旧有观念的革命。因为这种自负，他们进而觉得世界上任何新知的原动力其实都来源于他们自己信奉的这套理论。这使得他们只能更加陷入上述的专断与偏执当中，也使他们更加寂寞和渴望短暂的激情。

"这些人在纯白的婴幼儿时代和懵懂的青少年时代并没有形成这种偏执与专断。那个时候他们是相信并乐于接受新知的，是相信和乐于听取其他的尤其是那些被他们后来怀疑和拒绝的"革命声音"而进行新陈代谢的，他们充满了可塑性和进取心。这种可塑性与进取心不是基于后来原始欲望的驱使，也不带有任何贪图物质利益的焦虑，而只是希望了解得更多，完善得更好。但他们在开始接受启蒙教育乃至之后的社会教育时，却被之前专断和偏执的人所诱惑和误导。他们在学校中受到的教育、建立的理想、塑造的品格，养育的美德，和他们最亲近的人传播给他们的"机密心法"，和他们在社会上占有统计优势的"灰暗事实"，发生激烈的冲突。随着学校的远去，他们也逐渐变成了新一代的诱惑者与误导者。

　　"而反观现世的上层特权阶级，他们内部虽然会有摩擦有争执，但整体上来看或者结果上来看是团结一致的。但他们的问题在于这种一致性并非是对我们上面提到的那个客观的理想标准的认同，而是对那些能使他们继续存活继续拥有特权的标准的认同。因此这种一致性是主观的和变更的。在普通人民智识和权利的增加与特权阶级内部的摩擦争执的双重作用下，这种主观标准是在缓慢地向着客观标准靠拢的。然而这并不意味着它会趋近到客观标准上去——实际上也确实不会。

　　"两者的不同在和平时期被掩藏，但出现非常情况的时候终会变得明朗。你之所以会同意非常时期非常手段的论断，很多时候是因为：一方面，在历史上，非常时期仍然秉持理想标准的做法几乎未曾出现；另一方面，非常手段的执行者总是会对其行为的弊端加以粉饰，而执行者往往来自于上层或在执行后成为了上层，他们的内部一致性是很高的，而且相比于普通人民来说拥有强大的粉饰工具。"

　　"但既然如此，那么另一种截然相反的结论不也是可以成立的吗？因为到目前为止并没有任何证据可以显示您上面的论断就更加可信，不是吗？"

　　"的确，如果仅研究这些非常时期的数据，并不能得出对我的观点有利的支持。其实相反的观点更占上峰一些，因为它确实发生了，总体效果似乎也不错，更重要的是它不需要那么多的前提假设。

　　"但我们可以更长久地看问题，把这些非常时期与它们之前之后的和平时期连起来研究，把整个文明进程连起来研究，就可以看到非常手段带来的、被有意无意淡化的影响。这些影响很大程度上是精神层面的、集体意识的。"

　　"师父，我想我已经明白您的意思了，并且开始认同您的观点，但我还需要一些时间来梳理。"

　　"当然，当然。这不是一件容易的事情，我能感觉到你真的听懂了我的陈述，至于是否最终认同，甚至不是最重要的，关键是要能站在不同的角度和高度，合理地分析问题，而不是只听信一家之言或随波逐流。但对于那些本身没有什么经验与智识的人，我倒会更建议他们不妨先把权威的观念保留和继承下来。"

　　"昀燊谨受教。"李起立向玄易行礼。

　　"啊，我都说了，在这儿不要拘泥于繁文缛节，快坐下来。"老人微笑着摆摆手，继续说道，"那么，我们进入下一个议题的讨论吧。"

　　"好的，师父。"

　　"你刚刚和珍妮、罗伊见面的时候，曾经提到了现世中大家比较崇尚那些喜怒不形于色，在非常时期完全克制真实情绪甚至可以在外在展现出相反感情的人。我想，对于这个问题，我得分别从桃花源和现世两个世界的角度来表达我的立场。"

　　说话间，老者身旁显示屏上的文字图示消失了，场面切换到贞元精舍的一个教室中，这里的学生非常年轻，大的十五六岁光景，小的只有七八岁模样。不同年龄段的少年们被分在不同的组，由穿着不同款式服饰的云教官带领着。偶尔的一两个年纪小的孩子忽然间笔挺了躯体，闭上眼睛，周围逐渐被白沙包裹，随着金色银色光芒的闪烁，他们的身体一下子成长了许多，目光更加坚定和自信了，也抹去了当初的一些稚气和天真。他们在教官的引领下加入到新的年龄组中。

　　"这就是我们的孩子们在学校中的成长过程。他们的身体发育和能够获得的智识总量都基于他们美德修炼的层级。只有当他们完全通过了一个组别的品行考核——这个我已在前面介绍过了——之后，才能产生'进化'，身体才能变得更高大强壮，才能开启更高层次与云端的连接，和前往下一个组别进行学习。如果他们不能达标，就会一直留在同一个组别中。

　　"所以，你看，我们是完全不需要这种'情感伪装'的。级别程度低的人进行'情感伪装'会被马上识破，他们自己也明白这一点；级别程度高的人进行'情感伪装'会强烈地与他们的美德和智慧相矛盾；云端已经搜集了数量庞大的外在与内在情绪表达的映射关系并从中建立了良好的匹配机制，这种映射与匹配是对全体成员开放的；另外，就像我之前所述的，最真诚最善良的方式与最智慧最有效的方式，在桃花源人看来，是没有抵触的。

　　"那么，再让我们来看看现世的情况。桃花源中对于'情感伪装'的四条基本原则在现世中似乎都是不满足或者至少不全面满足的。现世人，无论身处哪一个层级，普遍存在严重的自欺欺人的侥幸心理、对于其他个体或整体良性发展的冷漠，和对于以此而大获成功的人产生出的狂热。他们了解信息不对称的作用并加以滥用。他们如饥似渴地寻找系统漏洞，其原动力却不是为了揭示它和修复它。他们之所以会赞同'情感伪装'的必要性和正确性，归根结底是赞同以上所列诸条在现世人身上的本质性。但这是错误的。

"当然，相反的观点，即所谓的'性善说'，也是有很大问题的。世间万物发于虚空，它们的外部是物理规律，而内部则无以附加。任何的特质也好，性格也罢，都是后天养成的结果。既然是养成的，就可以被改变。这种改变分为被动的和主动的，与养成的被动和主动性相呼应。被动的养成与改变，完全受制于外部的物理规律，所以广义上来说，也是物理规律之一部分或者物理规律之延伸而已。主动养成与改变的出现可以说是一个奇迹，因为它们的出现实际上就是一个有别于物理规律所处外部世界的新世界的出现。这个世界的发展始终都与物理世界强烈纠缠着。从某种角度来说，我们所谓的世间真理的基础原则就是如何让这个独立的上层世界持续得更长久更稳定。这个基础原则的来由是什么，即使我们也不能断然确定，就目前来看，它应该也是物理规律的延伸，而且很可能是物理规律的终极延伸和探索。

"对于一个特定的智慧生物个体来说，基础原则是明晰的，即上面所说。更长久更稳定，意味着它要让自己'活'下去，在此基础上，让自己'活'得更长久，这两点就产生了它认识进而利用物理规律的动力。与此同时，它明白与别个上层世界共同认识和利用规律，远比大家单独地摸索更有成效，所以产生了分工合作的动力。然而随着群落乃至社会的形成，个体上层世界的'基础原则'之间以及个体上层世界与集体上层世界网络之间发展出矛盾。现世人类正在经历着这个阶段。如果回到我们的议题上，这种'情感伪装'实际上是一种在判定上述阶段无法逾越，上述矛盾无法调和的假设下呈现出来的表象，'非常时期非常手段'的论调亦是如此。

"不可否认地，桃花源也短暂地经历过这个时期的冲击。但很快地——当然这种观念上的迅速转变应该也是与我们身体结构上的质变有关，我们发现这种假设只是我们的美德与智识不足造成的假象。个体与整体是可以共同发展的，每一次发展的瓶颈只是一次继续提高精神境界的先兆罢了。

"另外，当时你还提到了一个很好的事例，当面对经历着巨大痛苦的人（尤其是与我们建立了深厚情感的人）而且我们又无能为力的时候，'

情感伪装'似乎还是有必要的。

"这和刚才提到的矛盾的确不太一样，前者是消极的，后者积极的。但我要说的是，它们的本质仍然是雷同的，思维的路径上也许有一些差异。首先，处于痛苦经历中的人完全明白他的亲朋也同样处于痛苦的经历中，那么这种'情感伪装'的必要性就减弱了，但我不能否认，如果关心他的人在他面前表现出痛苦的情绪确实很可能会增加他精神上的悲伤。然而我想要说明的是，我们在病人面前所展现出来的积极的情绪也应该是真诚的，所以不能说这是'伪装'。更进一步，我们对于病者的悲悯应该是出于对他痛苦的同情和对他能复原的信心与希望，而不要夹杂着对于病者离去的忧虑。这种忧虑很大一部分——如果还有其他情况的话，源自一种对于过去自己所为的愧疚和对于未来自己所期的恐惧。也许我们此时更多地站在病者的立场去想，如果病者对于他的过往是满意的，如果病者对于我们的过往与可期的未来是满意的，如果病者的离去于病者来说即使算不得解脱也是鲜有遗憾的，那么我们过分的消极情绪又从何而来呢？否则，我们也许更应该让病者在这段痛苦的时期体会到上述的满足感，那么我们过分的消极情绪又从何而来呢？"

"师父，您的话真是太棒了！"李兴奋地站起来，在长桌前来回地踱着步子，"我的心智在今天的谈话中不断地焕发出新鲜的色彩。在精舍学习的每一天我都有被精神革命的感觉，而和您的交流相比，这些革命又显得小了。"

"啊，谢谢你的夸赞！其实我的作用被你高估了，我的孩子。我不过是尽早地给你牵线搭桥。没有我的存在，你在精舍不断的学习过程中仍然会理解这些东西的。

"今天的讨论就先到这里吧。时间也不早了，你回去要好好休息，整理和复习一下在精舍的学业。下次的讨论时间会在天目上显示出来。"

"是，师父。"

玄易身旁的云屏消失了，换作一扇时空门。

"很高兴与你聊天，我们再见了。"玄易站起身来，慈祥地向李微笑着，双手合十。李赶快合掌鞠躬还礼，依依不舍地踏进了时空门。

二十三

李通过时空门出了灵台阁来到一心隧道的入口，把自己的衣服和皮肤调暗。筋斗云已经在此处等候多时了，见了李出来，亲昵地蹭着他的腿和腰部。李拍了拍筋斗云，趁着夜色，疾驰回宿舍。躺在床上迅速整理了今天的谈话细节，沉沉地睡去了。

翌日，李重新开始了新一阶段的训练。教官对他成功结束了第一级图书馆的学习任务和成功完成了对中级图书馆连接工作表示欣喜和祝贺，并告诉他一些稳定连接的注意事项。因为对熊猫的承诺，李不能将自己的连接方法告诉云端，他知道这些注意事项对他来说是多余的，但只能随声附和，点头称是。进入图书馆，熊猫已经在第一个书架上等着他了。

"小燊燊，我们又见面了，真是太棒了，我们拥抱欢迎吧！"说着就从书架顶端张着胳膊迅速跳过来。李早有防备，在熊接触到他脸的前一刻双手牢牢抓住了它的腰。

"熊叔早。"

熊猫仍试图伸展四肢，但并没有够到李。"呃哦，失败了……好吧……"

李把熊猫放回到书架上，抽出了第一本淡银色的书。

"等一下，李。"熊猫跳到李刚刚打开的扉页上，"进行中级图书馆，你的学习方法要稍作调整。每本书看完三遍以后，要冥思一次——冥思的法门我会在你看完这第一本书之后教给你。之后再看三遍，冥思一次。如此两个周期后，才能开始读下一本书。在这个两个周期之内，你不能把书放回到书架上。在没有完成一本书的两个周期的情况下，你不能断开与图书馆的连接。明白了吗？"

"噢。"

"这是非常关键的步骤！明白吗？"熊的表情从来没有如此严肃过。

"我明白了，熊叔。但为什么……"

"开始吧。"

“噢。”

熊猫爬到李的肩膀上，李盘腿坐下来，开始一页页地读书。约摸十分钟光景，三遍完成。熊猫跳下来，走到李的对面也盘腿坐下来。

“好了。现在把书放在一边的地上。双手成弧形相对。很好，把眼睛闭上，身体放松，想象丹田的位置聚集能量。”

“什么能量？”

“那你就想象花瓣或沙粒好了。”

“噢，那还是沙粒吧，花瓣让我有点心理阴影。”“想象沙束像双手处聚集。很好。”

李感到四周开始有了响动，就像在家中，白沙从地面上移动过来，组成自己要求的家具一样。耳边沙束移动的声音越来越清晰了，双手的位置有些微微发热。李不禁半睁开眼睛向下瞧，白沙从远方流向自己，然后螺旋着攀升到膝盖处，在双手合成的中空椭球形空间内聚拢，密度逐渐增大，内部的白沙似乎熔融了，发出淡淡的黄色的光芒。

“哦，这太神奇了。熊叔，我是不是成功了？”话音未落，沙球崩散，一地的白沙重新聚拢成沙束向远方遁去了。

“哎哟！”熊猫不知道从什么地方找来了一个巨大的棒子，狠狠地砸在李的额头上，李的脑子仿佛触电，感到一阵晕眩，难受得叫了出来。

“你个蠢蛋！你在干什么？！

“不就是个沙球吗，有什么可大惊小怪的！”“对不起……”

“我们的时间很有限，专注一点！

“我没有给指令之前，不要擅自决定自己的动作，明白嘛？！”

“是，熊叔。我只是……”

“重来！”

“噢。”

李调整好坐姿，重新聚拢白沙。

“好，现在开始回忆第一本书中学到的各个概念和公式。”

李迅速地在脑海中把所有的知识点罗列出来，均匀分布在一个球形空间中。

"建立与它们的联系。"

每一个知识点开始向处延伸出射线，与相关的其他知识点连接起来。

"还不够。继续。

"很好。现在开始，选择一个概念，以它为中心，通过相关的知识，产生新的推论。"

李点亮了一个知识点，最邻近的知识点也相继点亮了。

"熊叔，这有点难，书中似乎已经把推论都演算出来了。"

"再加一层。"

次邻近的知识点也点亮了。标记的知识点被提取出来，像一个个化学分子，不停地复合与分离着。

"好像还是……"

"保持住现在的状态，再选择另一个概念，重复操作。"

另一个远端的知识点和它的相关知识点被点亮了。两个分子群落相互靠近。忽然，李感到双手温度开始迅速上升。知识分子间的碰撞变得难以控制了。

"熊叔！""坚持一下。分一些注意力给沙球。"

"是。"

李把十分之一的算力从头脑端转移至丹田。沙球慢慢冷却了一些。

"把注意力放回来。"

李在两端反复着算力更新，逐渐掌握了技巧，就在他心里产生一点成就感的刹那，相互作用的知识分子群落中出现一个半透明的气泡，里面隐隐发出微光。

"抓住它！"

"用什么抓？"

"啊呀，用那个……"

气泡游弋到群落的边缘，开始挣脱群落的吸引。

"熊叔？！"

"用，用，着急就忘事，真是的……"

李把能用的算力都释放到头脑端。但并没有增加对气泡的阻力，反而让群落又产生了三个相似的气泡，它们朝着不同的方向逃逸。沙球的温度再次极速上升。

"用概念！旧有的概念伸出线去连接。"

群落中的核心知识点向气泡发出射线，但碰到气泡表面后又被弹回来。

"刺破它，不要那么软弱。气泡本身没有用处，里面的新概念才是关键。"

"知道了。"

李又尝试了一次，但还是失败了。一个气泡飘到了球形空间的边界上，炸裂了，里面的概念也随之幻灭。

"呆子，别只上一个啊，所有群落的概念都可能与新知相关的！"

李把算力快速从脑端抽出一些回到丹田，把沙球稳定住。又有两个气泡炸裂了。

"李！"

"就是现在！"

李一瞬间把丹田的算力完全传送到脑端，群落中的知识分子全部激活，数以百计的射线在气泡表面的一点汇合，穿刺。

手中的沙球随即消散。

"你还真是胡来呢，小子！"熊猫抄起大棒向李的额头砸下来。李紧闭着双眼，等待着惩罚后的晕眩。忽然听到棒子落地的声音，正要睁眼看时，熊猫已经扑在他的脸上蹭了一把，又跳了回去。

"Got ya！"

"熊叔，你……"

熊叔清了清嗓子："好了，开始下一个周期。"

二十四

之后的两周时间里，李在熊猫的监督和骚扰下继续着对中级图书馆藏书的学习工作，但按照熊猫的指示，需要更缓慢更仔细地阅读，所以进度迟迟不能达到桃花源普通学生的要求。接下来两天会迎来短暂的停课小假期。玄易师父这段时间并没有再次邀请他去讨论问题，可能是因为老人家知道他的课业负担非常繁重吧。他想着也许小假期里会有机会，自己得赶紧把精舍的学业进行总结，得在师父通知之前把旁的事情打扫干净。他盘腿端坐在筋斗云上，左手四指垫在右手四指下，两个拇指相对，双眼微闭进入与云端深度联接的冥想模式。白色的细沙向他的身体螺旋着移动过来，自下而上，再自上而下，丹田处逐渐汇聚成一个半通透的实体球。李的大脑借助云端的力量以迅雷之速对过往的训练和学习成果进行多维度的梳理和索引，各个领域的基础概念基础理论在相互的结合推演中出现新的引理、推论和应用。突然之间，不断拓展的知识框架碰到了坚实的壁垒延伸不得。李提高了运算速度和强度，周身的螺旋沙线变得波动和粗糙，双手护持的沙球也逐渐地浑浊起来，色泽加深变暗，温度升高。束缚的边界不但没有被突破，反而更加坚实，并且开始向内收缩了！李的眉头锁紧，身体不住地颤抖起来。云端发出警告，连接功率已超出控制，即将强行关闭，10秒计时开始。"加油，也许就差这么一点儿了。"筋斗云也似乎变得不安，轻轻摇动着李的腿和臂膀，像是要把他叫醒，停止与云端的连接。"3秒，2秒，1秒。"云端强制剥离，李的身体仿佛被电击了一下，双手一阵抽搐，握紧在一起，实体球瞬间湮灭，周围的浮沙直挺挺地坠落下去，继而沿着地板四散开了。

"我就说这鬼玩意儿根本不可能有效果！增加知识的最好途径就是读更多的书。光靠已学过的东西向外拓展总是有极限的。熊叔太顽固了，非要叫我不断练习这个，每本书居然要读六遍。这又不是在地球，学问获得了明白了就不会再被遗忘。早知如此，就不该答应完全保密和完全服从他。"

“大好时光怎可在发呆中荒度了！”

李被这突如其来的女声吓了一跳，转脸看去，是珍妮和罗伊进了屋里。他赶紧跳下筋斗云，出来迎接。

“珍妮！罗伊！你们来了，快请坐！自从开始精舍的学业以后，就再难见面了，真的很想念你们！最近怎么样？”

“你好啊，李！我们也很想念你呢。虽然这些天不能朝夕相处，我和罗伊都会时常关注和询问你的学习状况，看起来一切都很顺利，这太棒了！”

“我从玄易师父那里听说了，你们见了面，并且聊了很多东西。他非常喜欢你。李，在桃花源，想要得到师父的夸赞可是很困难的，你要继续加油！师父已经在这段经历中暂时开通了你阻断与云端分享的权限，所以无须担心别人会通过读心术探知这件事情，只是暂且不要主动提起就行了。”

“好，谢谢你们。师父的评价肯定是言过其实了。我知道自己的实力水平。到目前为止，我连中级图书馆的知识都还剩很多没有学习。昨天见到嫣然，她已经完成一多半高级课程了。周教授正在训练与云端的最高级连接的预备项目。和他们相比，我的差距确实太大了。”

“今天学校放假，我们也放假。李，今天就不要做学问了，我们带你去个有意思的地方，如何？”

“哦，好啊！在哪儿，怎么个有意思法儿？”

珍妮一把拉住李的手，拽起来，不由分说朝着门口走去。“到了你就知道了！现在嘛，保密！”

三人出了西贤馆，招了筋斗云上身，一路向东疾行，穿过花堑台，折而稍偏南向。一大片森林逐渐出现在视野中，林子被错综复杂的江流溪水切分成不规则的细小网格结构，白渚浅滩丘陵山川亦不胜枚举。罗伊领队，珍妮拉着李在后，降了高度，沿着一条清澈湍急的河道低飞。左侧的崖壁上猨狖发出啾啾的叫声，尾随了一阵消失在萦绕山腰的薄雾中，右边的石岸上树林间时而显出三五鸥鹭，梳理着羽翼，抬头看了看飞驰的三人，又低下长长的喙。其他的河水一条一条地汇拢进来，河道变得越来越宽阔，河面上弥漫的水汽也越来越厚重。忽然间，雾汽与河面消失在背后，眼前出现一个巨型扇面的开阔平原，李回头望去，只见身下略带弧度纵横数千米的大瀑布倾泻而下。

"我们到了。"珍妮指了指左前方的一个区域。李转过身定睛看去，是一组整齐排列的建筑群，最小单位是一个长方体结构。不同的长方体之间有一段分隔的空隙。成百上千的长方体进而组成一个更巨大的长方体。这与西贤馆的结构非常类似，但没有外层的半透膜，长方体的尺寸也比西贤馆的宿舍大很多。

"这也是桃花源的民居吗？"

"不，这是桃花源的武训场——明义堂。"

"走吧，李。我们进去看看。"

三个人通过武训场的正门进入大厅，面前闪现出三个红色云端对话框："请进行身份与权限确认。"

罗伊和珍妮先后从口袋中掏出天目放在胸前，天目自动半埋进他们的皮肤里，李也学着他们的做法放好自己的天目。三个天目旋转到同一个云纹晶面。三个对话框随即合并为一，并变为淡青色。

"身份与权限确认完毕，405号场地开放。"

对话框变大至刚好容下三个人的时空门，就像李被从地球传送到桃花源时的一模一样，幽暗的黑洞中隐约透出七彩的光。站在中间的珍妮分别拉起李和罗伊的手，向着时空门迈进。"我们走。"三人一跃而入，身体在时空隧道中飞驰，周边的光束迅速地后退着。不到三四秒中，他们就从另一个时空门中跳出来。时空门旋即变成云端对话框，燃烧着蓝色火焰消失了。

"李，这个正六面体的空间就是明义堂其中的一块武训场地了。就像在你们现世一样，桃花源也讲求文武兼修，刚柔并济。贞元精舍里增长智慧涵养美德，而明义堂则帮助大家强健体魄磨炼意志，两者其实相辅相承互促共进。"

"罗伊，我明白你的意思。我也很高兴能来到这里。但我有个可能有点愚蠢和冒昧的问题……"

"啊，不要这么说，任何真诚的问题都不是愚蠢和唐突的，只有简单和复杂之分。请尽管提出来。"

"我们的身体都已经得到了如此的优化，有无限的恢复能力。桃花源的科技如此发达又有云端的帮助和保护，桃花源本身也是如此和平。精舍的训练实际上已经包含了对意志品质的锻炼。云教官也说，如果达不到要求是无法开启与云端更高等级的联接的。所以，武训的必要性真的牢固吗？或者已经成为一种文化符号或怀旧的爱好？"

"这个问题很好，李。让我来阐明自己的看法。"罗伊微笑着说，"我们的身体的确进行了非常先进的改造，不仅具有强大的计算能力，而且正如你所说，可以在受到伤害以后迅速地恢复如初。但这种恢复能力和计算能力是完全依赖云端的。虽然目前来说云端的安全性和稳定性都无可挑剔，桃花源的存在也是如此，但这并不表示未来不会发生变故甚至是严重的变故。防微杜渐，居安思危，才能长久地保护住这里的安宁美好。事实上，桃花源重视武训的人数在缓慢地下降，这让珍妮和我，还有其他像我们一样的人感到不妙。我们在每五年的桃花源大会上都会宣传我们的想法和建议，大家也都认同，只是真正积极赋诸行动者不算多，也许真的是这里安逸太久了罢。

"另外，我们的身体其实还有很大的提高潜力，就像我们的头脑在不断地学习、科研与思考之后总能继续收获智识和美德一样。任何技能的成熟和臻于完美都要付出持之以恒的不懈努力。定期的武训可以帮助我们的身体越来越灵活，头脑支配身体的能力越来越精细，应对突然并连续的外在与内在攻击越来越自如。

"还有，李，就我目前的理解来说，意志品质并非是统一的，或者说它并不是一个整体的东西。在不同的领域中存在着属于各自的意志品质。就拿现世的事情来举例子吧：一些人能够坚持每天做动运，但却极难坚持每天探求科学新知；一些人能够坚持待人接物时表现得谦让礼貌并有职业素养，但却很不情愿花时间在个人内在精神境界的提升上。所以说，你在贞元精舍的知识训练不能完全代替在明义堂中的身体训练。

"最后，也是我最想与你分享的我的态度。即使桃花源真的永远长治久安，即使我们的身体可以自动地不断进行机能完善，难道对于身体的训练就应该被放弃吗？难道身体的训练就只能沦为一种怀旧的爱好吗？不，不是这样的。作为有幸被上苍选中的拥有自主意识的智慧生命，我们应该抓紧一切时间抓住一切机会去磨砺我们的精神，锻炼它的各个方面，使我们的内在灵魂更高尚更纯粹。身体的训练恰恰就是最重要的一个磨砺方面。在我们的身体达到极限的时候，在我们的身体承受着前所未的压力和伤痛的时候，我们才能在某种程度上检查到我们灵魂中的弱点，从而使之完善。"

罗伊的话让李感觉到一种类似于与玄易师父交谈后的震憾，他正直自己的身体，庄重地面对着罗伊，双手合十鞠躬。"昀燊谨受教。" 罗伊也正直身子，双手合十还礼。

"啊呀，罗伊，你太郑重其事了。今天是放假时间，我们是出来休闲的，不要再给李压力了。李，在我们面前，你不要拘谨，罗伊什么都好，就是讨论起事情来像个老先生。"

"哈哈哈，珍妮说得对。李，对不起啦。以后我会注意。你与我们交流的时候忘记那些繁文缛节，我们都是你的朋友。不说啦，不说啦，我们赶紧开始吧。今天珍妮才是主角呢。"

"珍妮？"

"是的，李。之前我们和你说过桃花源的居民会因智识和美德的不同而分为不一样的等级。对于武术而言亦是如此。"

"武术，就和现世中这个词的意思相当接近，就是一种通过对身体进行良好运用以抵御内外在攻击，发动对敌人合理的内外在攻击的能力。这里指的身体其实也包括脑力，因为除了对自身身体的运用，还有与其他个体进行协作的能力和进行整体统筹规划的能力。根据能力的大小多寡，每个人会被评为不同的武术等级，一般先是'卒'级，接着是'相'/'将'级，最后是'帅'级。'相'与'将'是属于同一等的，但侧重方向不一样。'将'级的个人能力更强，而'相'级的协同能力更强。每个等级里又有上中下三个次级。罗伊是'相'级上等……"

"但我的个人能力只相当于'将'级下等。而珍妮是'帅'级中等。"

"罗伊，你又抢我台词，本来还想稍稍炫耀一下。"珍妮假装生气地做了个鬼脸。

"哦，天啊！真厉害！我真是有眼不识泰山。"李又赶紧双手合十。

"别这样，别这样！我可受不起。其实也没什么。坚持训练就肯定会有提高的。其实我倒觉得罗伊在智识和美德上取得的成绩更值得钦佩，我一直觉得罗伊的评级应该再高一些到达'贤'甚至是'贤'的中上等才比较合理。"

“不，珍妮。我觉得你是因为与我相处的时间最久，我们的关系最好，所有产生了一些偏颇。我们应该相信云端的评价，至少到目前为止它是最公允的。我本人也非常赞同云端的评定，我在美德和智识方面可以进步的地方还有很多很多。

“对了，李。你知道吗，在桃花源能达到'帅'级的人数最新数据显示为十一个。其中上等两个，就是两位玄级师父；而中等目前只有一个，就是珍妮，也是桃花源历史上第二年轻获得'帅'级称号的人。之前还有两个，但他们最近几年都醉心于研究，久疏'战阵'，武力也就相应地大幅下降了。

“所以，你一定要认真地向珍妮请教，把她的本事尽数学到手啊。”

“李，我会毫无保留的。只要你有恒心，我一定倾囊相授。”

“这太好了！谢谢你们！”

“我们赶紧开始吧。李，你不要紧张。今天主要是测试一下你的初始能力，所以基本上是以娱乐为主的。我相信你一定会喜欢上武术的。”

“嗯，请珍妮师父多多指教。”

“今天我只是个旁观者。”罗伊说着，背手向后一跃，轻盈地落在训练房的角落里，盘腿坐下。

“李，随我到场地的中央。”

“噢，好。”

珍妮和李在训练场的中心位置相对站定。云端的对话框在珍妮面前展开。

“新人测试。”珍妮话音刚落，在场地的一侧远端立即出现了两个云教官，但他们并非虚拟，而是和桃花源居民一样由实体的白沙组成。一人握长矛，一人持刀盾。

“李，我们现在要开始对你的战力测试。那两位将是你的第一拨对手。在打败他们之后，会陆续出现其他的对手。对手的实力从最简单开始，之后逐渐增强。我会在一旁记录和分析战斗数据以及你的身体状态，并在认为你无法继续时停止训练。”“好的。那我的武器是……”“测试开始。”珍妮已不见踪影。

二十五

　　李回头寻找珍妮，发现她已经站在罗伊的身旁，头上罩着在研究所时见过的那种自生成的"头盔"，眼睛上带着闪烁着数据流的半透明淡蓝色眼镜，双手在胸前交叉着，面无表情地注视着自己，或者注视着云端采集的信息。李赶紧转回身子，此时两个教官已经快速向自己靠近，在距离五米左右处忽向左右疾转九十度，面向李做圆周运动并在以李为中心的一条直径两端停下，弓着身子摆开架势。一系列动作在两三秒内连贯完成，李惊异得不知道自己应该做什么，呆呆地愣在原地，直到他们完全落位才缓过神来。但腹背受敌，让李不知道应该面对哪个方向，一会儿看看这个，一会儿又看看那个。

　　"没关系，没关系。这只是演习，而且受伤了，云端也能帮助恢复。"李正自我缓解压力的当儿，身前的教官开始发动进攻，长矛突刺李的头部。因为距离稍远，李还来得及反应，头赶紧向左侧避让，同时本能地耸肩用左手企图抓住对方的武器。教官立刻收回长枪，矛头划过了李左手的小指，前两个关节瞬间沙化落地。

　　身后的教官翻滚到李的身前，盾牌随着大臂的移动旋开空隙，刀口水平向李的双腿砍过来。李赶紧朝右侧鱼跃，躲过了攻击，并立刻转正身面对着两人的中垂线方向以方便观察敌情。

　　"我需要一个武器，这样下去只能采取守势终于会失败的。"李一边紧张地看着两个凶狠的教官，一边思忖着。

　　"对啊，云端！我怎么忘了这茬儿了。云端，一柄剑！"

　　……没有任何反应……

　　"我靠！难道云端不知道什么是剑？那这样吧，来个长枪，就右边那位手里的同款，云端！"

　　……没有任何反应……

　　"你妹……"

　　两个教官又开始发动攻势，从两翼飞奔过来，长枪攻上，短刀就攻下，然后再反过来。李在躲闪中，不停地向后疾退。两教官交叉换位，突然同时出手，李在让过短刀的斜劈时，已无力避让长矛的横扫，被重重地打到了小腿上，翻转倒地。短刀立刻上来向胸口和腹部猛砍，李没法起身，只能连续打滚向后移动。紧急之下，左手抓住一把白沙，向敌人脸上掷去，趁此间隙，重新站起身子，又接一个向后反身翻腾躲过另一个教官的鱼跃中路突刺，再起身。战局又回到初始三点一线的状态。

"刚才扔沙子的时候发现左手小指的伤并没有恢复。这就更加确定了这场战斗是不能与云端取得有效连接的。但为什么在场外的珍妮会形成头盔并一直在读取和分析数据呢？"

两个教官又开始攻击了，李沿着三人形成直线的水平垂直方向快速移动。两个教官也相应尾随。

"也就是说有其他我不知道的高级联接途径了。嗯，应该是与云端的究极联接能力吧，"李再次躲过了教官的突刺，"现在的当务之急是先要解决掉一个。目前来看，我的敏捷度应该在两人之上，只要一对一的话就有胜算。先解决哪一个呢？持刀的教官善于短距离攻击，而且有盾的保护；持矛的教官相对来说是负责中距离攻击的，而且近身基本没有防护，只要我能把距离缩短到长矛长度以内，就好办了。"

李在接近场地边缘时，借住墙壁反跳，朝持短刀的教官扑来，教官似乎没有做好准备，赶紧用盾保护上身，而持矛的教官则迅速向短刀教官靠拢。李再次借盾牌之力侧跳，踏在持矛教官的手上将矛震掉，并顺势起另一脚将其重重踢开五六米，翻身夺了矛。短刀教官被李借力时蹬了个踉跄，才刚站起来。李也不顾，猛掷枪穿透了武器教官的前胸，将其牢牢扎在地上。李紧接着猛走两步，踏着枪铆足劲儿向教官头上一个扫堂腿，整个身体瞬间沙化落地。李稍有得意，瞧了瞧珍妮。

"居然还是面无表情……"

李来不及失落，提了枪回身对峙另一个教官。两人沿着一个圆形缓慢地相对运动。突然，李放下了长矛相右侧看，并做出很惊讶的表情。云教官见了，也直起腰朝着李看的方向望过去。

"上当了！"

李迅速发动攻势，连续突刺，击中了敌人的右小腿外侧。教官顺势下身并用左手盾前压长矛，李的胳膊被这沉重的力矩带得整个臂膀和肩部都跟着向斜下倾。教官准备前滚翻压住长矛并抬右手持刀劈打。李知道若是教官右手刀落自己必输无疑，立刻强行举手，长矛断成两截。李屈体前跃，手拿半支矛柄挡住短刀的攻击，用膝盖对教官的面部和颈部重击。

白沙落地，战斗结束。

李的手指被修复了。

珍妮闪现在他前面。

"4分07秒，整体来说还是可以的，干得不错。我与云端的联接并不是那种和图书馆的究极连接，但比较相似。当然，你可以理解为是与武术相关的图书馆的连接。这个我会在未来几天教你的，不要担心。不过今天的测试中，你应该不会主动用到。"

"明白了。"

"感觉怎么样？"

"还行，挺刺激的，我觉得我是有兴趣深入学习这里的武术的。"

"那么我们开始下一场战斗吧。"

"测试还没结束啊……"

"测试开始。"

二十六

武训场的地面开始震动，在西北和东北的两个方向上白沙升起变色，形成一个弧形相连的树林，李的背后，地面熔融成为赤红的岩浆海，海的远端一角是小岛，罗伊和珍妮站在上面观察。中间的半圆区域变成泛黄色的沙滩。从两侧的树林中整齐地涌出两队士官，每队十一人，中间靠前持长枪一人指挥的队列的行进。最前面是两个握盾牌的教官，其他武器挡在盾牌和身后；其后两人为狼筅手；再后四人持长枪，最后两名外侧手臂拿盾牌，内侧手握短刀。

"这应该就是传说中戚将军的鸳鸯阵吧。而且一来就是两队。这怎么玩儿啊？"

"李，你有三十分钟。"珍通过心语说道。

"你是说我活过三十分钟就算赢吗？"

"……"

"Hi，大家！"李向从远处雄赳赳迈进的教官们微笑着挥动双手，"我不是倭寇，也不是海贼！你们看，我没有武器！我爱好和平！我想……"

说话间，"嗖"一声，一支短标枪插在了距李不到半米的沙地上。

李弯腰拔出双头的短标枪，抖掉上面的沙粒，看了看逐渐逼近的敌军。"看来，这是不能好好聊天了。"

李提着标枪向左侧一队冲去。

短标枪接二连三地从正面和右路飞来，李在避闪当中逐渐向着更左侧的方向移动，同时尽量收集武器，并把它们插在自己的后背和侧后肋部。"幸好这个身体没有痛觉神经，而且浅层的伤并不影响机体的灵活性。"李一边躲避着飞标，一边略微愉快地想着。

李已经优先两三个身位来到敌队的侧翼，四名长枪手立刻还击，朝李的头部、前胸、持短枪的上臂和腰部突刺。李刚从缝隙中躲过准备更靠近一些，狼筅已经重重地侧划下来，李的右臂立刻被剥了一层白沙，盾牌兵也随即掷出标枪。李不得不向后退却。右队此时也绕外道向李的左侧移动过来。

李快速向着鸳鸯阵的队长和狼筅兵的上三路抽掷标枪，盾牌士官立刻进行拦截，李趁此时赶紧伏身，双手各取出两肋部的最后短标枪沿低空投出，一支被狼筅阻碍，另一支成功击穿盾牌兵的小腿。此士官应声倒地，立刻撤离队伍，由后面的盾牌兵补上。

"如果右臂没有受伤，也许可以刺透两个人。真是麻烦。"李有些遗憾地想道。 两支队伍速向李靠近，并不停地发动中短距离的攻势。李被迫向着岩浆海退缩。背后的热浪一股一股地涌来。一支短枪从李的面旁飞过掷入海中，转瞬间化作一缕青烟。

"……这要是被逼进去，估计云端也救不了我……"

李脚一个踉跄摔倒在地，一队迅速赶上，又是一组长枪的突刺，李连续翻滚，勉强爬起身子，发现另一队在偏远的位置向里压过来。李沿着海岸线向右侧飞奔。敌军一队正后方尾随，一队在几乎正左方疾行。眼看就要被堵死在武训场的东南角，李紧蹬几步，急向左侧朝远处一队右翼攻过来。后续一队尾部甩大弧线准备与前队合拢形成一个严密的直角，八支长枪轮番突刺，李的左肩被划出一道口子，好在没有伤到运动中枢。李还是义无反顾地向着包围圈的直角区域冲过来，盾牌兵见他手无寸铁，直接让开盾牌，取短刀斜劈，李在刀锋触身前高高跃起，疾速旋转身体。原先插上短枪的背部坑洞在之前的翻滚过程中填满了白沙，李的手中也握着大量的沙粒，在快速转体时，同时释放出来，盾牌兵迷了眼睛，立刻下蹲并用盾牌罩住全身，临近的长枪兵亦向后退了两步。李瞅准时机，踩着盾牌，一跃出了包围圈，顺手从盾牌兵的背后撩了柄短斧，一鼓作气溜进了林子，找了棵粗壮繁茂的大树爬上去。两队敌军在树林前停下来并回撤三十米，盾牌兵在前巡视保护，其他士官原地休息。

现在算是暂时安全了。李顺着树向上爬到一个视野较好的位置坐下来观察着沙滩上的情况。"这种阵法在平坦地带战力实在可怕，好在有这么一片林子。他们的单兵作战能力应该不及我，而且我可以在树上穿梭往来，相较于他们算是略微增加了维度。我有时间上的限制，所以他们也不必冒风险进树林追击，守株待兔的确是最好的方法。还有大概二十五分钟的时间，我得开始行动了。"

李起身跳落到地面向着林地深处快速移动，并陆续收集坚韧的藤条和树枝。制做好弓箭以后，砍断一些大树的主干，并截成六七米的树段。李将所有装备运到林地最外围的一排树冠上。

"桃花源的这副身体机能真是厉害，只短短二十分钟就几乎把东北方向林地深处的树木伐个干净。"

李从东到西，依次将成百的树段向沙滩的各个方向掷出。树段落地后均深插入地下两米左右，或直立或斜立。李手持硬弓，背着木箭，跃出树林，轻盈地落在其中一棵木桩上。两队教官正对从天而降的大量树段奇怪不已，忽见李也紧随着出现在眼前，迅速排好了阵。

"Showtime."

李开始在梅花桩阵上移动，两队敌军的阵型也随着李的走向而及时地调整着。但李的速度变得越来越快，逐渐地，鸳鸯阵的协调速度处于了下风，队型变得稍稍零散了。李左臂直伸斜下方向，右手从背部拔箭搭在弓上，拉紧弓弦，瞄准松指，一个长枪手应声倒地。后面的盾牌士官受到干扰，一个趔趄摔在地上，李迅速抽箭，士官在用盾牌遮挡防护前的一刹那被击中头部，瞬间失去了意识。敌军两队见势不妙，立刻向彼此方向移动，组成一个大队，其间又减员四人，包括一个小队长。李在移动和攻击中，逐渐提高了走位和射击的准确度，开始尝试多箭齐发的模式，并同时收集敌人掷来的短枪和自己射偏在木桩上的箭以便反复使用。敌人三三两两地陆续伤亡，化作白沙，两分钟的第三维度攻击颇有成效，敌军数量迅速缩减到五个盾牌兵和一个队长——队长舍弃了长矛而换用了盾和短斧。六个人形成一个正五边形的保护体系，队长在内，五个士官在外。他们把盾牌举过头以防御李从上面发起的攻击，同时逐渐向一个木桩靠拢，队长和其中一个士官用短斧切斩木桩使之倒塌分成小段，然后又移动到下一个木桩近处。李随即做出调整，继续加快了移动速度和射击频率，使敌人几乎不能撤开盾牌向上观察他的行踪。如此持续了近一百秒，然后李突然折线式地降低了自己的高度，并将一根藤条的一端绑在一根树段上，以另一个木桩的根部为支撑，水平向敌人的阵中弹射的同时，散掷出所有的短枪和弓箭，外围三个盾牌手的胸部和腹部均受重创，失去战力。李左臂绑着藤条的另一端，迅速迂回至敌人后方，再疾转绕回藤条的发端。两个士官被死死地绑定在木桩上。李右手顺势抄起短斧向两人的颈部横向猛劈过去。

"结束了！"

"飒！"

"棒！"

"锵！锵！"

"呵啊？！"

李被牢牢地钉在了两个士官对面的木桩上，胸口和左腹部各中一支长箭，箭的力道如此之强，已刺透木桩，且箭的中后段有张开的鹰爪，死死地嵌入李的身体中。李的右肩上斜插着一把短刀，握着短斧的右臂孤零零地掉落在一个绑着的士官脚下。左臂上的藤条已被斩断，强烈地拉伸作用使左肩的伤口被严重扯裂，几乎丧失运动能力。

地面又一次震动起来，远处的树林，身后的岩浆，近旁的木桩，捆绑着的士官，寂寞的右手与短斧，变色，裂解，化作白沙。李精疲力竭地坠落中，被罗伊扶住。

"精彩的战斗！你做得已经非常好了。"

不知不觉中，珍妮也出现在面前。她的头盔和眼镜随风消散，变回了原来的模样。

"测试结束。"

白沙从四周螺旋涌入，李的身体恢复如初。

"对不起，我没有能解决最后两个敌人。但是，怎么会……"

"李，不要太介意这场比试了。就像罗伊说的，你的表现还是非常不错的，尤其是能够在困境中不放弃，而且有能力及时想到合理有效的战术并比较成功地运用。今天的训练就到此为止了，我会在晚上把你的战斗情况进行分析和整理，以便为你量身制定一个武训计划。你应该还是对武术有兴趣的吧，嗯？"

"哦，当然，测试以后，我更喜欢这里了。谢谢你！能成为元帅的武训弟子实在是我的荣幸。"

"这太好了，李。我也会一起关注你的武训的。不过现在，我们还有另一项非常重要的事情得完成。"

"谢谢你，罗伊！什么事情，我已经等不及了。你们介绍给我的事情总是充满乐趣和挑战性。"

"读云经。"

"哈？！"

"云经是桃花源最早几代上贤级和玄级的大师们合力创作的巨著，主要用途就是帮助人们去除戾气、涵养精神。这部经书初成之际共四百零五卷，后又经历代大师父的修订精简，目前留存二百零七卷。你现在已经可以顺畅地与精舍的中级图书馆取得稳定的联系，那么也就掌握了在这里开启明义堂藏经阁的机关。我会在一旁对你进行指导。"

"噢，原来是这样。我对于学习新知真的非常有兴趣，况且还是众多大师一起创作的经典。谢谢你，罗伊！不过，我觉得我应该完全没有攻击性或者说，嗯，戾气——中小学时代确实和别人打过架，但基本上都是出于自卫或阻止他人欺侮弱小，之后就再也没有类似的事情发生了——除非你们把我在上大学时参加地球上的中国武术选修课算上的话，这个你们从云端调取我的个人资料就能明白我没有在撒谎。另外，我还有一个问题：既然这部云经是桃花源的经典，为什么不把它收录到贞元精舍的图书馆让所有人都去研习，而要单开一个武训堂的藏经阁来存放，这样不就表明云经只是选读书目了？罗伊，你说过，来这里的人是桃花源的少数，那是不是基本上等于说明，真正读过这部经书的人也是很少的了？"

"李，你提的问题总是能发现一些桃花源里的机关处，非常好。嗯，其实，你的疑问已经部分地被你自己解答了。"

李的眉头稍稍褶皱起来，表现出一种困惑。

"桃源最近几百年一直保持着高层次的和平稳定，所以人们对于武术的重视程度每况愈下，这个我之前提到过。一般来说，人心中的戾气都产生于与暴力相关的活动中，换言之，如果我没有动用武力，甚至如果我连动用它的心意都消失了，我和我周围的同胞乃至整个环境长期处于一个和乐舒适的关系当中，所谓的戾气又从何而来呢。这个观点，基本上得到了桃花源目前大多数人的赞同。况且这里的教育系统本身就已经承担了极大量的品格培养和美德测试的工作——这个你应该已经有比较深刻的了解，那么云经似乎就成了鸡肋之物，因为创作它的原初目的就是为了化解武训及可能的战争过程中产生的消极思想。

"李，你在接受明义堂的两场测试时，其实已经在内心发出一些暴烈之气，但你并没有意识到。你仔细想一想，当你与敌人作战，尽力保护自己，尤其是命悬一线之际，必然产生出彻底消灭对手的决心，取得胜利的欢喜，功亏一篑的愤懑。这些都是戾气产生的表现。也许你会说，这些与我作战的都不是真正的生命体，它们都是云端制造出来的虚拟存在。但请你仔细想一想，说到底，这种情绪的产生其实并不依赖于对手的属性，不是吗？

"另外，武术的精进与精神的升华是并行的，想要达到多高的武术成就就需要有多高的慈悲境界作为支持。这和在精舍的规则是一致的——智识的丰富程度决定于道德的纯美程度。人们总是认为云经是用来化解戾气提高武学修为的专著，其实我和珍妮并不完全以为如此。它的确对于武术水平的提升比其余的修身经典功效更大，但它也绝对是一本完全整体人格的好书。纯粹高尚的品格是需要全方位的培养的，不应该有所偏废。"

"罗伊，你说得太好了！我非常赞同这样的观点。我已经迫不及待要开始钻研经书了。"

"我和珍妮在学习云经的过程中就受益良多，我们切实地感觉到它超出武术提升辅助以外的积极影响。但每次桃花源的集体会议上对于将其纳入精舍必修的提案总是得不到足够的响应。说实话，我们是有些心灰意冷的。你的认同，让我们又重新拾得一些信心，感谢你！今天时间不早了，我只教你进入藏经阁的法门，明天武训结束后，我们三人再一齐研经，如何？"

"这样甚好！我也希望珍妮能一起参加。"

"好。那么我们现在就开始吧。我先来示范一下。"

罗伊说完，就盘腿坐下，右手轻搭在左手上，放于丹田处，拇指相对，上身保持直立且放松。随着罗伊微闭的双目，四周的白沙开始向他的腿部集中。罗伊的身体也缓缓地悬空起来。白沙跟着上升，汇聚于双手形成的小球型区域和头颈部。白沙开始微微变成半通透的淡黄色，球体分为内外两部分，外侧像是透明的玻璃壳，里面的淡黄色细沙从均匀分布慢慢向着不同的位置浓缩，并逐渐变成了一片微缩的绿色树林状的形态，环绕在头颈部的沙束则幻化成旋转的桃花瓣，偶尔一些花瓣离了群，轻盈地落在丹田的沙球上，须臾间融润于外壳，渗入进球内，化作一袭春雨降下，树头开出一些淡雅的花来，花儿渐渐凋零，散落于林间失了踪影。如此反复了几个轮回，桃花又慢慢变回白沙，手中的球体也重新混沌，罗伊轻轻吐出一口气，沙束与躯体随之降落于地面。罗伊睁开眼，站起身来。

"大概的流程就是这样，接下来，你可以来尝试，我会与你的精神连通，从中指导。不要紧张。"

李静静地看着罗伊这一组动作下来，心里却是极不平和的。这和熊猫在精舍传授的那套心法实在太相似了。李知道，这绝不是巧合，他打定主意下次去精舍上课的时候得向它问个明白。但因为保密协议，他必须保持足够的镇定，接下来的尝试中不能想和这只熊相关的事情。

"李，李。"

听到珍妮在喊自己的名字，李意识到自己好像发呆太久了，赶紧回过神，微笑着表示歉意。

"没关系。我第一次见到罗伊示范的时候也是比较惊讶的。这的确很神奇，不是嘛。刚开始肯定会有点不习惯，毕竟这和在精舍图书馆的联接方式不太一样，需要克服一些全新的挑战，但我相信你会在不长的时间内掌握的。"

"嗯，我一定会做好的。"

李盘腿坐下来，把手放好，闭上眼睛。罗伊站在李的身旁也闭上眼睛，成功连入了李的精神时空。

"李，我们现在开始了。你不需要对我有言语上的回应，只按照我说的步骤去做就行了。

"首先，想象有一股能量或者一股气流、沙束都行，在体内形成和流动……很好，我可以体会到它了。

"现在，把这股能量集中于丹田的位置，就是腹部内侧最接近双手的位置……很好，就是这样。

"想着沙束在手心处聚集，就和你看到我示范时候的一样，尽量放松和专注，让沙束均匀缓慢地飘上来…

"对，就是如此，太棒了！

"我的天，你已经可以同时在手上和头部形成稳定的沙流了！真不可思议！

"啊，啊，抱歉！我说多了。不要紧张，维持住，维持住……"

李的沙球迅速变成了暗红色，崩散了，环绕身体的沙束掉落一地。

"对不起，罗伊，我失败了。"

"不要内疚，不要道歉。你并没有做错什么。恰恰相反，你的表现远超我的预期！真不敢相信，你第一次尝试，就能这么自如地分配和调束自己的意识流动。难道玄易师父已私下传授你相似的心法了吗？"

李赶紧摇摇头。

"抱歉！是我想多了。玄易师父是不会做违反桃花源章程的事情的。刚才一时失言，请你原谅！也请你下次见到师父的时候，代为转达我的歉意。"

李默默地点点头。他是多么想告诉罗伊和珍妮，自己确实已经学会了这些技能。但他不能说，至少现在还不能。李的内心产生了深深的自责之情。

"啊，李，不要自责。抬起头来。我说过了，你做得非常出色。我们再来一次吧，这回肯定能成功的，我有预感。"罗伊微笑着说。

李调整好情绪，摆好姿势，重新陷入冥思状态。

白沙重新扶摇上身，手中的实体球缓缓变得透明并分成内外两层，头部的沙流也展现出熔融状。

"很好，李。你现在应该看到头顶上方出现了一扇石门。想要打开它进入藏经阁内部，得通过一个测试，主要是考查和确认使用者是否有足够的能力维持住与藏经阁联接的稳定性。当你释放出'准备好了'的信号以后，石门会向下持续散落出球状的密钥，你需要接住并正确算出三个球形密钥的数值。没有接住的沙球会最终掉落在地上，超过十个球触地，就需要重新进行测试。你明白了吗？好，在你调整好状态以后，就可以开始了。在这个测试期间，我不能对你进行任何提示或辅助。但也不要过于担心，一般来说，最坏的情况下，三十次的尝试就足以打开石门了。"

"我准备好了。"

青色石壁前的空间有些扭曲了，像是加了一层水流。水面上忽然零乱地产生了三五个小的涡旋，然后从中渗出一个发着淡蓝色的光球，光球以很小的加速度向下飘落。李静静地看着最早出现的那个光球缓缓地游到了离自己很近的水气交界面上，又形成了一个小的涡旋，光球渗出来，以桃花源的重力加速度，迅疾坠落到地上。李操作着几股能量束尝试探入流体中，但在交界面上被弹了回来。第二个沙球挤出交互面，向下附落。李伸出能量束试图托住或缠住它，但似乎球的表面异常光滑，空间中还有难以探测的微小拢动，沙球总是毫不费力地摆脱能量触手的束缚，最终掉落在地上，碎片飞溅，光芒消失。这时又有一个光球正要渗出涡旋，李赶快伸出能量束从下面顶住光球。这招看起来奏效了，光球一半在空中，一半在流体中，随着涡流稳定地旋转着。第三个光球渗出来，李伸出另一支能量束托住它，再出一个能量束从侧下方插入球中，插入部分即刻生长出深层网络结构。李不断从丹田处引出一些能量至头部，再注入到连接光球的能量束中，以加快解码的计算速度。同时出成更多的能量触须将从水流中逃逸出来的其他光球托在交界面上；如果能量输出过多就主动撤回一些触手，让能量回流到丹田。第一个密钥获得以后，负责连接的能量束去找下一个光球寻求连接。如此反复，大概四五分钟光景，三个密钥就计算完成了。流体层和其他光球消散于无形，整个空间进行了线性旋转变换，青石门从高高在上，移动到水平的位置。伴随着轰隆隆的巨大响声，石门打开，从里面透射出柔和温润的白色光芒。

"李，今天就到这里，明天我们再进去研经。"

李周围的白沙向四周退去，他睁开眼睛，起身，面对罗伊说："谢谢你的指导，罗伊！我应该是通过测试了吧？"

"是的，李。你的表现非常出色。具体来说，你是我所见过的第二个能以如此优雅的方式一次性通过测试的人。第一个是珍妮。这真是让我吃惊。不，应该说惊喜！也许，你就和珍妮一样，在武术方面拥有神明赋予的才华。"

李摇头道："其实，我……只是……运气好而已。"

"不需要过分谦虚，即使有运气成分，也不是主要因素。这一点，请相信我这个比你稍稍多些经验的人吧。

"好了，今天的内容就这么多了。我们可以启程回西贤馆了。好好休息，明天早上，珍妮和我还要登门叨扰。"

二十七

李回到住地，把熊猫要求的读书训练任务完成后，已是深夜。他舒展了一下疲惫的身体，走到落地窗前，在云床上侧躺下来，将外面浮动的薄膜调成全透明，静静地注视着星河璀璨的天空。细细的白沙束从后面滑动过来，替换掉身上损耗严重的成分。李沉沉地回想着来到桃花源的这些日子，恍如梦境。他的内心是矛盾的，一面希望着在这里久居以便更好地深造，一面又渴望着重回现世与亲朋好友浓情地欢聚。在这幸福的犹豫中，他不知不觉地合上了眼睛。

李频繁地游走于桃花源与现世之间，向大家说明着对方的存在和友好。慢慢地，两边的百姓们建立起紧密的联系，每年都会有成百上千的优秀人才互访。罗伊和珍妮成为了两地的交流大使，热心于把桃花源先进的教育理念传授给地球上千百万优秀的教育工作者、勤劳朴实的父母以及可爱的孩子们；嫣然决定留在桃花源潜心研究，但也时常随着罗伊他们回来看望李和其他朋友。大家在一起努力地工作，愉快地聚会，有说不完的笑话，聊不完的理想。珍妮第一次品尝地球上的黄酒，感觉味道很不错，多贪了几杯，脸上泛起了红晕，站起身来在席间舞蹈，和花堂台盛典时人们的舞蹈非常类似，优雅动人。她突然注意到自己，硬拉着自己上来和她一齐跳。李对音乐是一窍不通的，总是踩错节奏，珍妮渐渐失去了耐心，冲他发脾气。李也觉得受到了冒犯，顶撞回去。罗伊赶紧上来劝和，推着他向席外边走并大声地叫着他的名字：

"李！李！"

李翻身坐起来，看到罗伊和珍妮已经站在自己的床边了。

"对不起，我睡过头了。"

"没关系。昨天进行了很多激烈的测试，体能和脑力都消耗很大，这是正常的。即使云端会帮助你进行修补和更替，但疲劳感是需要一定时间才能完全恢复的。"

"李，如果你觉得状态不好，我们以后再去武训堂也可以，不要太勉强自己了。"

"谢谢你们！我挺好的，真的。只要你们方便，我是非常想去那里练习武术的。"

"这太棒了！那么，我们马上出发吧！"

"嗯。"

一行三人再次来到了明义堂，进入207号场地。珍妮在李的面前轻挥了一下手臂，巨大的白羽金丝云屏显现出来，上面整齐地罗列着昨天武训测试过程中李的各项身体和脑力的数据。

"李，嗯，这些数据是从当时对战时提取的，这边的指数是战后我计算出来的，下面是我的一些注解和评语，都会在云端妥善保存。总体上来说，你的表现还不错，但成长的空间确实……还是非常大的。"

"谢谢你，珍妮！我自己的能力目前比较弱，这个我非常清楚，估计应该是卒的初级吧。珍妮，你不需要过分考虑我的感受。我倒是因为自己能力低下，可能给你和罗伊带来过重的教授负担感到抱歉。"

"请你不要这么说，你对武术这么有兴趣，我们高兴还来不及呢。把我们的所学传授给其他同样热爱武术的后来人，是我们的理想和荣耀。"不过话说回来，李，你的等级并不是下等卒……"

"啊！是嘛，这么说，我的资质还没有那么差啊！这太好了！那，我应该是中等卒？"

珍妮摇摇头。

"上等卒！"

珍妮又摇摇头。

"哇塞！难道我已经'出将入相'了？！不应该呀…"

"呵嗯……"罗伊清了清嗓子，轻轻地说，"是……中等平民。"

"哈？平……平民？是什么级？你们好像之前没有提到过有这么个职称吧。"

"李，对不起。这个……等级，确实过往出现得比较少，所以也是我们当时疏忽了。这个确实怪我。

"平民，就是比卒的综合武力再低一档的情况。"

"那还有比平民再低的等级了吗，比如……嗯'伤残'或者'智障'……之类的？"

"李，这样说话有点不太合适……"

"对不起！是我有点激动了。没想到我这么弱……""李，你不要灰心。虽然起点是低了一点，但我们非常确信，你是一个极勤奋极有潜力的人。而且有我和罗伊呢，我们一定会让你学到最好的武术。"

"谢谢你们！真的给你们添麻烦了！"李深深地向他们鞠躬，"你们说得对，越是困难越是弱小，我就越要努力。我也一直相信勤能补拙。况且我还有你们这两位最好的导师。"

李抬起身，刚才的沮丧已经消失，现在的脸上只有坚定和信心。"请两位师父，多多指教！"李又深深鞠了一躬。

"好，这样的状态最好了，李！"

"是啊，每次看到你这种认真坚定的表情，我都很开心！"

"我有一个请求。"

"但说无妨，我们一定尽力满足。"

"我想看一看珍妮武测的录像。"

珍妮和罗伊相视而笑。"这再容易不过了。"

珍妮收起了云屏，产生头盔，眼前的镜片上飞速地闪过一行行云纹，大约十几秒的时间，文字消失。珍妮微笑着说："我已经调出了当时的武测全息影像，这样可以让李更好地观看战斗细节。李，你在观看过程中，可以随时叫停，或者快进慢放，进行任何你想要的操作。我都会帮你一一实现。有什么不懂的问题也请尽量提出来，罗伊和我都会详细讲解。"

"太好了！谢谢你！"

"那么我们开始吧。"

珍妮看到李的点头示意，就通过与云端的联系开启了录像。整个武训场瞬间变成了李第一场测试时的样子。只不过这次站在场地中央的是年轻的珍妮。当时的她虽然比现在多了几分稚气，但眼神中充满了自信和安宁。站在角落里进行信息收集的人，是罗伊。

长枪和短刀士官出现并迅速来到珍妮的左右两侧。珍妮自然松弛地站立在中央，在确认只有这两个敌人以后，竟闭上了双眼。两位士官即刻发动攻势，以相同的速率冲上来，亮出武器。"危险！"近距离观察着的李不禁说出了声。就在枪头和刀口马上要触到珍妮的前腹和后背的时候，她疾转身九十度后稍向后撤，抬双手交叉于胸口，微弓起背部似乎进行防御，士官想收回武器做出下一个反应，但因为惯性仍然相向移动过来。珍妮突然睁开眼，两士官脖颈以及武器瞬间被截成两断。

　　虽然对于珍妮的实力已有心理准备，但这样快速地结束战斗还是让李震惊不已："这是怎么做到的？难道珍妮的眼睛是她的武器吗？"

　　"不，她是用手刀在特定方向上进行亚微秒级的短距离劈斩动作。我把全息影像放慢五个数量级，就比较明显了。你看，珍妮在睁眼的时候发动了以小臂为半径的手刀攻击。"

　　"竟然可以快到这种程度……"李的心里暗暗感叹。

　　"如果没有什么其他问题，我们继续看下一场测试吧。"

　　"好。"

　　场地的布景马上变成了第二次武测时的情况。两队"戚家军"在左右两侧冀列阵，缓慢逼近珍妮。珍妮持续示弱，向着岩浆池的一角退却，直到两三步远的位置。两队合而为一，严丝合缝地把珍妮包围起来。就在一队的队长尝试突刺的时候。珍妮从影像上消失了！

　　"珍妮去了哪儿……"

　　"看队长后面。"

　　珍妮闪现在队伍的中央区域，半蹲，像第一场比试时一样，抬起双臂。

　　"手刀！"

　　李兴奋地注视着，不希望漏掉任何一个细节。

　　队长和珍妮身旁的两个狼筅兵和两个长枪兵被腰斩化作白沙。刀盾兵慌乱着冲过来，珍妮又短暂消失后出现在之前位置的正上悬空，轻盈地躲过了四个短刀斜劈，嘴唇微微开合之间，四人连同盾牌一起向外围分崩飞散。这个队里剩下的两个长枪手丧失了战意，仓皇向树林处逃窜。刚跑两步，抬头正看见珍妮抬起的右手手掌。

　　两个珍妮！！

　　李以为自己眼花了，使劲眨眨眼，确实还是两个珍妮，侧立着分别站在两个完全被吓呆的对手面前。只一刹那，两个长枪手的脑袋像是出膛的炮弹一样，拖着身体，滑出美妙的弧线，飞入沸腾的岩浆，升起缕缕白雾青烟。其中一个珍妮随之消失。另一队士官自然也受到严重的精神打击，向外突围。但只要逾越了一定的距离，就会以相似的方式被弹射到岩浆池中。最后剩下的队长、一个狼筅兵和两个刀盾兵退却回角落里。

李简直不敢相信这短短二三十秒中发生的事情，最开始珍妮几乎是主动被敌人围攻陷入绝境，须臾间剧情就发生一百八十度翻转，珍妮一个人几乎完成了对二十二个训练有素的戚家军的围歼。

"珍妮，别玩了。"影像中传来正在远处进行数据收集的罗伊的声音。

"知道……了。"珍妮消失又闪现在队长面前。队长身后的三个士官好像是受到强烈的气流冲击，直接坠入池中。珍妮抬起了右臂。就在李认为手刀发动的时候，珍妮再次消失并闪现在队长的侧前方，而队长却被两支带鹰爪的长箭射中失去战力。珍妮又从沙滩消失了，对面的树林中惊起一片飞鸟。武测第二场影像结束。

"李，这场测试中，珍妮除了运用了手刀以外，还有足刀和小型的气流弹，这就是为什么很多人被弹射到熔岩中。至于你在影像中可能看到的多个珍妮，并不是珍妮复制了自己的身体，而是她进行微秒级往返移动时在你眼中呈现的残影。你在第二场测试中失败的原因是没有注意到树林里潜伏的拥有中远程攻击装备的敌人。"

"原来如此。谢谢你，罗伊。珍妮，你实在是太强了。我已经迫不及待想开始训练了。"

"这个，其实，也不是很难啦。"珍妮脸上泛起微微的红色，"只要你肯努力，一定可以达到这样的水平。"

"李，先别太急，接下来还有四轮测试的影像。我们都仔细看完并讨论以后，再开始训练也不迟。"

"是，是。你说得对！我很想看看当年的珍妮还有什么不可思议的绝活儿！"

二十八

大约两个小时左右，其余四个武测录像也都播放完成。一个是类似人类二十一世纪初叶的特种大队，一个是全人工智能陆海空兵团，一个是高于地球的智慧物种的太空舰队——等级有点像变形金刚加强版，最后一个是又高于第三者的星际战斗联队——对于李来说基本上可以算是进入日系二次元世界了。罗伊和珍妮在每个关键时段都停下来为李进行战术和技术方面的细节分析。

"罗伊、珍妮，我今天真是学到非常多的东西。这里的确是和精舍同样绚丽的另一个新世界。"

"李，我们看到你对武术的好奇和喜爱也非常高兴。"

"罗伊，今天就可以开启对李的武术特训了吗？"

"现在时间倒还早。李，如果你不觉得疲惫……"

"罗伊，珍妮，今天可能不行了。刚才玄易师父给我的天眼被激活了，所以下午或是黄昏时候得去一趟灵台阁。非常对不起！"

"啊，这是好事！李，请不要道歉。这样好了：以后每天精舍结课，如果你还有空闲，给我们报个信儿，然后来这里训练。目前因为没有通过最后的考试，你应该还不被允许和其他人通过云端自由地远程联接，所以得靠精舍的教员帮忙传递信息了。"

"这太好了，罗伊。我会的。"

"嗯，那咱们现在来完成最后一项研经的任务吧。"

三人入定进了青石门，温润的白光渐渐退去，藏经阁中一排排巨大的松木书柜整齐地展现在眼前，地上积了一层灰，和散乱的细竹枝枯花叶。几本云经册子半悬在外，书皮褶皱，扉页展开。

"这里已经很久没有人来过了。据说藏经阁刚刚建立的时候，大家每天还得在石门外排队。燕雀蝴蝶也常从窗牖的缝隙钻进来，在桃源先辈的雕像上筑巢产子。书柜上偶尔沾了些水土，长出青嫩的苗，开些朴素的花……"

"罗伊！"

"哦，抱歉，不该说这许多无用的话。李，我们可以从最近的这一层开始。没有什么硬性指标，看一本也行，读十本亦可，只不要耽误你与玄易师父的会面就行。"

"罗伊，在研经之前，我想先把这里打扫一下，可以吗？"

罗伊看着李，心中的暖慰浮现在脸上，"我们一起。"

珍妮向着右侧的角落跑去，递给罗伊大竹笤帚，扔给李麻布毛巾，自己也拿了毛巾，从瓷缸上滤去表层的浮灰，舀出几瓢清流。缸上的竹管就自动涌出些水来，将瓷缸重新注满了。

罗伊在前面慢慢地扫，李和珍妮在后面仔细地擦。屋外透洒在地面的温和的光悄悄爬上书脊，静谧的时空里，三人无语，只-留下落滴入镜荡漾的涟漪和帚枝拂叶裁剪的尘迹。

珍妮把洒扫的物品摆放停当，轻盈地踱到席地倚木而坐的两位队友近旁，从书柜上抽出三本经文，一人一册，自己也面对着他们屈身下来。

"李，这里的云经有个独特的功能。如果长久没有人阅读，它们就会越来越破旧损败；如果经常被大家翻看，反而愈加平整崭新了。你看我手里这本的封皮，褶皱的程度是这样的。现在我来把它研习一遍，"珍妮说着，就快速地读起来，只一会儿就到了尾页。待她合上书，重新把封面展示出来时，虽然仍很老旧，但确乎少了一些"皱纹"。

"再有许多人多读几次，说不定是可以变回全新的状态的。"

"李，其实我们还得谢谢你。自从成为你的引导人以及因了你对武术的兴趣，我们最近一段时间才有更多的空暇来藏经阁。平常时候，研究任务和其他的会议事务是比较繁重的，虽是每天总能来一趟，研经的时间确实不算多。其他人又是不怎么会坚持着把所有书目一遍遍通读的。我们非常担心这里的典籍终有一日会破败到失传。但光靠我们两个人似乎仍难阻滞云经的衰颓。这也许就是它们的命运吧，也许我们有点抱残守缺了……

"啊，李，你看，我又说无用的话了。请你不要介怀。我们也看一会儿书吧。"

李对于罗伊和珍妮保护藏经阁的行为是深表钦佩和同情的，也很想实实在在地支持他们，可面对着这样困难的局面，似乎只自己的加入仍显得渺小。尽力而为罢。李一边这样想着，一边打开了书。当他把手放实在印着细密花符云纹的泛黄的纸页上时，立刻进入了一片纯净祥和的乐土。一位老者笑盈盈地迎上来，愉快地和他聊天，就像多年不见的好友，那么亲切，那么和谐。随着李慢慢地翻动着书页，他和老人的场景也随着渐渐地改变着。老师父为他做向导，一一解释这乐土中无量的不可思议事。

李依依不舍地与老人告别，纯净祥和的世界被同样纯净祥和的雾汽笼罩了模糊了。合上书，睁开眼，发现罗伊和珍妮盯着自己出神，突然意识到自己竟把熊叔教的读书法暴露了，心里急躁竟也一时想不到对应的办法，便也僵在那里。

"李，你的读书方式很奇特，我从来没有见过。"

"我平常……也是……其实……"

"而且，罗伊，你看，李的书恢复得这么新了！以我们的阅读方式可能需要四五遍才能达到这种效果吧，还得有更多的人一起读四五遍才行。"

"珍妮，也许以后我们也可以尝试这种新方法。啊，李，今天时间不早了……我看研经就先到这里吧。"

"好。"

三人退出藏经阁，从明义堂飞回西贤馆后，李和罗伊珍妮道别，再次启程至芦苇荡，在一心遂道的入口用天目划出时空门，兴奋地一跃而入，当脚面落地之时，已身在灵台阁的主厅了。

"欢迎啊，李！"玄易师父从偏门走进来，一拂袖将时空门收了。"我也是刚刚把手头的事情处理完。来，快坐。"

李向老人恭敬地鞠躬后，两人相对着跪坐下。

"师父日理万机，若是今天乏了，我改天再来吧。"

"哎，与你们这些优秀的晚辈交谈，实在是非常愉悦的事情，怎么会觉得累呢。况且也是我邀请你来的。我听罗伊说，这段时间你还利用余闲学习武术，这很好。桃花源和平时间太久了，人们也就渐渐地对武术失去了热忱，一心做研究了。当然，和平是极好的事。每次桃花源大会上罗伊都有希望重新重视武术训练和云经研习的议案，我本人也是支持的，但真正赞同并坚持的人却不多，目前也确实没有什么特别有效的办法。

"啊，我们不说这些了。你在精舍的课业还好吗，有什么难处我可以帮忙的？”

“我现在还在学习中级图书馆的知识，进度稍微慢了一点，但我有信心能按时保质保量地完成。目前没有遇到什么困难。谢谢师父！”

“那就好，那就好！那么，我们是否可以正式开始今天的讨论了呢？”

“当然，师父。我已经有点迫不及待了。”

李的斜前方闪现出紫色的云屏，上面罗列出今天的议题内容。

“看起来，我们还有两个主要的遗留问题需要谈一谈，就在今天一并解决吧。如果还有时间，我想与你分享些别的有趣事情；若是太晚了，那就等到下次见面再聊，你觉得这样行不行？

“好，好。今天要讨论的两个问题：关于云端为什么不能主动性地避免与人连接，和桃花源人经过身体改造后为什么还需要生死。前一个更多的是历史问题，相对比较容易解释，其实当你能与高级图书馆连接以后就可以找到史料了，不过提前与你说说也很好；后一个更多的是伦理和哲学问题，相对来说，困难一些，而且在某些方面，也确实见仁见智，只是桃花源人最终做出了一个最普适的选择吧。

“云端刚刚建立起来的时候，我们并没有对它强加任何的约束。那个时候它还是非常‘听话’的，是我们解决物理世界问题的最有力的工具。但随着技术的发展，云端的自主进化功能被开发出来了。也就是说它不在仅仅是一个听指令做动作的机器，而成为一种智慧的存在。桃源的民众也确实发现了其中潜在的风险，所以逐渐加入约束条件。然而，约束条件的审议和通过所需的时间远比云端进化的速率慢。云端总可以找到其中的漏洞加以利用。更糟糕的是，大家已经习惯了与云端的连接，也就是说每个民众都时时生活在云端的监视之下。所以当我们在讨论准备限制和取缔云端主动性连接或切断连接时，战争就发生了。桃花源几乎被毁灭，好在当时云端的体量不大，加上连续几个关键时刻的对抗我们都稍稍抢先，才最终暂时性地关闭了云端的所有计算功能，并植入强有力的约束。这就是你感知到的目前的云端。它虽然并没有停止自身的进化，但每一步进化都在我们的掌控之中；一旦进化后有不良情况，就会退回原始状态并完全删除进化后发展出的功能和记忆。另外，我们永久地关闭了云端对桃源人的研究功能。

“有趣的是，战争胜利前的云端进化过程中，它竟自行发展出了'完全算力'，而且在我们对它关闭和改造之前，进行了特殊的不可逆加密过程。以至于虽然目前的云端仍在使用'完全算力'，我们却对它的实现方法一无所知——即使我们已经在这方面投入了数百年的研究精力。”

“您说的'完全算力'是什么样的一种功能，它是否会有冲破约束再次发动战争的隐患呢？”

“'完全算力'就是说云端对于任何目前已知的运算问题都可以找到非指数级甚至是线性级对数级乃至常数级的时间复杂度的方法求解。这只是一种强大的计算能力，而不是一种'思考'能力，所以倒不会存在什么风险。

“我在年轻的时候曾经和伙伴们一起认真地查阅了这次战争先后的历史资料，制作了那段时期的模拟影像，我们不妨一起来看看。”

“好，谢谢师父。”

玄易站起身将云屏和其他陈列的器具收起，心语中似乎念了些词句，整个厅堂瞬间变幻了模样，就像在武训馆观看珍妮测试似的，只是场面更宏大更壮烈。玄易在李的身旁一边讲解着当时的历史背景和战争中双方的战略战术，一边调整着影像的快慢大小，仔细地分析着每一个重要或有趣的细节。

三四个小时转瞬而过，模拟现实的影像已经结束，战争的画面却仍旧反复在李的头脑中清晰地播放着。师徒二人回到长桌的两端坐下。玄易微笑着，但没有立即开始下一个话题的讨论，而是静静地等待着李把见闻梳理妥当。

“谢谢师父为我讲解这段历史。我对云端以及由此所代表的整个科技领域都有了全新的认识。以前我觉得科学技术只是一种中性的工具，只要所用的人能够去恶扬善，谨慎使用，它就可以成为完全被信赖和仰仗的'队友'。但现在看来，当科学技术发展到一定阶段，突破了一定的边界，而产生了如我们一般的智慧或者自主意识后，情况就会变得非常不稳定了。”

“是的。当云端拥有了主动进化的能力，或者就如你所说，自主意识以后，它就不再是可靠的工具，而成为了一个独立的'人'。如果仅仅是成为与我们完全相同的人，问题倒还并不严重，我们仍然可以教育它，使它获得'高尚道德'。然而，云端所拥有的算力和智力，甚至远超过我们算力和智力的总和。在这种局面下，对它最有利的发展模式就是孤独。这也是我们决定如今桃花源教育宗旨的最重要原因，不管这个人的天资禀赋有多么出类拔萃，甚至前无古人，如果美德无法塑造和约束，他就不能获得任何提升智识的途径。"

"我非常同意您的观点，师父。"

"嗯。在云端的问题上，你还有什么疑惑？如果没有，我们开始研究下一个议题罢。

"关于生死，无论现世还是桃花源，都是亘古常新的问题。这个问题积极的阶段性答案，为社会此一步的稳定发展提供信念，而社会进一步的稳定发展则需要从这个阶段性的答案里寻找新的矛盾。物理世界的探索脚步，除非受到战争或其他极严重灾害的影响，不可能停滞或倒退。但是，如何驾驭好科学技术的方向和成果，则更多地是哲学和伦理学需要探索的。这两个方面的停滞或迟缓，最终会导致物理世界探索的停滞或消亡。生死的问题绝对是每个阶段最首先需要妥善处理的哲学和伦理问题。

"对于现世来说，因为生死的轮回仍然是稳固的，那么你们所面临的生死问题，在过去、现在和比较摇远的未来都将是：如何生与如何死的问题。至于生前死后会是什么状态，应该如何通过此生的作为来影响彼生或者死后的状态，那简直不知从何谈起。现世的宗教关注着这些事情，或者更准确地说，是以表面上关注生前死后来传播和说服人们按照它们所制定的规则来生和死。这对于尚未或无法开启智慧的蒙昧者来说，的确是一个让他们快速获得阶段性答案的有效办法。而对于现世中每个国家的合法政府与政党来说，它们虽然不会创造出生前死后的神话故事，但实质上与宗教想要达到的目的是相似的。但这阶段性的答案是否积极，主要看宗教与世俗力量是否平衡。现世中西方世界的中世纪，是一个宗教远胜于世俗的时代；而东方世界的中世纪直到近代则恰好相反，是一个世俗远胜于宗教的时代。这两种失衡，导致一个相同的结果，就是长期极端的愚民策略。这显然不是积极的。

"最近这一两个世纪，现世中这两股力量似乎找到了一个比较平衡的区域。这种平衡的达成有两个重要的因素：科学的发展和历史的积累。科学的蓬勃进步，使得宗教以及类宗教的控制力大幅下降，惨痛的历史教训又让人们开始约束纯粹的世俗欲念。宗教开始逐渐剪除已经或行将被科学证伪的教条，同时更多地建筑和修葺伦理道德的标准；世俗开始逐渐发展起理性的规则，提倡和平以及虑他的合作的自由。这样两股力量就自然而然地发现了大面积的契合点。因此，这种平衡的达成，不是对重要冲突的消极妥协，而是对根本矛盾的共同解决。

"现世人类将要面临的挑战，是科学技术的进步远超哲学与伦理的发展的问题。这个问题如果不能妥善解决，就很可能重蹈今天第一个议题中桃花源所经历的相似或相同的灾难，而且对于现世来说，一旦产生这种灾难，你们能如我们一样幸运避害的几率微乎其微。首先可能发生的情况是：一少部分掌握着先进科学技术的人——这不仅包括科学家或工程师，还有其他掌权者——的物理优势是如此巨大，以至于虑他的合作策略逊色于自私、孤立的方法，当这种逊色高于哲学和道德对它的限制时——这是不难突破的，因为哲学和伦理的发展若不能有天才出现以助其阶跃式进步，则只能随时间线性或类线性增长——这一部分人的最佳选择就是控制、奴役或抛弃其他在他们看来的低能儿和碍手碍脚者。接下来，就是科学技术的自主意识觉醒所造成的灾难，也就是之前所说的桃花源的战争。现世并不具备改造身体的环境和材料，也不可能建立如桃花源一样的教育体制，那么似乎就只剩一条路可走：增加对科学技术的发展方向的约束，甚至加入暂停发展的触发原则——这的确非常消极，也许你们会想出更好的解决方法，我真诚希望如此。需要强调一下，上面所说的第一种灾难中对其他人的控制、奴役或抛弃不一定是硬的，很可能——至少在初期——是软的，类似于'精神鸦片'式的或不知不觉的愚民策略。

"现在，让我们从现世回到桃花源。这里的人们经过了机体改造，生死的必然性被打破了，所以我们所面临的生死问题就不再只是如何生与如何死，而需要再往前推，变成是否生和是否死。这个问题从机体改造前就开始了仔细的研究，直到今日，桃源的思想者们仍然在认真地讨论着。普遍地，支持和倾向支持肯定答案的人一直是占大多数的。

"反对的意见基本上和你的观点是相似的。人的死亡权，只要没有触犯最严重的法律或者道德律，是应该由这个人自己完全掌握。这个观点的基础假设在于生命，尤其是智慧生命，享有自由，这是自然原则所赋予的，即使去掉'只要没有触犯最严重的法律或者道德律'也是通顺的，因为一个人是可以了解到犯罪所带来的惩戒的，所以他决定去犯罪就已经完成了对自己死亡权的一次行使。但是，我们需要想的是，这个对自由的享有的前提是什么。归根结底是生命。把生命的繁复的定义剥离干净，最终剩下的是生与死的完整过程。如果生死的轮回都不复存在，又何谈生命何谈自由？

"当我们提到生命的时候，往往想到的是或者首先是一个个活泼的个体。这更多的是受到我们感官的特征限制和获得对生命的智识时的方便。但这种孤立地看待生命的方法是肤浅和初极的。生命的形成，生长和发展，与周围的环境，与其他的生命都紧密地联系着。生命个体的独特性与生命群体的普遍性以及再与整个宇宙的协和性都是重要的。任何一方的过分自负，都会使得生命变得脆弱，变得卑琐，变得不值得。个体生死封闭区间的破坏，导致生命群落与整个环境的半开区间被有限封闭起来。一个人拥有了对自己死亡权的绝对主宰，就一定又同时拥有了对另一些潜在生命的出生权的绝对主宰或另一些正在生命的生活权的绝对侵扰，难道这是自然法所规定的自由？我想这或许是这个人自行规定的自由更准确一点。

"在是否的问题上达成了比较普遍的阶段性共识以后，一个可能更难决定的问题就显现出来——何时生与何时死。桃花源的选择和依据是这样的：桃花源的人口数量被规定要维持稳定，这个稳定值随着不同时期而有所浮动，现在我们可以姑且将它认为是一个常量。基于这个原则，何时生的问题就解决了。桃源在身体改造伊始，就由当时的委员会定义了一套量化方法计算出一个生命特征值，由云端负责时时地对每一个三十岁以上的居民进行评定，如果连续五年低于域值，将在以此时间点三年后起的下一个盛典日附近结束生命。当你开启与高级图书馆的联接能力以后，就可以了解这方法的计算细节。笼统地讲，生命特征值可以简单理解为在重整化后一个人对桃花源的净贡献率。所以能力越强的人平均寿命就会比弱一些的人更长。这个正向的机制激励了大家不断学习、不断进步的意愿，算是一件好事。

"但仔细琢磨，这些前提原则其实是不牢靠的。维持人口稳定的初衷是希望在个体与集体，个体与环境中达到最舒适的平衡。然而，这种平衡仅仅代表了已生者的经验，对于未生者则无从谈起他们的感受。当然，如果假定我们的族群可以世代繁衍下去，由上一代来决定下一代的生日，倒也是公平的，毕竟询问未生者是不可能的。但这'经验'其实应该是一种统计平均，我们仍然忽略了已生者的细致需求。通过计算贡献率来决定死日，在我看来，确实是功利和冷血的。人生的宝贵价值有许多间接的软性的东西，是很难——也许永远无法——量化的。有些人，哪怕他已经残疾、痴傻、疯癫，但他们的过往和他们的存在总能给周围的同伴以鼓励、以感动、以希望。一个人硬实力的出众耀眼却短暂；而软实力的优秀则清澈而深远。智力的天才不能复制，品格的伟大却是后天所成，人人努力皆可得之；纵使硬实力的出众全然出于个体的修炼，那么随着时间的演进，智识的光芒终要退却，留下的仍是恒持的勤勉态度。

"这样的量化方法确实是与我们的教育宗旨相冲突的，但若是以软性的间接的东西作为选择的标准，那就会落入根本没有标准的困境中。量化的指标总要由量化的方法来计算。量化就代表着纯粹的理性和逻辑，它从来就不是温柔的。

"可以看到，在生死的问题，我们更多地是在向集体和大环境进行妥协，因为这个问题归根结底不是个别生命的问题，而是呈现在众生百态面前的问题。但我们也并非完全冷酷无情，让个体无限度地屈从于系统。我们设定在三十岁以后才开始测评，并且会把前三十年的贡献也计算积加在量化的方法内；当超出域值后，我们仍然留给待逝者足够的时间去享受生命的最后时光，他们的要求都会尽量得到满足和支持，云端也会暂停对那些从中帮助逝者的人们在此过程中的量化评定。除此之外，即使是具备高尚美德和高等觉悟的桃花源人，对于死亡的确定性仍不免会有所恐惧，所以只要他们有意愿，生命结束的准确时间是不会让他们知道的。"

"师父，我在桃花源盛典上看到的那些在舞蹈中羽化的人，就应该是……"

"是的，他们不但克服了对死亡的恐惧，而且选择了在盛典上祥和地离开，给所有生者以莫大的洗礼和慰藉，是最值得敬仰和纪念的贤者。"老人的眼神变得越发深沉和空旷了，凝结在半空中。

"对不起，李。我有些分神了。你的话勾起我长久的回忆，和对那些已故的圣贤的思念。真希望自己也能成为他们中的一员呢……

"啊，不说这些了。我们回到正题上来。这应该是今天内容的最后一部分了。在如何生死的问题，其实对于现世和桃花源来说，答案是一致的。所以在刚开始讨论现世生死问题的时候，我没有特别明朗地阐释，就是想在此处一起做个总述。

　　"从个体的角度来看，生活是短暂的过程，死亡是永恒的终结。生活在前，死亡在后；有生有死，无生无死。生活是死亡的前奏，是死亡的准备。如何生活决定了如何死亡，但如何生活的确立却应放在对如何死亡的确立的后面。死亡的物理形式，在现世中无法掌控，在桃源中既已确定，任何的希冀与执念都是不切实际没有意义的梦幻。所以这里所讲的死亡，是指在精神层面的认知。死亡之后，化归尘土，任何于己相关的物理特质从此消散，生活中斤斤计较的富贵名声，归于茫茫。你所悔恨的、骄傲的、悲伤的、兴奋的、憧憬的和恐慌的，都在生命的终点戛然而止，只有平静和安详才是恒常。

　　"但若只是专注于个体的生死，那么即使精神特质，亦可看作在生命的尽头遁于无形。如此就陷入彻底的寂寥，以致对生命真实的认知都动摇了，一切皆落于虚无。那么生命也就失去了基础，成为一具具行尸走肉，与土石云雨无别了。生命既是个体的经历，也是系统的过程。个体的生死铸造着整体的发展，个体的短暂维系着整体的不朽。生命是真实的，生命是不同于他物的，生命有着属于自己的特有的责任和意义。如此想来，死亡的平静就绝不能从满足原始野蛮的私欲中获得，而是在为己与为人的同时中发现。个体的生命需与整体的生命融合起来，在为其他死亡增添安详中产生对自己死亡的安详才是我们应该谋求的。遵循着这个原则，如何生的问题也就解决了。生活的路径是丰富的，不需要拘泥一法，只要不脱离了这个宗旨，都是不错的。当然，真正生活的过程中是需要谨慎的，里面的注意之处，下回再讨论的时候可以粗略地聊一聊。"

　　李恭恭敬敬地起身行礼，老人也站起来回礼。

　　"李，关于生死，你还有什么疑惑，尽管提，虽然展开下一个议题恐怕来不及，但就目前的问题进行一些细节上的巩固和延伸还是有充足的时间的。"

　　"师父，您对于生死问题的讲解已经非常全面了。我现在没有什么疑问。我想回去以后，把今天您传授的思想整理整理，如果有了疑难，下次再向您求教。"

　　"这样很好，但不要耽误了平常的学业和武术上的训练。"

　　说话间，时空门已经在玄易和李的前面展开。两人行礼以后，李进入时空门被传送出了一心隧道，驾着筋斗云，在清风明月三川星河的陪伴下，回到西贤馆，沉沉地睡着了。

二十九

天色渐渐明亮起来，筋斗云像往常一样温柔地摩挲着李的手臂直到他梦境朦胧，睡眼惺忪。李慢慢下地起身，一番简单的洗漱，振作了精神。乘云进入贞元精舍，向教官报到后，他联入云端，开始了新一天的课程。

熊已经坐在今天要阅读的书架顶上，面无表情地看着李，递上第一本册子。

李赶紧快走两步，伸手边要接边道："熊叔早……"

熊突然收了手，让李一个趔趄，它快速抽举出标志性的大锤。

铛！

"疼疼疼！啊！"

"今天你迟到了五分钟！别以为昨天去找老头子闲聊，今天就可以偷懒儿！"

"我没有！"

"你不是还学了点功夫嘛？怎么连这种程度的攻击都躲不开？！资质太差了！"

"我才开始好不好？"

铛！铛！

"竟然还是没吸取教训，真让熊失望！

"算了，开始今天的修行吧。早上的任务是这一架子书，下午是继续新知探索训练。"

"熊叔，我想向你道歉。昨天一时大意，把你教的手读法泄露了，珍妮和罗伊都看见了，说不定现在已经有很多人知道了。非常对不起！"李深深地向熊鞠躬，身体保持着一个大大的直角。

"这的确是很大的错误。你向我郑重承诺过，但这么快就失信了。真是火大！"熊一边说着，一边又猛挥着大锤砸下来。李这次感觉到了熊的攻击，本能地脖子向回缩，但理智让他坚持着没有移动。锤子在李的头顶停住了。

"看你态度诚恳，也确实不是有意的，这次就原谅你。"熊收起了武器，"再没有下次机会了。"

"知道了，熊叔。"李直起身，感激地看着熊。

"燊燊，你要记住。犯了错误能即时主动地承认并道歉是很好的，但更重要的是想尽合理的办法去纠正它。当然，这次的错误不是凭你能解决的了的，我也知道你试图让他们保守秘密，但最终没说，也是怕越描越黑。"

"是，熊叔。非常对不起！你有什么有效的途径吗？我会尽力协助。"

"不用了。目前我得到的信息是，珍妮和罗伊并没有把这件事告诉其他人。你的沉默寡言是正确的，继续保持。他们不提，你也不要主动再谈；提了，也不需多说，让它淡化。"

"太好了。我明白，熊叔。"

"嗯，那么开始学习吧。"

李接过熊递来的书，盘腿坐下，把手放在了第一页上。

……

"时间差不多了，我们该开始下一个任务了。没读完的书留着明天吧。"

"是，熊叔。"李合上书，站起来，插回到书架中间偏下的空位上。心里有些失落。

"燊燊，打起精神来！一个人的潜质是先天决定的，不要为了那些不可控制和改变的事情烦恼。而且，学习和思考就是要百分之百地认真和诚实，不能被虚荣心蒙蔽。"

"你说得对，熊叔。"李重新恢复了乐观的神态但仍然有些不安。

"还有什么困惑？"

"熊叔，我不想冒犯你，但对于新知探索的方式方法我仍然存在消极情绪。这些天，我都一直按照你教的步骤在练习，但是收效甚微。除了得到一些推论级别的新概念或新公式以外，没有任何成绩。我觉得，还是应该把主要精力放在新书的阅读上，这是获得新知的最快途径。"

"想要成为巨人有两个办法：找到巨人并站在他的肩膀上和自己成长为巨人。这两个办法不是相互排斥的，而是相互促进的。正如你所说，第一个途径是要快得多。你已经进入了图书馆，也就是发现了巨人，只要认真读完所有的书就爬上了巨人的肩膀。那然后呢，就这样了吗？"

"当然不是，站到肩膀上以后，再逐渐长大成为巨人。"

"嗯，你说得倒也不错。但这样其实只会更慢而不是更快。"

"我不太明白你的意思，熊叔。"

"世界上的事，尤其是关于人类成长的事，远不是单线程的，甚至不只是多线程平行发展的。它更像是一张立体的网，这也是我刚才说的，两个方法是相互促进的。从前人的经验总结中学习的知识成为提高自己思考和推理新知能力的基础，思考和推理新知能力的提高又进而成为学习更多更深前人经验的基础。一直以来，你都忽略了新知探索训练的一个重要意义：对更高层次智识的思考能力和在黑暗中寻找正确方向的研究与忍耐能力。即使退一步讲，我们只说获得新知的能力。这个方法仍然不能被前一个方法所完全替代。一方面，如果只重视对前人智识的学习，就很容易被束缚在前人的思维模式中。没有人的思维是尽善尽美的。另一方面，任何新真理的发现都不可能有前人在前方明确指引，甚至很多时候是漆黑一片的，需要你打破旧有习得的观念——此时，第一种方法就失效了。如果你没有在整个攀爬的过程中训练自己的研究和探索新知的能力，如何期待站上巨人肩膀以后成长为下一个巨人？"

"昀燊谨受教。"

铛！

"啊！疼疼疼！"

"受教个毛！十几年不见就把我当外人了。左一个熊叔右一个熊叔地喊着，实际上心里还是有隔阂。真是火大！"

"对不起，熊……"

铛！

"哎呀！"

“我在无理取闹地打你哎！”

铛！

“为什么要道歉？！”

铛！

“为什么要……”

李闪过了熊猫的攻击，顺势出手要夺它的木锤，又被熊猫向后空翻躲过。李紧跟两步跃起，抓住了它的尾巴。

“哎哟完蛋了！浑身无力……投降投降！”

“熊叔，几十年的弱点到现在还没有克服啊。居然还说我偷懒，你自己也不够努力，不是？”李拎着毛绒尾巴把熊猫倒提起来，半认真半幸灾乐祸地说道。

“骗你的哟！小燊燊同学。”熊尾巴质料的摩擦系数突然骤降，从李的手上滑脱了，熊翻身而上，借着李的手，一下子跳回到书架上。

“我就知道……

“还真是怀念小时候的时光呢……”

“这就好多了。一家人就该有一家人的样子。”熊猫微笑地看着李，“现在可以开始训练了吧？”

“嗯。”

桃花源的太阳斜挂在靠近海岸线西边的天空中打着哈欠，吐出粉紫色的晚霞和赤金色的波光。李结束了今天最后一次新知探索训练，虽然仍无很多可喜的进步，但他的内心却已不再像以前那么怀疑和抵触了。他伸了伸懒腰，站起来面对着熊猫，本来想着以行礼的方式道别。手抬到半空中，停顿了一下，顺势把它抱过来，温柔地摸了摸熊的后背。熊猫站回到书架上，眼睛眯成了一条弯弯的弦月，转过身子背着手，一跳一跳地离开了。

李的精神重新恢复到现实里，正要请求云教官通知罗伊和珍妮，今天希望一起去云武馆的时候，发现他们两个人已经笑容可掬地站在精舍教室的门口了。李兴奋地快步上来欢迎。

"我们刚才去见过周和嫣然了，本想着也叫他们一起去武训，但似乎他们并不太感兴趣。"

"是的。之前聊天，嫣然说知道自己从小就对体育类的活动缺乏活力，只是为了身体健康才强迫自己坚持做一做瑜伽和游泳；周教授对于精舍的学习非常痴迷，听嫣然和云教官说，他几乎每天都要在这里加练，总是最后一个回住地的学员。"

"嗯，嫣然最近刚刚结束在高级图书馆的学习，很高兴。正在重新把从三个级别图书馆获得的智识总结提炼一遍。"

"这太好了！相比之下，我的进度就太缓慢了，而且还把时间用在了武术上。"

"李，不要因此犹豫不定。就像我们之前谈过的，武术的学习与文化科学上的训练是同等重要的，没有高下之分。大家的兴趣禀赋不一样，时间的分配自然相异，只要不虚度光阴或是自甘堕落，人生就是精彩和令人可敬的。"

"嗯，谢谢你们。"

三个人告别了教官，乘云来到武训场。

"李，今天就是正式武训的第一堂课。

"在桃源，每个第一堂课都有一个必备的部分，或者说程序：让学员牢记武术的宗旨。虽然这在之前的测试中，罗伊已经说过了，我还是要重申一遍。武术的学习，于公是为了制止纷争和传播仁善，于私是通过对身体和意志的磨砺以助达到精神上完美境界。武术不仅包括运用身体以克制物理世界敌人的招式和谋略，而且包括你在藏经阁中看到的由世代先贤总结的心法要诀。"

"我记住了。"李向着罗伊和珍妮背诵了一遍。

"那么，我们开始物理层面的训练吧。

"招式和战术成功的首要基础是快速，然后才是准确和丰富。提高计算和反应速度有两个渠道：，一是调集更多的'计算器'；二是提高每个'计算器'的活性。我所说的'计算器'就是指构成桃花源生态以及我们身体的云子。不论是对云子的调集还是对其活性的激发，又都需要能量输入的稳定和提升。"

“所以这个速度训练包括两部分，一个是能量调配的训练，一个是云子质量的训练。”

“完全正确。其实这两部分训练的基础法门，你已经掌握了。就是开启藏经阁的方法。只是我们接下来需要对这个方法进行更多的优化和强化。

“连接藏经阁的时候，完全不需要考虑肢体的移动，只要坐定以后，专注于精神世界即可。但在格斗过程中则要身体与精神兼顾。更困难的是，搏击是一个高速的过程，身体与精神的协调必须在高速中时时刻刻寻找平衡。所以在学习的初期，你的反应会比不开启这种云子连接要慢得多；即使在学习的中期，也很可能是更慢的一方；然而一旦融会贯通，就会有数量级的质变。”

“哦，野球拳的原型被我找到了。”

“嗯？！”

“没，没什么。”

“李，珍妮在不开启云子连接的情况下，动作频率在亚微秒级，或者用现世的话说是十万赫兹级；开启连接以后，上限能达到纳秒级。计算能力也会从千万次每云子每秒提升到兆次每云子每秒。况且在没有连接时，可使用的云子数量上限就是构成我们身体的云子总数，而连接后，理论上的上限是整个桃花源的云子之和。”

“这么厉害！”

“据说玄易师傅可以达到亚飞秒级呢，真的很想见识一下。”

“珍妮，我已经准备好了，现在就开始吧。”

“好！”

<h1 style="text-align:center">三十</h1>

训练的第一步：身体放松直立，双手自然下垂。把原来集中于丹田的能量泛化到全身各处，让每个肢体区域都成产生和输运能量的发源

地。这一步相对来说比较简单。李首先还是把能量源集中于腹部，慢慢地扩大它的面积。一个小时后，已经可以扩展到整个躯干；两个小时后，就到达头部和四肢了。

训练的第二步：从身体各处不负责能量采集输运的云子中产生与其他云子的稳定连接。这一步也不难，与打开藏经阁前的测试非常类似。李很快就掌握了。

训练的第三步：由身体各处的云子与身体外部邻近的云子产生稳定的连接。"这不过是第二步的延伸而已。看来我在武术方面的资质很可能比在文化方面要强一些。"李有些自得地想了想，进入了这个阶段的尝试。

能量源在身体各部开始正常运转起来，各云子间的连接迅速地建立，能量源源不断地浸润到这些连接的通道上，整个网络趋于稳定。周边开始出现固体的沙球，李把注入能量的连接触手一条条延伸植入到各个沙球中。

青色的石门逐渐清晰地呈现在前方，李悠然地推开石门，地面整洁无尘，温和的阳光洒进来，隐约间听闻虫鸟鸣，点脚取下一本经，侧倚着松木书架，随性地翻开几页，安详地阅读。

突然，整个房舍剧烈地震动，地板脆裂成千百块，书架崩塌，云文飞舞，疾速地坠落，一片黑暗……

李恢复了神志，睁眼看见了托着自己面颊的珍妮。

"你终于清醒了。

"李，祝贺你再次成功进入了藏经阁。但这次进入是错误的。

"这一步最大的困难就是在连接时，内向连接压制了外向连接。这样就会导致你进入了研经模式。"

"对不起，珍妮！"

"没关系，你是第一次尝试。以后一定要注意。

"你再把周身的环境仔细看一遍，记下来。

"以后尝试的时候，要强迫自己想象外部的环境，尤其是环境周围云子的形态特征。"

"好，知道了。"

"嗯，我们再来一次。"

李的身体重新开始产生能量源和云子间的连接。李认真地想着地面上的白沙滩。沙子渐渐向自己移动过来，慢慢地上升，悬浮于半空……各自聚拢……形成一个个光滑的白色球体。注入能量的触手一条条延伸……植入……

青色的石门逐渐清晰地呈现在前方，李悠然地推开石门，地面整洁无尘，温和的阳光洒进来，隐约间听闻虫鸟鸣，迈步上前取下一本经，侧倚着松木书架，随性地翻开几页，安详地阅读。

房舍震动，地板脆裂，书架崩塌，云文飞舞，疾速坠落，一片黑暗……

"珍妮，看来……我，又失败了……"

"李，失败不可怕。但要尽量避免犯同样的错误。""我知道了。我再试一次，这次一定不会再有同样的失误了。"

"嗯。再来。"

能量与内部连接再次稳定地生成了。沙束向李移动过来，悬浮，聚拢。青色的石门又隐隐然显现出来。"这次坚决不能进去研经了。"李一边想着，一边连接缓缓聚集的云子。

两只蝴蝶轻盈地相互追逐着，黄雀在巨型雕像的手上筑起了巢。李弯腰拾起一段散落的树枝，添在雀巢的边缘上。温和的阳光洒进来，侧倚着松木书架，安静地端详着肩上跳跃的鸟儿。

房舍震动，地板脆裂，书架崩塌，云文飞舞，疾速坠落，一片黑暗……

"李，你是真的在认真地接受训练吗？"

"珍妮……我，至少这次已经不读书了。"

"重来！"

"是。"

温和的阳光洒进来，侧倚着松木书架，平静地用手指接过迷路的蚂蚁，把它送到窗边……

“重来！”

温和的阳光洒进来，侧倚着松木书架……

“重来！”

温和的阳光……

“重来！”

悠然地推开石门……

“重来！”青石门……

“重来！”

“重来！”

“重来！”

……

两个人疲惫地坐在地上。李愧疚地低着头，手指在沙地上转圈；珍妮极严肃地看着李。

“李，你不要灰心。武术的训练本来就是很不容易的。只要持之以恒，进步就会积少成多。珍妮，你也不要生气或者失望。作为老师，一定要有足够的耐心，而且我觉得李今天的表现已经非常不错了。第三个步骤对大部分初学者都是很有挑战性的。”

“谢谢你，罗伊。我从来没期望过自己可以一天就成功，但我总是犯同样的错误，这给我打击很大。每次青石门出现，我都会有不可抗拒的冲动推开它。浪费了你们这么多时间，尤其是珍妮，我真的非常抱歉。”

“李，我并没有生你的气。而是对自己第一次当老师的恶劣表现感到惭愧。更准确地说，是看到你不断在同一个地方摔倒，自己却想不到有效的办法帮助你越过这道障碍，而非常自责。训练的时候，我不该冲你发脾气，对不起，李。”

“你们俩振作一点。这只不过是遇到个小困难，以后的大艰险还多着呢。”

“罗伊……”

“啊，不说这些。”

　　"李，现世中不是有句话叫'人非圣贤孰能无过'和'吃一堑长一智'吗，其实作为人来说，即使是桃花源人，哪怕只犯两三次相同的错误都是几乎不可能的。我们总要在不断地出现相似的失误以后才能逐渐地找到正确的道路。关键在于寻找正确的道路，而不是害怕犯同样的错误。经验的积累需要很长的时间才能产生质变。桃源人虽然拥有云子云端，但只能缩短质变的时间而不能消除它。

　　"珍妮，你能诚实地说出自己的焦虑并向李道歉，这非常好，说明你是一位非常优秀的老师或者说至少具备了成为最优秀老师的所有基础。办法总会有的。只是因为情绪的波动阻碍了你的思考。我已经把今天李的训练情况完整记录下来了。在下次训练之前，还有很充裕的时间来研究。不要忘了，我也能帮你一起研究啊。"

　　听了罗伊的话，李和珍妮心情好多了，脸上也有了笑容。

　　"好了，我们应该开始研经了。李，这次你可以毫无顾虑地推开石门。"

　　三个人进入藏经阁，与昨天一样把屋舍认真地洒扫了一番，然后每人拿起一本经书，在雕像前的圆石板上向心而坐。雕像上方的屋顶是通透的，温暖柔和的阳光正好把圆石板笼罩起来。

　　"我和珍妮昨天尝试了你的手读法。但可惜，我们并不具备像你一样可以让书重生的能力，我们也找了几个桃花源的伙伴来尝试，也没有任何效果。我只能说，这是你的特殊天赋，李。 我和珍妮由衷地希望，你在桃花源生活和学习的这段时间里，能尽量来藏经阁研经。当然，无论从我们个人的角度，还是从桃源的角度，这个请求都有些自私，我们真诚道歉。"

　　"罗伊，珍妮，请允许我不接受你们的道歉。保护藏经阁云经的事情看似只为像你们一样热爱武学的人带来利益，或者再扩大一些仅是为桃花源留下一份完整的文化遗产，但事实上云经是属于整个时空中存在的智慧生命的财富。就像我这样从现世中被选中来这里求学的非桃花源人，不是正在蒙受云经的恩泽么。你们和玄易师父都说过，虽然当我们重新回到我们的世界桃源中真切的影像和先进的科学技术会被抹杀掉，但精神上、品格上、方法论上的智识则会以某种混沌的形式保留下来。云经不正是这些智识中最重要的一部分吗？"

"谢谢你能这么想。"

"罗伊，李，时间宝贵，我们开始吧。"

三十一

从正式开始武训和研经，已悄然过去一周。对现世学员的终考只剩五天时间了。在精舍的学习进度仍然缓慢，中级图书馆还有将近一成的书籍没有读完，估计在终考前可以了结，但对高级图书馆的连接是不可能了。明义堂藏经阁的云经，大概努努力也可以过完一遍，这让李感到颇为满意。至于武训和新知探索训练，想到它们李就头痛：前者总算是抵制住了"青石门诱惑"能与身体周围不到半米的云子进行不稳定连接了，但也不是每次都能成功；后者则基本上还是原地踏步。这已经不是资质平庸可以敷衍了，简直是能力过差。李微微叹口气，摇摇头，推门走进精舍教室。

熊猫笑嘻嘻地坐在书架上，看到李来了，就站起身，两只小毛手拍拍圆圆的脸。李热情地拥抱了它，温柔地摸摸熊的后背，再把它放到肩膀上。拿起今天的第一本书。

"今天读书的事可以先放一放，直接进入探索训练吧，我有一些新的东西让你尝试。午后你就可以去找罗伊和珍妮他们。"

"但是，熊叔，这样的话，中级图书馆的书可能就读不完了。"

"没关系，你现在还差大约两三千本，不过有一半是为在高级图书馆中学习作准备的科技类读物。这些书不看也罢。"

"知道了。"

李暂时停掉了连接，请云教官传话给罗伊，然后连回来。中级图书馆的书架已经被熊撤掉了。中央是一个桃树叶和桃花瓣组成的太极座团，外面是浅黄色云子铺成的细沙滩。熊站在叶目上静静地等着他。

李走到花目中央，盘腿而坐，双手半合于丹田，陷入冥想状态。已掌握的知识概念相互连接成网，不断地在时空中高速变换融合再连接，开始有零星几个红色球体生成，裹挟着新的概念公式快速地逃逸出来。李随即增加能量输入，伸出连接线进行突刺和约束。知识概念时空因为过多的能量注入而不稳定，知识网络感受到严重压力，一些连接线和节点出现裂纹。李对能量分布做出调整以加强网络结构韧性，刚刚被捕获的一些红球变得躁动，慢慢地向外滑脱。

"熊叔，我快到极限了，好像还是不太行。"

"你昨天武训学啥了？"

"啊？"

"今天是不是可以和珍妮过招了？"

"你在说什么，熊叔？现在不是谈论这些的时候吧？！"

"好像武训场上也有很多沙子哎。要不要和我一起玩儿？"

"啊！！"

"啊呀，钻进毛里啦！烦死了！痒痒痒…"

李迅速打通身体各部位的连接，把附着于丹田的能量球分散到各云子节中，并激发身体周围的沙化叶化和花瓣化的云子连入整个系统中。网络得到加强，时空恢复原有的稳定水平。

"熊叔，已经一个小时了，仍然没有产生新的知识。我觉得应该再多看一些书。"

"你的想象力哪去了？"

"想……象力？"

"真是个笨猴子。不要局限在既有的时空里守持着自以为是的数据，想象不需要任何媒介载体。去搭建全新的宇宙。破灭了就让它破灭。我们有得是时间和能量。"

"知道了，熊叔。"

"想象力不是幻想，需要有个规矩。"

"我明白。"

李的网络时空又开始疾速地变幻融合，同时在此时空之外逐渐出现暗淡分离的独立节点，它们自行结组或是尝试与现有时空中的节点取得联系，但终于都沉寂以致消失了。李增加了连接云子的范围半径，更多的子网络和能量涌入到现有时空中，更多的孤立节点从虚无中冒出来。绝大部分又都沉寂以致消失了，但究竟留住了两个。它们相互纠缠旋转，同时向现有时空辐射出连接线，突然间似超新星星爆一般闪耀后，新的时空产生了。与旧时空的连接不断传入信息和能量，新时空稳定地扩大，新鲜的知识如雨后春笋般地冒出来，并被伸出的更多的连接触手捕获。新旧时空的联系越来越频繁和紧密，终于也融合为一。旧时空的一部分节点和连接出现裂痕，破碎了，湮灭了，新时空的节点弥漫其中。融合的网络时空稳定下来，体量比之前的两个时空的总和还要大一些。

"休息一会儿吧。"

李逐一停下了身体各处的连接和能量输运，周围的云子也重新变回原来的形态，缓缓降落在旧有的位置上。

"呢哦~"熊猫递过来一本新书。

李接着书，开始翻看，上面的主要内容竟和刚才演化出的新时空中的知识极为相似。李赶紧用手读法从头到尾精读了一遍，心绪澎湃难平。

"还有这几本。"

李又把熊找的书一一细读了，内容也与自己刚才的新发现吻合。

"真是不可思议。我刚刚仅几分钟的新发现竟然可以覆盖这么多书的内容。"

"你的证明过程有些甚至比这些书上的更简明。而且你不觉得自己发现新知以后，再看别人相似的作品，对于同样或者相关的知识的理解更深入更有效了吗？"

"是的！是的！熊叔。这是另一个让我感到不可思议的地方。"

"很好。那么我们是不是可以继续探索训练了？"

"嗯，求之不得。"

"这次探索一下你在初级图书馆学到的东西。"

……

桃花源的太阳慢慢爬上了天空的最顶端。李结束了探索训练，向熊道别后，退出了图书馆。珍妮和罗伊已经等候在教室门口了。三个人有说有笑地向明义堂飞去。……

"李，经过一周的训练，你基本掌握了与身体内外云子建立稳定联系的法门，恭喜你！现在我们正式进入武训的第二阶段，对身体的合理快速运用，也就是对单独作战技巧的学习。"

"谢谢你们！"

"不，我们应该感谢你，李。我知道，你还是坚定地希望在终级考试结束以后返回现世的。其实在这里学习的武术一点也不能在地球上留下痕迹，但你依然能够持之以恒地进行训练，对此我们深感敬意！"

"罗伊，珍妮，其实之前一段时间，我确实在思考这个问题：如果在桃花源学习的东西完全不能带回地球，那么学习它们是否还存在意义。我也犹豫过，动摇过，困惑过；也很多次产生把剩余的时间全部用来巩固那些能被记忆保存下来的知识的念头。但我最终走出了这种迷惘。无论是地球文明还是桃花源文明，所有的圣贤无不以探求生命和宇宙的真理或者说求得大道作为贯穿始终的理想。玄易师父说过，纯粹的理想应该也必须由纯粹的过程来实现。所以，学习应该也必须是纯粹的，容不得半点功利私欲。学习只对回到现世以后有用的知识而忽略其他，必然是有私心的，这体现在以下的几种可能性上：第一，希望回到现世以后自己能够通过已获取的更先进的知识来得到更多非分的名利地位；第二，希望通过已获取的更先进的知识来推动现世某一些领域的发展——但这个推动须由这个'私'人来开启甚至完成并赋之以冠冕堂皇、似是而非的前提假设；第三，把"混沌"形式和它未来被激发的偶然性逐渐想象成清晰的和几乎必然的事件——我不得不承认人类的贪婪的确可以完全蒙蔽理智并产生长期稳固的对幻觉的信仰。

"玄易师父在讨论生死问题的时候还说过，人生在世最重要的修行和最完满的结局就是能够平静地离开这个世界。我们来到桃花源一直到返回现世，这个过程不正是一种生死的轮回吗。秉持把'死'前之物一同带走的无谓的执念，如何安得祥和与解脱？能够来桃花源走一遭，相当于上苍多给了我一次了解生命宇宙的机会，而且这次机会还比在现世可以更接近理想的实现，我怎么可以被这些俗物私欲所障碍呢？"

"李，你能有这样的体悟实在不易。虽然在桃花源的学习时间非常短暂，但你在精神层面的进步却是让人吃惊的。我们为能与你一起共事而由衷地欢喜。"

"哎，你们两个，今天的训练内容可是很多的。"

"师父已经着急了。我得闪到角落里做好记录员的工作了。"

"抱歉，珍妮师父。请开始今天的讲解吧。"

"今天的科目是实用调用所有负责计算的云子指导身体的移动。在测试当中，你只是在用头部固定区域的云子在规划动作，就好像在现世中人类只能用脑这个区域来思考一样。但想要自己的动作更合理更快速，就必须调用所有的计算资源。

"在战斗过程中，身体容易受到攻击和不容易受到攻击的部位在实时的变化着，所以需要一刻不停地调整每个部位云子的职责，以保证计算力和能量分配一直维持在稳定的高水平。比如你要出左拳的时候，简单来讲左手和左臂以及延伸到左肩至左前胸等处相对来说更容易受到攻击——当然，易受攻击的程度各有不同——而其他部位相对来说风险会小一些；同时左手左臂是攻击敌人的部分，所以需要产生更多的能量增加更多的速率。所以负责计算的云子要远离这些部位，而负责产生能量的云子则要相对增加一些。战斗过程中，头部一般负责主体的云子调配统筹工作，需要更多的保护和更多的连接点，这就是你看到的类似头盔的东西，它的外围云子被格外地加强硬度和韧性，内部则创造出更多的连接源，不仅可以与身体周围的云子连接，还可以与云端连接。现在我来与你建立连接，把其中的要诀说给你。"

"嗯。"

李与珍妮相对而立，双手合十，微低头瞑目。珍妮的头部迅速被白沙包围形成头盔，头盔内部各处如夜空星辰般闪烁着。每一次闪耀都会从中浮出几颗金灿灿的云粒，缓缓地移动到李的前额、头顶和后脑，渗入进云，也形成闪烁着微光的星辰，然后暗淡了。整个过程持续了大约三十分钟，珍妮的头盔随着一股清风化为片片桃花飘散，李重新睁开眼睛，目光中透着被新知滋润后的满足和喜悦。

"李，要诀已经原原本本地传授于你，接下来就是通过实战不断地熟悉和活用了。现在就来试试吧。"珍妮退后了三步，"向我进攻。"

李快速地将体内与周身的云子连接好，按照珍妮的要诀逐渐开启动态网络。头部长出一些高低不等的尖状突起，偶尔激发出一些极微弱的电火花。

"很好。虽然比较慢，顺利启动是不错的。现在试着向我这里移动并出拳。"

李试着迈出左腿向前，同时调整云子的分布。整个过程就像到达月球的阿姆斯特朗的出舱行走，缓慢而飘忽。惹得珍妮忍不住笑。这一笑，李就更加紧张，网络分布直接出错，僵硬地伸出左臂，完成了一次教科书般的顺拐。远处观察的罗伊面无表情地抬手抹了一下嘴。

"对不起，呵呵，对不起，李，嘿嘿嘿嘿，抱歉……噗！哈哈哈哈，先停一下，请别再走过来了……嘻嘻嘻……"珍妮一手捂着嘴低下头，一手水平伸出掌心朝外，示意李可以停止动作了。

"真没想到会这么难。不过珍妮，你的反应也确实让我更紧张了。"

"对不起，对不起，"珍妮收敛了笑容，直起身子，"是我不好，作为老师实在是严重失职，真诚道歉。"珍妮清了清嗓子，"我们再来。"

……

黄昏多彩的天空给通透的训练场涂抹上了童话传说般的韵调。通过好几个小时的努力，李已经可以比较自如地行走和跑跳了。

李在沙地上快速地移动着，向身前的珍妮不停地出拳。珍妮则非常从容地一一躲过李的攻击，背着手，轻盈地向后跳跃。

"李，再试着提高一些速度。

"迈步的幅度可以减小百分之二十，多增加频率。

"出拳的时候还要注意对弱侧的保护，别把过多的能量都集中在拳上。

"太慢了！

"试一试拳脚结合。

"别只想着攻击头部。要出其不意地向敌人容易忽略或不易防御的部位出拳。

"移动的方向再多样一些。

"又要顺拐啦！

“腿部能量集散速率下降了。

“出拳幅度不需要太大，否则很容易被识破。”

李仍然在不间断地出拳，但越是想提高速度动作反而越发变形和呆板。

“好像已经到极限了，”李焦急地想，“网络调配的速度已经上不去了。甚至还没有武训时候的速度快……武训！”李的嘴角微微上扬了一下。

向珍妮的进攻仍在继续，但李的招式似乎越来越趋于某种特定的范式，珍妮漫不经心地躲避着袭来的拳脚，“李，注意动作的多样性……”

李瞅准珍妮分心说话指导的空隙，突然关闭了动态网络，并将计算所用能量完全集中于头部，抢迈两步缩短与珍妮的距离，向她的胸口迅猛出拳。

珍妮被李的突然加速一惊，紧接着眉头就皱起来，嘴角也有些不舒服的波动，背在身后的手回到身前。

就在李感觉进攻成功的一瞬时，自己眼前画面立刻从珍妮的胸口和腹部上提至与珍妮的怒目对视，再看到武训场透明天花板外的紫霞，暗橘色的云彩，温红的夕阳，留着两串脚印的、细腻的白沙滩，一个人健美的小腿，大腿，腰……

“没有后背！”

怒目、紫霞、云彩……

夕阳，沙滩，小大腿……

……

沙滩，脚，沙滩。

沙……沙……

罗伊乘云飞来，抱起李满脸白沙的上半身，帮他恢复了完整的躯体。

“珍妮，你下手有点狠了。”

“李，擅自停掉动态网络是怎么回事？！”

“我……”

"我知道你很想继续提高移动速度。但不能为了速度而舍弃根本。揠苗助长可不行啊！

"学习从来是一个漫长艰辛的过程。小聪明小伎俩也许能得到一时小利，但终究只让人走火入魔迈向歧途。"

"对不起，珍妮。是我太着急了。你说得对。"

"李，我觉得你的焦急的源头并不仅仅在武术上。

"你刚才说过，你很赞同玄易师父对于死亡的观点。你也说过纯粹的目标要通过纯粹的过程来实现。那么平静之死难道不是需要一贯的平静之心来体悟吗？古代圣贤之所以为圣贤，并不仅仅是他们有超凡的意志和智慧，而且还有即使学无所成也淡泊如初的静心。其实生命有涯而学海无涯，任何人都不可能达到完美的境界。当然这些你是了解的，只是想在有限的时间里多学一点多进步一点。这种想法是很好的，但程度过了就变为执迷，失了静心，反倒错了。"

"罗伊，你说得很对，我当时的情绪确实是非常波动的。珍妮，我会严格按照正确的方法训练。"

"嗯。今天时间不早了，武术训练就暂时结束，我们开始最后的研经吧。"

三人坐定进入藏经阁。

李望着大半颓败褶皱的经书，心里很不是滋味。

"如果能再多给我两天的时间，应该就可以把它们读完一遍了。真可惜啊！

"罗伊，在最终考核以后，像我一样准备返回现世的人真的不能在桃花源多待几日了么？"

"这是桃花源的硬性规定，的确没有通融的余地。想必精舍的教员已经粗略地向你介绍过，云端的研究显示，在这里居住的时间超过七周，返回现世以后，会有桃花源科学技术在头脑中残留并闪现的正可能是桃花源目前的技术水平无法根除的残留，因而会破坏现世的逻辑因果系统。之前地球上那些或在梦中推演出远超现世文明水平的数学公式，或某些时日因突然获得不可思议的灵感而掀起科学技术领域重大革命的人，基本上都是来到桃花源后超时返回的情况。当然，还是有一个办法：先说希望留下，然后在四周以内通知委员会希望回到现世。但我觉得，有这种想法的学员也不太可能顺利通过终考。所以，我很抱歉，李。

"也许将来我们的技术更发达了，或者现世人类社会的整体道德思想境界提高到新的水平，云端的分析认为即使掌握了桃花源的科技也不会出现消极的影响和对桃花源的威胁的时候，我们两个世界两种文明就可以更长久、更全面地进行交流了。"

"我明白，我非常理解和尊重桃花源的准则和规矩。希望回到地球以后，我的努力可以或多或少地缩短一点这种全面交流发生的时间。"

"我们也会在这里做出同样的努力，希望这一天能早日到来。"

三十二

距离桃花源现世留学生终考还有四天。李醒得很早，在西贤馆外围浮动的半透薄膜渐变成鹅黄色时，已经乘云踏上了前往精舍的路，而以前正是筋斗云叫早的钟点。

熊猫已站在太极座团的叶目上等他了。李没有说话也没有打招呼，径直走到花目上盘腿坐好，开始对初级图书馆的知识进行整合与新概念探索。

……

"燊燊，已经差不多了。我们可以提前结束探索。"李切断了知识网络的各节点连接和能量输运，重新回到中级图书馆中。

"我想，精舍这边的学习也就此告一段落了。接下来两天你可以专心在明义堂里把云经多读一读。"

"熊叔，虽然高级图书馆里的书籍已经没有时间研习了，但我还是想试一下与它进行连接，行不行？"

"哦，当然可以了。"熊轻轻跺了跺脚，太极座团消失了，整个空间一片茫茫。熊悠悠然跳过来，顺着李的右腿爬到后背上。

"我就附在你的身后，从中指导。"

"嗯，谢谢熊叔。"

"先说好，如果我感觉到有危险，你得迅速停止尝试。"

"知道了。"

"那么，我们开始吧。"

熊在背后模模糊糊地念了一些话，李的前方就逐渐起了风。慢慢地从幽深处飘来不同颜色的桃花。

"把桃花接住，一共七种颜色，每一种至少接住一个。"

李从手上伸出能量线，触及桃花后形成一个淡蓝色的透明保护球。桃花陆续浮游过来，李也一一伸出能量线把它们接住。除了青色以外，每种桃花都接住了两到三个，能量线数量达到了极限。把其他无法控制的桃花通过定向释放的能量脉冲打碎沙化归于脚下。

风速变得猛烈了，空间中的温度随着上升，桃花不再显现了。以他们所站位置为中心划一个半圆，依相等的弧度生成了七个打开的瓷质小锦盒，稳定地悬浮在空中基本与李的视线相平的位置上，分别呈现出孔雀绿、祭红、象牙白、霁蓝、龙泉青、茶黄和油滴黑七种色彩。

"锦盒的颜色对应着桃花的颜色，你的任务就是在每一个锦盒里放一朵同样颜色的桃花。注意，你的双脚不能朝锦盒方向移动。"

"熊叔，经过长期的新知探索训练，好像这个任务并不太难完成。"

"先别说大话，实践以后再下判断。"

李首先选择了一朵青花，右掌前推，连接着青花保护球的能量线伸长，徐徐向右前方的龙泉锦盒靠拢。李同时把散落在地上的云子连接进来，增加对能量线和保护球的操控力。保护球平稳地移动到盒顶，下降，下降，然后迅速扩大把锦盒也包裹进来，以遮蔽风的扰动，桃花于是顺利地落入盒中。盒盖也就随即关闭，在温润的光芒中消失了。

"熊叔，你看，虽然费点事，但还不算困难。"

"哦，干得不错！那么，试试下一个吧。"熊猫意味深长地轻声说。

这次，李选择了红花。但当他瞄准祭红锦盒推出左手时，风速突然增大了。李不禁向后踉跄了两三步才重新巩固住重心。双手控制的保护球都被吹到了身后。李想向前迈步回到原来位置，但无论如何发力，腿就像注了铅焊了钢，死死地定在原地。

"我对你说过了，不能向锦盒方向移动的。"

"可恶！真是棘手呢！"

说话间，空间的温度也骤然上升。

"不要犹豫，赶快！"

李启动了周身剩下的沙化云子连接，增加了能量输出，左手吃力地慢慢向左前方推送。保护球在强风中上下左右地剧烈振动着，能量线中段开始出现裂痕。李不得不牺牲掉几朵桃花，把它们化为颗粒状的云子以补充能量加固连接。

风速和温度随着时间的流逝进一步加大。李眯着眼睛咬着牙，奋力地把保护球推到锦盒上方。其他保护球和对应地连接线相继产生噼噼啪啪的脆裂声。

"温度太高了，毛要烧着啦！"熊猫惊恐地叫喊道，"我有生命危险！喂！生！命！危！险！"

"熊叔，再撑一点点……"李边说边把左手控制的其他所有桃花打碎加入到能量输运网中，孤注一掷地把全部可调及的能量分配到红花的连接线和保护球上；右臂直接回旋过来，右手与左手相扣合，所有系于右手的连接线和保护球与此一个快速融合，球内一片混沌，连续沿着不同的角度释放出奇异的光圈，混沌退去，出现一朵六彩桃花。李的手腕努力下压后双手张开，将锦盒包裹住……整个空间瞬间在巨大的光爆后恢复了原初的空寂。

"哎呀，着火啦！着火啦……救火！救火！"熊猫跳下来，围着李惊慌地转圈和在地上打滚，尾巴上的小火苗活泼地燃烧着，它几次试图扭过身子把火吹灭或用手扑灭，但都因为身材太胖，四肢和尾巴过短而失败了。李看准机会，一脚踩在火苗上，用力辗了辗。熊尾巴末稍升起几缕青烟，微微有些肿胀。

"你就不能下手轻点嘛。这可是小熊星王子高贵的毛尾巴哎，不是你们卑微人类抽剩下的烟屁股！"

"熊叔，刚才可是十万火急。要不是我的稳准狠，你的尾巴就烧没了。说不定火势变强就控制不住了，而且你总是说自己是贵族是王子的，我们根本没有看到任何证据嘛。说真的，玩具店的很多卡通毛绒熊都比你更好看一些…"

铛！

"哎哟！居然……恩将仇报！"

熊猫面无表情地把大锤幻化了："如果不是你非要再多坚持一会儿，我的毛至于烧起来嘛？！"

"嗯，你说得也似乎……有点道理。"

铛！

"喂！你不是已经把锤子收起来了嘛？！

"对不起，请您继续……"李一抬头看见熊瘪了鼻子悬着武器盯着他，语气赶紧和缓了。

"你和你老爹对美的感知和品位过于肤浅和庸俗。"

"我们在大学时都修过东西方艺术史，桃花源的艺术类书籍我也看了，你本来就不太……"

"当然，这也不能全怪你们，人类毕竟是比我们熊族低等的智慧生物。"

"喂，熊叔，你能不能不要自说自……"

"还有，贵族就必须定义是外表最光鲜亮丽的吗？就必须是世袭的吗？说你肤浅还顶嘴。品格与智慧最杰出的熊才会被选为贵族的。你老爹竟然没有提过这事？等我有机会回到地球，也得好好教训他。"

"好了，就这样吧。"熊猫轻轻点了点脚，地面上亮起正圆形的光圈，升起石柱把它托到与李平视的高度。"燊燊，能在桃花源见到你真好啊！看到你在这里的进步与成长，真让我高兴。如果你的父亲能知道的话……

"他会知道的，我相信。

"他近来好像身体愈来愈弱了，有时间多回去看看。虽然家里有你长孙阿姨在，但想必你还总是他最想见的人。"

"熊叔，自从父亲那年从美国回来省亲，您就真的变成了一只玩具，不会说话，不能走动了。竟是神游至此。我和父亲都很想念您，您什么时候能回来？"

"我嘛……

"我在桃花源生活得很好，而且……还有很多有意义的事情要做。所以暂时来说……以后有机会，我肯定会去看你们的。

"就说到这儿吧……

"一路平安哟，小燊燊！"熊猫伸出毛茸茸的右胳膊在空中轻轻地挥。

李走过去，深情地拥抱它。眼眶有些湿，趁着熊在怀里看不见，赶快用手擦干了。

"喂！要喘不过气啦！"

"噢，对不起。"李把熊放回到柱型圆台上，"但你需要呼吸吗？"

"你说呢，"熊猫笑眯眯地看着他，李也笑起来，"又被你骗了，熊叔。"

光滑的大理石柱降回到地面，光圈逆着开始的方向黯淡了。熊呆呆地盯着李又看了看，就转过身去，小毛手伸到了脸上蹭了蹭。"我走了。小燊燊，你也要保重哟！"

李站在原地，看着熊猫慢慢远去的背影，嗓子里像哽住了一块粗糙的玉，上下磋磨。他闭上眼，默默地鞠躬，等待着它离开以后，自己再启程去明义堂。

熊的脚步声消失了，整个时空静得有些可怖。"唉，我也该回去了。"李一边想着，一边缓缓起身。

"哎呀！"李睁眼竟看到仰着脑袋瞅他的毛熊，被吓得连退两步。

熊猫也被他的叫声惊得不轻，双手捂嘴也朝后面跳了一下。

"你这什么毛病，真吓我一跳！"

"熊叔，是您先吓我的好不好？""你个大老爷们儿居然哭了。"

"哪有！我没……您还说我，我看您不是也……"

"以后要稳重成熟一点，不然可是找不到好姑娘的。"

"怎么又扯到这上面来了？！我，我有女朋友的。"

"哦？身材好不好，漂不漂亮啊？"

"她……当然很美……"

"要不要带过来，嘻！皮肤应该很不错的说。"

"喂，您这恋肤癖是不是要收敛一下。"

"我可是小熊星王子哎，接见一个地球人是她的荣幸。"

"哼！"

"禁不住开玩笑，算了算了。

"说正事。

"你为什么会选那个红色的锦盒？"

"嗯，没有什么为什么，就是看到了，就选了，也许是因为我和父亲都比较喜欢这种颜色的古瓷器吧。"

"哦，你之前知道桃花可以合而为一？好像图书馆并没有类似的记录吧？你怎么了解到的？"

"我不知道它们可以融合，的确是很神奇的事情，六色桃花很好看，当时其实应该想办法把它收藏起来，不放到盒子里去的……倒也没关系，在桃源里应该可以找到这些颜色的花的…可是马上就要离开这里了，合成也没用了…或许可以问问玄易师父或者罗伊珍妮他们，看有没有办法带一朵回去…"

"喂！醒醒！"

"对不起。"

"真是受不了……和你老爹一样一样的。"

"您继续……"

"你不知道桃花融合术，那为什么不把除红色以外的所有花用来提高操控的稳定性？"

"因为，这样的话……就没意思了啊。"

"没意思？！"

"对，就是没意思。已经到最后关头了，反正其他的盒子也装不满，不如玩一把试一下，这样即使失败了也没有遗憾。动漫里不是也经常出现融合的桥段么，熊叔。"

"一大把年纪，竟还总是妙想天开."熊转过身小声嘟囔着，悠悠地向远方跳去，"老头子似乎眼光还凑合。"

"您是说玄易师傅早就预见到了吗，熊叔……熊叔！"

整个时空又陷入了绝对的空寂。李环顾四周，熊猫早已不见了踪影。他立刻闭上眼睛，等一会儿，再睁开，仍然天地茫茫独自一人。李默默地断开了与图书馆的连接，没有与教官行礼道别，匆匆踏上了去明义堂的路。

……

珍妮和罗伊正在坐着闭目心语低声交流，感觉到李进来武训房，就停止了讨论，起身微笑着欢迎他。

"李，我听精舍的教官说了你的决定。我们非常高兴并且支持你的想法。我和罗伊会尽最大努力把桃花源武术的核心法门传授予你的，尤其是帮助你尽量多地阅读和理解云经。"

"谢谢你们！我也会全力以赴的。珍妮，罗伊，明天玄易师傅又叫我去灵台阁。应该是他给我上的最后一课。时间恐怕很长。所以武术方面的大量训练可能来不及了。"

"原来如此。珍妮，那我们就省去演练环节，只把所有心法讲解一番。"

"我知道了。罗伊，你也来帮忙吧。"

"好。"三人相对而坐成等边三角形，罗伊和珍妮首先调整运动能量，建立一个复杂高效的云网络，并与李自身的学习中枢联系。白沙从四面八方涌来，三人外围逐渐形成一层一层的由云朵和花瓣自由流动并约束其上的球型能量壳壁。

"李，这个局域的云网只有我们三人互联，而与外界隔绝以最大限度地减少信息和能量损耗。珍妮会源源不断地把她几十年积累的武学法门传授给你，我则从旁添加注解并在你的学习中枢协助完成对它们的有效存储。这是密度极强的知识输运，时间紧迫，没有推倒重来或重复讲解的机会。你的任务就是在下一个知识到来前把上一个知识理解清楚。"

"我明白。"

珍妮的身体首先开始闪烁，千百万个能量节点，相互传递整合着信息，不间断地通过云网发射到与李身体所对应的最近的能量节点上。李虽然做了心理准备，但仍被这突然袭来的强劲的"信息雨"打击得有点狼狈，陷入一阵一阵的剧痛之中。罗伊也立即加入了，身体也如星空一般闪耀起来。珍妮每发射一个信息脉冲，罗伊就会有相应的若干脉冲在云网中匹配和包裹住它，当到达李身体的相应节点上时，不再像初始时在一个极细微的点上"啄刺"，而是在"着陆"时扩散成一片带有脉络的光晕，逐渐被此较大区-域的节点集中吸收掉。李的痛感随即减轻了大半，重新集中精神，进行动态能量分布。

李长时间地承受着高密度高强度的能量和信息的吸收和组织工作，活性慢慢地下降了。一些节点区域相继剥离出身体，流逝到地面或飘浮于空中，高速移动和相互撞击。能量动态分布的调整速度眼看就要跟不上珍妮传过来的心法信息的速度了。李试图调动周围的云子，但因为珍妮传过来需要得理的信息是如此之多，以至于根本没有时间和多余的精力去建立更多的连接。

"李，接下来你要多忍耐一会儿了。"罗伊通过心语轻声说。

李正要回应，突然感觉到疼痛骤增，之前的光晕大部分消失了。李的身体又暴露在强烈的信息脉冲啄刺中。包裹着三人的最内层的壳壁变得混沌，流动的云朵和花瓣依次被吸引下来，合着壳壁崩坏的碎片一起，被沙化成细密的独立的云子，一部分替换李身体上超负荷运转的失活节点，另一部分辅助计算和能量输运。高能且暂时无法再利用的云子被降温并滤出保护性的壳壁。

时间一分一秒地前进，包围着李、珍妮和罗伊的壳壁一层一层地剥离，只剩最后一道屏障。心法的传授工作也进入收官阶段。

"再坚持一下，李！再坚持一下，就要结束了。"

李的身体呈现出不均匀游动着的暗红色，四肢开始抽搐。李越是想集中精力保持住信息接收的稳定性，越是加速身体上节点的剥离，疼痛感也越强烈。

"我……快到……极限……了……"

"珍妮，还有多少量？"

"60秒。"李的手脚开始沙化，大量高能的云子在球型的屏障中横冲直撞，云网的通道也开始出现裂痕。

"40秒。"

李的小腿小臂也剥离了，网络的若干连接发出清脆的劈裂声。

"20秒。"

罗伊停止了注解辅助，将自己的下半身沙化，填补李的身体损失和固化云网。

"10秒。"

李的后背也开始快速蒸发了，体内狂躁的能量流从暗红转为幽蓝。

"5秒。"

罗伊停止了存储辅助。

"3秒。"

罗伊将手臂沙化包裹李快速蒸发的后背和前胸。

"2秒。"

罗伊的胸部和肩部也沙化了。

"1秒。"

"坚持住！"

"呃啊——啊！"

保护性屏障爆裂成细碎匀称的小沙球，完美地包裹住每一个高速云子，像烟花盛开般抛散到空中，又冷却失了光华，坠落回地面。

李慢慢清醒了，抬起头掸掉满附的沙尘，睁眼看见珍妮背对着自己低头半跪着，嘴里隐约吟诵着什么。李吃力地站起身走近两步，不禁泪如泉涌。珍妮用腿和双手托捧着仅剩下头颈和残缺面颊的罗伊。

"李，过来帮忙。"珍妮以一种近乎冷酷的平静口吻说道。

李一把擦尽眼泪，跪坐在珍妮身旁，才忽然发现珍妮脸上的两行水痕。

"李，我现在教你一套口诀。然后我们一起合作恢复罗伊的身体。"

"知道了。"

珍妮通过心语将口诀说了一遍，李又重复了一遍，确认无误。两个人就开始了吟诵。四周的白沙汇聚过来，把罗伊的面颊修复了。然后是躯干和四肢。罗伊终于恢复了生气，慢慢睁开眼睛，嘴角微微上扬露出欣慰温暖的笑容。

"李，祝贺……你！成功……了！"

听到罗伊的声音，李的眼眶又湿润了。

"罗伊，你太鲁莽了！你知不知道，只再多一秒中，你可能就活不过来了。"

"我，我，这不是……好好……的。珍妮，干得……不错！"

"再没下次了，我跟你说！"

"知……道。"

罗伊的笑脸上飞溅起落下的晶莹的泪滴。

珍妮把罗伊的臂膀挽到自己肩上，一只手搂住他的后背和腰，帮助他站起来。

"李，今天的武训就到这里了。你回去以后还要花些时间把心法理解透彻。我还要在这里多待一会儿，给罗伊疗伤。我们后天再见了。"

"我也可以留下来协助你。"

"啰唆！你时间非常有限了。首要任务是学习和休息。快走！"

"知道了。"

李深情地看着面前的两个队友，郑重地行礼，转身离开了武训馆。

三十三

李从打坐的入定状态醒来，睁开眼睛，是筋斗云卧在腿上轻柔地拱着自己的小腹和手臂。李一夜未眠——又怎么能睡得下呢？珍妮将全部所学倾囊相授，罗伊甚至为他险些牺牲了性命，自己怎么还敢浪费时间在睡觉上。李用一整晚的时间，按照新知探索法不断地将武术心法进行巩固和再生。虽然没有创造出许多有价值的新技艺，却对所学基本概念间建立了比较精细稳妥的联系。

"啊，已经是清晨了。"李起身做几次伸展，"好，我们出发吧，筋斗云。"李一边说着，一边就要移步门口。筋斗云立刻绕到前面，左右上下地阻挡他的前路。

"筋斗云，你怎么了？不想去玄易师傅那里？"

筋斗云伸出一小块云朵，戳了戳李的右口袋。

"嗯？你是说，天目？"李随即把正二十面体的小石头掏出来。天目本没什么异常，云朵覆盖周围摩挲了一会儿打开再看，它已被散发出缤纷的桃花旋转舞动的全息影像所包裹。筋斗云一把夺过来，飘到客厅中央的空地上划出一个长轴直立的椭圆形。椭圆形内部的空间随着强烈的白色闪光后扭曲坍塌成一个黑洞。筋斗云把天目塞回李的口袋，溜到李的背后，推着他向黑洞蹭过去，越是靠近吸引力越大。

"哎，哎，哎。筋斗云，你这是做什么？不是要把我推进去吧？哎！"里面黑咕隆冬的，有点吓人哎。"

李在触及黑洞界面前，强行张开了四肢，紧紧把住椭圆形的边沿。

"现在应该是去玄易师父那里的吧。

"你听我……"

李回过头来想继续和筋斗云商量，只见它已退了近十米远的距离，整个云体由内向外辐射着淡金色的光班——像是积蓄了全部的力量。

"稍等，稍等……

"我们是不是再研究研究……

“喂喂，不，不要冲动……”

筋斗云奋力冲过来，顶在李的屁股上并和他粘合在一起。椭圆的黑洞逐见向中心处缩小，随着绵延悠扬且渐行渐远的既凄怖又略带清爽的男中音叫声里，遁形于虚无了。

李坠入黑洞后，四周无光，只是感觉到自己在沿着某个既定的轨道飞速地前进，时而上，时而下，时而翻转。忽然在右前方出现了一个白色的亮点，而且在不断扩大。李的身体依旧飞速向前，光斑慢慢移出了视野，然而轨道突然朝右急转，瞬间已与其正面相对了。李仔细看时，亮点已经变成了一个泛白的矩形，大致和自己的身体尺寸类似。

“要撞上啦！

“筋斗云，想想办法！

“减速！喂！

“停停停！

“啊呃！！”

李本能地把身体蜷起来，用双手护住头颈和前胸，眼睛紧闭。无助地等待着最后的支离破碎。

十秒过去了，二十秒过去了，李的身体没有任何异样，神经似乎和闭眼前也无甚分别。李抬起脑袋，眯缝眼睛，竟发现自己停在了白色矩形前。不等他细思，白色矩形忽然产生一股强吸力，把他拽进去。茫茫的白色世界渐渐消退，周围出现了事物的轮廓。

“李，这么早就叫你过来，道歉了。”

“师父……”

李这才意识到自己蜷成一团蹲在灵台阁的正厅里，慌忙起身向老人行礼。

“今天是最后一次在这里与你畅谈了，所以格外地想多和你待一会儿。快坐！”

李发现正厅内空空如也，仅有两张贴得很近的席。

师徒两人相对跪坐下来。双膝几乎碰到一起。

"看着现在的你，就忆起刚见面时的情形。你成长了很多啊，李。我为你骄傲。你愿意留在桃花源吗？"

"师父，没有您、罗伊、珍妮，还有精舍的教官和同学，我也不可能收获丰富的智识，养成良好的品格。我的内心一直充满感激。我也由衷希望能在桃花源继续深造，但我的内心更加割舍不了对亲朋、对现世的感情。真诚地向您道歉并请求您的谅解。"

"不要道歉，我的孩子。最大限度地提高个人的价值境界，和竭尽所能地为芸芸众生打开方便之门，都是同样正确和美好的理想。而且两者其实是相行不悖的，只是侧重不同罢了。我能清楚地看到你内心对现世人类的深沉情意，这是一种大慈悲，不是什么人都能拥有的，也不是什么人都能坚持。而且这与我之前的观点也相当契合——要相信优秀的人才会层出不穷，少一些私心和傲气，多做一些帮助后辈贤能的工作。"

"谢谢您！"

"闲话就不多说了，我们开始进入正题。

"今天的谈话其实并没有什么主干，只是想把我这么年来一些我认为比较重要的经验也好启示也罢，与你分享，或许在你回归故土以后还能有些记忆的碎片，以帮助你服务于本族的人民。

"但即使如此，这些想法也很难在一日中讲个完全。所以我才问你的去留。既然你去意已决，我可以省掉关于桃源的诸多故事，而专心于现世的问题上。这样，时间上倒还是赶得上了。"

"这样最好了，希望我能多带些智慧回到地球，更好地服务于其他人。"

"接下来我说的话构架可能是非常松散的，有些东西甚或还不够坚实，你且先行记了，以后再去粗取精，形成自己的一套思想——这是最要紧的。"

"是。"

"先从什么开始谈起呢……

"啊，先说说科学吧。

"现世的科学，眼下已经进入汝类之所谓的智能或大数据的初级阶段。这本身来讲是你们人类文明的大发展。但忧患也同样严峻。就目前桃花源所知宇宙历史长河中曾经出现过的智慧物种，无一例外地在科学的进步中获得更多更广的力量。然而也无一例外地在每一次科学的阶跃中出现动荡，越是高级的阶跃，动荡的风险、程度和持续的时间就越是厉害。究其主要原因，应该是精神境界的进步速度远远低于科学的进步速度，这不仅是这些生命物理构造所决定，也是因为：（一）精神境界的发展不像科学的发展一样可以进行直接的实验验证，惟有时间才能滤其糟粕，故它的发展速度上限也不过是线性或准线性的（二）这些生命对于物理世界生存质量提高的渴求远远大于对精神世界思想质量提-高的渴求。更加悲哀的是，由于这后一个因素，科学的掌握者会利用科学来膨胀同胞对物理世界需求的欲望，从而满足自己亦膨胀起来的外部诉求，而且这种膨胀可以是在不知不觉中进行的。作为对这种膨胀得到满足的回应，这些特定领域的科学又收获新的阶跃。"

"师父，您的说法会不会绝对了。至于有一些科学领域所满足的人类诉求其实没有那么不堪，比如医学的发展，它是满足人类延长生命和治疗疾病的渴求，但我更愿意把这种要求理解为中性的。对于基础科学的研究，其实各个国家的政府和大学也都投入了大量的人力物力，这些研究似乎并不能说是要满足私欲的。"

"李，你的提醒是好的。我并没有说这是绝对的，只是说有发生这种灾难的可能——其实在现世中，这已经在发生了，虽然没有覆盖所有的人和所有的领域。我需要反过来提醒你的是，如果有朝一日，医学的发展变成主要地为了供人类更长久地满足低级欲望，那么它也就沦为了其中的一员。还有，据我的观察来看，除了少数的人类的确是为了求真的目的，基础科学的研究实际上也主要地服务于外部世界的诉求满足，只不过不一定纯粹为了现在，而是未来。最后，如果把科学与文化、哲学等主要用于提高生命体精神境界的研究领域做个比较，后者明显地处于既短期又长期的劣势中。更不消说，利用科学所满足的私欲是邪恶的。

"是否可以平衡物质与精神，是否可以有足够比例足够强力的成员意识到以上的问题并能够积极地行动起来，与汝类社会的能否健康延续直接相关。这个说法初看起来很有些危言耸听了，不是么？其实不然。如若物理世界之发展一直远超精神世界之进步，并且这种超越的态势逐渐在绝大多数族民中形成牢固的共识，精神世界的完善将会被阻抑以致倒退，因为伦理道德的稳固有赖于整体智性的统一，而科学发展的过度使得这种统一逐渐消失了。具体地说，在文明的初始阶段，虽然在整体中总有智性高中低的差异，但变化是连续的、幅度是有限的，同时在各个智性层级中的物性层级都广泛存在——只有多寡的程度分别，所以虽然社会中存在着因先天或后天的不公而导致的仇恨和嫉妒，但宏观上却是积极可控的。当文明踏入下一个阶段，即科学的发展开始呈现出一种至少是在预期范围内的脱缰式的加速时，智性的层级也开始与物性的层级相协调；在这种协调触及某个纯粹的边界后，整体的统一被完全撕裂了。也许同一层级内的道德仍有苟延的希望，但层级间，尤其是高层级对低层级的道德感会丧失殆尽。

"再让我们更进一步，把这种情况推向极致，结果会是如何呢。简单地做个类比，科学的发展可以对应为物理世界的引力，精神的发展自然地对应与引力相抗衡的排斥力。起初二力数量相似方向相反且增速相当，之后引力加速度趋于无穷而排斥力加速度恒常，这样就导致了类似于黑洞的形成。我们不妨把空间上的引力标度类比于智性的层级。当引力趋于无穷后，空间上哪怕只靠近黑洞一点点，引力的差值就如此巨大，以至于智性被切割得如此缜密和不连续，处于每个层级的生命体个数也就如此有限——极限状态下变成费米子式的分布（只可能是0或1），道德瓦解了。

"顺便多提一句，算是再加条注解吧。在智性整体统一的大环境下，道德之所以稳固，是因为以激励恶行为伦理原则的体系是不自恰的，也就是说即使产生比较可观的扰动以后，伦理体系仍然会回归到以美德为基础的状态中来。然而，当这整体统一崩坏了，上述的以激励恶行为原则的体系的不自恰将逐渐演变为以激励善举为原则的体系的不自恰。"

"师父，如果像您所说，岂不是在为现有社会的不公平辩护？岂不是说'越聪明越努力的人应该在物质世界中收获越多，反之亦然'的陈述是错误的吗？"

"不完全是这样的，我的孩子。我想表达的对现世发展模式的担忧，并把这种忧虑传递给你，而不是想为什么特别的东西辩护。即使我为这所谓的不公平辩护，它也不会因此而多增加一分或多减少一厘。事物总是利弊相依的。虽然我们不能完全根除弊端，但有能力预见到它并把它控制在一定的范围内。极限的情况，一般地说，仅出现在推演中，它的作用是为了放大事物的利弊以让大家看个清楚明白。但说到底，科学的发展最终会如何影响人类的命运完全依照人类自己的决定和行动。

"既然谈到了公平的问题，不妨再说一点，平等和自由的里象在未来出现的矛盾将更加复杂和深入，但两者的表象也许反而会变得更匀称了，而大多数只重视物质世界的人执着于表象便也足够。然而无论表象里象，终究是呈现到外面的投影，本质的东西是什么，遵循着什么，这是你我值得去研究的。以我所见，平等的根是给予每个个体等效的自由时间，自由的根是给予每个个体匹配的机会空间。这种等效和匹配是动态的和不断演进的。"

"我明白了，师父，您刚才提到了文明的阶段，这些不同的阶段您是怎么判断的？"

"噢，这正和我要引入的下一个议题有关系，李。

"智慧生命体的出现和属于他们的文明出现并不是一回事，前者都早于后者。直到智慧生命体开始有了较庞大的组织结构和想象能力以后，文明才算真正开始，这是它的萌芽阶段，如果就精神层面来讲，它的一个重要标志是通过主观臆想创造出非现实的图腾或神明，并以此来解释或指导现实中的事物运作。进而，-他们从长期的生活和劳动中，通过感官获得了足够多的物理经验以后，理性以及对它的具体应用——哲学和科学——出现，人们逐渐用客观的观测结果和将其背后总结出的物理规律来解释和指导现实，此时就完成了从文明的萌芽阶段到初级阶段的过渡。现在，人类触及到第三个阶段，它的标志就是拥有收集和处理较大规模信息的能力后促发的理性及其应用的方法论的改变。初级阶段时，若要解释事物的运作特征，首先，往往要建立若干假设，再由此寻出一条清晰的逻辑脉络，以使逻辑的最终推演结果与实际观测相吻合；进入新的文明阶段，为事物间建立明确的因果关系改变成为堆砌事物间的相对关系，并用一套并不显而易见的逻辑网络来给出最终与现实相接近的结果。如果用初级阶段时对于主观和客观的定义，似乎主客观的界线被模糊化了；如果用萌芽阶段时的观点，这看起来只不过是另一种'主观的臆想'。但实际上，却是对旧有基础观念的重构。

"这也就引出了我想说的话题：精神境界轮回。

"智慧生命在物理世界的发展，有着极其明了的差别。换句话说，不仅站在发展晚期的人回顾早期的世界或者掌握了晚期发展成果的人观察没有掌握的人，可以体会到自己的先进；而且站在发展早期的人眺望发展晚期的世界或者没有掌握晚期发展成果的人打量既已掌握的人，也一定会感觉到自己的落后。然而，在精神世界中，这种差别上的明了程度经常丢失后半部分。幸运的是，因为前半部分依然清楚，我们可以肯定精神世界是在不断发展的。只是这种发展往往是一个对高维的拓展和在低维的轮回的过程。

"这方面的例证是很多的。比如在认识宇宙的过程中，起初是构造统一的体系和理论来解释整个宇宙的物理现象。之后，逐步地分散成为各种各样精细的学科，建立完全不同的体系和理论来解释特定领域的相对单一的物理现象。之后，不同体系间开始合作，处理复杂多元的物理现象。再接着，不同体系间的界线变得越来越模糊，不同的体系和理论竟然越来越多地发现了共同的根基，以致单一独立的领域又开始相互融合。

"再比如你们在饮食习惯上基于精神层面演化的发展。最开始时期，人类以杂食为主，有什么吃什么；后来肉食大量地取代素食，除了肉食的丰富以外，还因为肉食的价格更高味道更好，更能满足人类的短期的原始私欲。接着，是荤素搭配，因为人类在精神上有了发展，开始注意长期的健康问题。然后，又回归到对素食的热衷上，除了最新科学研究表明素食的营养成分完全可以替代肉食以外，人类在思想上又进一步，开始将关注点从自己转移到整个生态环境上来，同时对于真正实现自由的标准也从原初的为所欲为提高到对原始欲望有意识地约束上来。而在下一个阶段，又会逐渐变为杂食，但这个时候已经不同于对身体健康的关注，而是在精神上人类将意识到过分强调意识的束缚又成为一种痴迷的执着。此刻的人类将兼顾着对健康对生态的考虑和对实现自由的新认知，来处理自己的饮食程序。

"如果我们把处于大量肉食阶段的人放到最后一个杂食阶段的世界中，并且这个人只对饮食进行评价而忽略其他因素的介入，那么这个人基本上会认为自己被时间机器送回了古代而大感烦恼。这就是因为他的精神层面没有进步到更高的境界，而在他所知的维度中，杂食习惯是处于更加落后的世代。同样的道理也适用于第一个有关探索宇宙的例子。

"但是，我们需要注意的是，这种精神境界上的轮回并非一成不变地重复下去。当演进到某个高级阶段以后，将从这种轮回中跳出来，而开始基于此更高维投影的别个轮回——这种跃迁又经常伴随着或仰赖着物理世界的大发展。再用饮食和探索宇宙的例子来说，但现在换成是桃花源的历史世界。在经历了这些境界之后，桃花源进行了身体上的改造，不再需要进食了，这种轮回自然也就消失了。但实际上我们即刻把过去在饮食上的精神提高所花的时间精力加强投入到了对其他真理的探求上。桃源的科技水平达到了非常高的程度以后，就会进而探索其他物理宇宙的特性——比如现世所容身的那个宇宙，以及对于精神宇宙的研究。

"在这个桃源的例子中，我想你又能了解到这些轮回转换的一个趋势。即精神境界的发展，原初多依赖于物理世界的事物，然后才逐渐地从物质中抽离出来。但是不是可以走向终级的纯粹，即使是在桃花源，也不能下着个定论。"

玄易稍稍停止了对话，给李一些时间整理思绪。看到他的目光重新聚焦到自己身上，并且微微点头示意没有问题，才又开始说：

"现世的正统宗教无不强调生命的原罪，或者说生命出自一种根本的苦，并且把赎罪或者脱苦作为目标。这种苦其实很大程度上是因为你们不能从物理世界的束缚中解放出来。你们的生命力的稳定和繁荣完全依赖着从物理世界收获的多寡，而资源是有限的——这种有限是双重的，能创造出来事物的数量的有限和不能创造出来但能想象到的事物的稀缺。这种对资源的过分依赖和资源本身的紧缺，极大地膨胀着人类的私欲和因私欲难得满足以及满足程度的个体差异而催生的人格扭曲。而抵制这种私欲和扭曲的良好教育也是由从物理世界中获得的所谓财富的多寡决定着的。并且即便接受了道德上的教育，人类仍然要时刻担心着物理世界的这种种约束，教育的成果自然受到限制。

"宏观上，这种苦是普遍存在的；微观上，个体却可以脱离这种苦，即使对于这个体而言，物质的约束仍没有得到有效的解决。因为人类被赋予了认识它的能力。然而认识的过程是非常艰辛的。你们的科技水平已经达到了让大多数人轻易地查看和了解这种苦的定义的程度，这使得脱苦的基础门槛迅速下降，却同时提高了真正认识它的难度。

"在跨入智能时代以前，且越是远离目前科技水平的过去，虽然通信困难，然而这让只有拥有智慧的——或者说真正脱苦的个体才有机会把自己的观点发扬出去。换言之，虽然大多数人类不很明晰甚或不很知道这种苦与罪，却对去哪里获得认识它的智慧了然于心。那是一个智慧传承容易而传播困难的岁月。

"进入智能时代以后，知识的传播变得容易，几乎人人都可以了解到苦痛的存在。但这却导致人人都可以对它进行解释和批评。由于上述的轮回效应，如果大家处在同一个低维投影轮环中，大约是可以分清谁的观点更加正确；若处在不同的轮环中，则几乎不可能形成共识了。而真正认识苦的个体，在现世，是少数。他们的声音很容易淹没在多数的呐喊中。因为苦来自于物理世界，加之这些因素作祟，那些暂时在物理世界中占有更多资源满足更多私欲的个体的观点格外收获回应；与此同时，脱苦意味着从物理世界的执迷中抽身，脱苦的个体也就往往在多数眼中与已无异甚或更差。此消彼长中，这苦竟是更精细更深重了。另有一些人类，在众说纷纭中失了立场，迷了方向，终于决定脚踏两船，既热烈地拜服那些权贵明星巨贾的理论，又虔诚地祷告似是而非的经文。循环往复间，这苦亦是更迷离更疯狂了。

"但是，我的孩子，我说这些，不是让你对现世的情况感到灰心丧气，不是的。你要时刻保持信心和希望。越是艰险，越是要保持。苦难是到达彼岸的基础，从苦难中获得的升华是最坚韧的。经历着苦难的当前越是深彻，克服了它的未来越是崇高。从某种程度上来说，我甚至是对现世有想往和羡慕的。能够从现世中认识苦并超脱它的生命境界的丰美程度是土生土长的桃源人难以企及的。

"接下来，我们可以从宏观进入微观，聊一聊提升精神境界的细节。不过，在此之前，你对于我已经说过的内容有什么问题？"

"嗯，现在，还没有什么问题。师父，请您继续吧。"

"好。

"提升个体的精神境界，首先在于提高个体的道德修养；而提高个体的道德修养，首先在于全面清楚地认识自己和认知别人，也就是要先做到'至诚'。真诚地对待别人，诚实地面对自己。这听起来简单，实行起来却是非常困难的。尤其是在个人的利益受到冲击，或者做出非诚的举动后有可能获得额外利益的时候，现世的人就开始欺骗自己并最终让自己暂时性地相信这种花言巧语，以达到一种伪诚的状态，然后再去欺骗别人。在这个过程中，个体仍保持着真诚的基础，所以总还会度过一段精神上的挣扎和掩饰，再付诸不道德的行动。然而每经历这样的过程，真诚的基础就动摇和支离一些；经历得久了，基础终于塌了，即使法律的强力也会失去效力。

"现世的社会状态与桃花源截然不同，在你们的任何历史时期，都不曾有过秉持美德者的数量远高于其他的情况——哪怕旗鼓相当也甚罕见。在未成年的学校里，或许还有些潜力；但成年生命的环境中却看不到什么希望。学校的教育不能完全清除卑劣的土壤，而学校之外仅以有限的法律作为最表层的规范，高标准的精神体系自然难以维持。这种状态对于初学者是非常不妙的，没有可能用纯粹精神的教导使他们中的绝大多数与上述的自欺欺人做了断，而是需要一些功利的手段来诱劝。诱劝的目的，就是让初学者能够达到这样一种思想状态，即总是将相处的对象认为是比自己更有机巧的。那么，初学者就会在为人处事中变得真诚起来，虽然这种真诚是被动的。正如我上面所说，目前在现世中整体的善良还是自恰的，所以长期来讲，真诚地待人待己是正向激励的，久之就成为一种习惯，那么之前的被动也就逐渐消失了，真诚变得发自内心。

"'至诚'之后就是'至善'。这在中国的儒家学派中已经有比较深入的思考和解释，你也在桃花源初级图书馆中参悟过了，我此处不再多说。只有一点，'至善'不只停留在'真善'，还需要用'伪恶'做更进一步的升华。'伪恶'的核心在于'舍我'，人在行善的过程中最难克服的是对善行之后的期许。这期许既可以是付诸于外的——他人的称赞或奖赏，也可以是诉求于内的——内心产生的优越感和自豪感。如果不能把这期许消除掉，永远也达不到'至善'的境界。'舍我'的实现主要有两部分：在发现有善行的可能时，把机会分享给其他人；在自己行善的过程中，尽最大可能处于不被察觉的状态——从广义上讲，分享善行亦是行善的一个过程。但亦不可在'伪恶'中执着下去，否则就又是小气和带有私意了。'至善'除了要求个体内心的纯粹以外，还要求个体胸怀的广阔。

"'至善'之后就是最高阶的'至慧'了。大智慧的必备条件一个是美德，另一个是理性。理性的训练，首先是科学技术上的学习和研究，接着是哲学上的思考和实践，最后是与美德的调和。前两者是显而易见的，而且你在桃花源的学习中也掌握得不错。虽然回到现世以后，你所掌握的具体知识会从记忆中被抹除，但对于科学与哲学的热爱和不断学习它们的习惯将会得到保留。而最后一步，就如同'伪恶'之于'至善'，是升华的关键。它的实现有些奇特，它有赖于对纯粹理性和纯粹道德的批判。具体说来，就是发现和承认两者各自的界限。之于美德来说，理性并不是或者至少并不总是，处于一种支配的地位；反之亦然。美德与理性是构成完善人格的两仪，在更有效地获得它们的时候，我们强行地把它们分开，但在彻底拥有它们时，则需要相互包融。从纯粹理性和纯粹道德提升到'至慧'，就是熟练运用这样一个法则的过程，即个体知道什么情况下需要让理性或美德暂时隐退并相应地实施这种隐退。

"以上所述，就是一个人由始到终的文化。虽然已是相当漫长和困难的过程，但这仍然不是作为智慧生命形式的使命终点。我们还需要致力于保证每个人的文化的平等性和通畅性。这也是文化开始于外物，再剥离于外物，而终于又凝结于外物的原因。文化主脉一致性的巩固需要文化分支特殊性的支撑和保证；相反地，文化的特殊性又受到主脉一致性的约束。现世中，一些地区强调前者，另一些地区重视后者，都是有所偏颇的。"

玄易师父的话在李的脑海中激荡起一股一股的新鲜思潮。他深深地向老人行礼。

"李，今天天气阳光都好，不如我们到外面走一走吧。"

"好，师父。"

师徒两人相继起身，出了正厅，款款踱进清秀的竹林中。

三十四

澄红的夕阳拾起苍山一角半掩惺忪睡眼。徐徐清风抚面，纷扬的桃花乘兰竹之音，翩翩于飞檐脊兽之间，石棱古道，铜禁云阶，流泻着一黛粉白。

李随着玄易从林中走回正厅，恭敬地伫立在老人身旁，心中充满感念。天柱天的风貌自是圣域仙境一般，师父的谆谆教诲更弥足珍贵。虽只有一日的清谈，却胜过在现世三十载的苦读，即使是对比在精舍和武训馆的研习，亦有去粗取精提纲挈领之效。

"李，今天和你一起聊天讨论，我非常愉快！七周的学习就要结束了，很有些不舍。但想到能有这样优秀的后辈回到现世，心中又颇感踏实欣慰了。

"李，你需谨记，世间万事万物之理，并无界限隔阂。之所以分出学科派系主义，不过是为了方便研究或是我们的智识尚未达到圆融的境界。不要因循人为的屏障停下脚步，不要死守程序的完美舍弃因果。

"以上，就是我能讲给你的全部了。"老人一边说着，一边拂袖打开了时空门，"现世浑浊，洁身自好。"

李艰难地走到时空门前，转过身，向玄易师父行礼。

"我的孩子，虽然你会忘记在这里生活的全部具象，桃源的精神却已植根在你的心里了。我会一直在这里为你祈福。"

老人慈爱地望着眼前的弟子，也双手合十，微微向前探身。李的身体仿佛被莫名的气流推进时空门中，师父的白衫渐渐模糊了。

再睁眼，已是第二天清晨，西贤馆宿舍的云榻上。

"没想到竟昏睡过去。幸好有你叫早，筋斗云，感谢感谢！"

洗漱穿戴整齐，李驾云直奔明义堂。罗伊和珍妮已经订好了场地，三人相互打过招呼，就传送到训练馆中。应李的要求，武术训练暂且停止，专攻云经。三个伙伴呈三角形相对坐定，神游至藏经阁。

"李，我们还有两天的时间研经，仅靠你一人之力恐怕很难完成对所有书目的理解。我和珍妮昨天试验了一个新方法，似乎-是可以在保证阅读质量的情况下，加倍你的阅读速度。你愿意尝试吗？"

"我愿意！这对我真是天大的好消息。"

"好。我来说明一下。首先，你要将身体各处的云子连接妥当；之后，我们会从中剥离一些，集结在双手，并与我们本体的阅读中枢相连。这样，大家就可以同步进行手读。但是，李，因为经文会全部传送到你的头脑中进行最终处理，你的身体负荷会比较大，一定要注意动态地调节能量分配和阅读速度。我们也会时时关注你的身体状态，发出预警或必要时进行外部能量干预。"

"嗯。谢谢你们！"

李在体内建立起能量网，从自己的背部皮层剥离出四块云子团，分别游弋并包裹在罗伊和珍妮的双手上。

"李，我和罗伊现在以不同速度手读两本经书，你调整自己的能量网，告诉我们你的最佳状态。"

“知道了。”

李的耳边传来两股翻书的声音，同时，自己的阅读中枢开始接收到外来的云经信息，频率随时间平缓地变化着。李的身体发出微微地淡金色光芒，这是各部位云子协同处理数据和传输能量。

“珍妮，你这个频率比较合适。”

“知道了。”

“罗伊，目前情况是最好的。”

“收到。”

“李，你现在也加入阅读。”

“好。”

李从身旁拿起一本云经，也开始手读。

“珍妮，罗伊，需要你们稍微下调一点速度。”

“好了。”

“现在，我们要加入一些不稳定的脉冲，来模拟可能的暂时性连接故障。”

珍妮话音刚落，李接收的外部经文信息量突然腰斩，两秒钟后又大幅提升三倍，阅读中枢的若干连接发生脆裂，数据溢出，连接外沿泛出蓝晕。李立即从临近部位补充能量，回收数据和加固连接点。

“李，我们这边暂停一下，你继续完成对整体网络的韧性提升。”

“知道了。”

“李，我把一部分能量传过去，帮你增加系统的稳定性。”

李接到珍妮的能量后，结合自己多余的能量一起，将整体网络强度提升了三个数量等级。

“我这边完成了，应该不会再出现数据溢出的情况了。”

“嗯，我们再试一次。”

一个相较以前十倍瞬时峰值的信息包进入李的阅读网络中，各连接点没有任何异常。处理终端的负荷有所增长，发出微微的橙色，但很快就恢复了。

"很好，李。测试通过。鉴于现在网络的稳定程度，我和珍妮可以把阅读速度再提升一倍。如果顺利的话，说不定明天清晨之前就可以完成任务了。"

"太好了！"

"李，你去左侧，我负责右侧的书架，珍妮居中。"

三人各自就位，研经正式开始。若大的藏经阁内，只有书册迅速翻腾和从书架上抽出放回的声音。

……

"李，已经是深夜了，你要休息一会儿吗？"

"我还撑得住。你和罗伊累不累？"

"我们战斗力可比你强喔。而且你还得做最终的信息处理。"

"罗伊，我们是否可以再提高一倍的速度？"

"你确定吗？我们应该只有半成不到的云经没读，在拂晓时分就可以结束了。"

"我想今天就完成，然后稍作休息，明天还是想去精舍，试试连接高级图书馆。"

"这样啊！我这边没问题。珍妮。"

"嗯，可以。罗伊，以目前李的状态，我们应该可以再增加一倍半到两倍速。"

"好，那开始吧。"

"谢谢你们！"

"但如果你的中枢持续红色警戒超过一分钟，我们就不得不回到原来的速度上。"

"知道了。"

珍妮和罗伊提高了阅读速度，李的头部和前胸的淡金色被大面积的橙色所覆盖。

……

局促感一阵接一阵地袭来，李的翻书动作变得愈发迟缓了。

"坚持住，我们这边就要完成了。"

李的上半身开始出现暗红色。

"果然还是有些勉强了。罗伊，下调三成。"

"好，我……"
罗伊的信号突然间中断了。

李的压力迅速减小，身体恢复到淡橙色。

"罗伊，你那边怎么了？"

"没关系，只是连接出现异常，你的云子剥落了。"

"李，你别分神，把自己的阅读速度提高两倍。我也要暂时停止一下，去看看罗伊。"

"知道了。"

珍妮的连接应声中断。李的网络变成稳健的淡金色。李提高了自己的阅读和处理速度，使身体重新回到橙色状态。

……

"珍妮，罗伊情况怎么样？

"我马上就要看完左侧所有的经书了。

"是否需要我过去帮忙？"

李放回最后一本云经，正要中止能量网，听到两个伙伴的声音："我们这边的故障修复了，别断连接，准备重新接收经文。"

"嗯，我已经准备妥……"

"啊！不好！李，切断……"

一股巨大的脉冲波进入李的能量网络中，幅度超过默认值的五百倍。脉冲波迅速抵达阅读中枢。

"呃啊！"

李的头部和前胸内侧发出巨大的脆裂声，眼前一片漆黑。

三十五

李慢慢睁开眼睛，发现自己侧躺在云榻上，身下的右臂直挺挺地伸到床边。珍妮压着自己的手掌，佝偻着背部静静地睡着。

"你醒了，李！"

"罗伊，这是……我怎么了？"

李轻轻抽出手，支撑着自己坐起来，头和胸口隐隐有些不适，才想起在藏经阁受到的巨大脉冲影响。

"李，太好了，你醒了！"珍妮一边揉揉眼睛，一边站起身。

"我要向你道歉！之前传输突然中断，我在修复过程中，竟没有顾及到要把剩余还未送出的数据封闭起来。其实，在我整个的多线阅读过程中，每时每刻都会有少量的信息滞留下来，我没有注意到这一点，以为只是从中断的那一刻起才开始有数据过度积累。真是对不起！"

"我也要向你真诚道歉！当时情况紧急，我竟也忘了要先封锁信息通路的事。脉冲对你的计算中枢损伤很大，我们虽然立刻做了身体和记忆恢复，仍害你昏迷了整整一日。非常抱歉！"

"不要这样，伙伴们。是我应该好好谢谢你们啊！没有你们的帮助，我怎么能把藏经阁的典籍都仔细地读完。你们提前也说了，这种多线合作存在风险。我是最终决定要这么做的人。

"原来我睡了一天了……那今天就是……

"啊！！

"考试已经结束了么？"

"考试尚未开始，还有大约两个小时的时间。"

"啊！这太好了，太好了！有你们这些好朋友相助，精舍和藏经阁的知识都及时学到了，还在考试前好好休息了一整天。刚起来还有点胸闷头晕，现在已经完全消失了，而且，"李下床活动了几下，"现在感觉比以前状态还要好！你们在帮我身体恢复的时候，是不是多给我注入了很多新鲜的能量进来？哈哈。"

珍妮望了望罗伊，又回过头看着李，虽然脸上展现着如往常美丽的微笑，但目光中仍透出一丝忧伤。

"我可没开玩笑，我现在真的感觉非常有活力。"

"看到你精神和身体无恙，我们心里也就平静多了。

"李，我想我们可以早一点过去中央广场。我和珍妮也能提前给你介绍一下考试的流程。"

"好。那咱们现在就出发吧。"

"李，考试结束以后，你和其他的学员就会被送回现世了，所以…"

"这样啊！罗伊，珍妮，请给我两分钟。"

"当然，我们在门口等你。"

李走到落地窗前，眺望着起伏的花海丘陵和更远方的粼粼的辽阔水面，回忆起刚刚来到这里时的紧张和兴奋的心情。他叫出云端的蓝色对话框——虽然已经不需要这样做，把房间外围浮动的半透薄膜变成暗黄色。转过身，看到珍妮和罗伊祥和的脸庞，想起第一天自己赤裸着身子，站在他们面前，有些惶恐又有些愤怒的吵嚷，真是让人好笑，李不自觉地轻摇了摇头。向前踱两步又停下，蓝色的对话框紧紧地跟上来，"都撤下吧"，李缓缓地说道。除了身后的云床，其他的家具装潢都重新解体，变成一条条沙束，快速地向四周消退了。深蓝色的地板逐渐淡化，也终于变得透明了。筋斗云不知什么时候飘到脚下的地板之中，慢悠悠地升腾出来，把李托起。对话框发出了一组自己的声音：

"我的伤好了！"

"难道是梦？"

"还好，是硬的。"

"没有发现摄像头。唉，高科技嘛，这里的摄像头说不定也是透明隐身的……"

"呜喔，这云彩真是棒极了！"

"要是能命令它移动就更好了。"

"原来你叫筋斗云，那这个世界岂不是水帘洞还住着一群猴怪。"

"啊，心语，看来我确实是被那两个外星人绑架了。"

"好吧，既来之，则安之，让俺老孙来驾驭你吧。"

"冲啊！筋斗云！"

"Common on！就不能灵活一点么？"

"这是Legendary level吗，或者是系统bug？"

"能重玩吗？"

"云端，这太煽情了，我待会儿还有考试呢……

"不过……

"谢谢你了。"

蓝色的对话框像燃烧般地消散了。李扬起头，闭着眼睛，嘴唇紧紧地抿在一起。

"唉……好吧……

"筋斗云，向前。"

三十六

距离现世学徒的最终考还有一个小时，花堃台周边只零零星星地有若干负责看护和布置的桃源人，他们三三两两地或站或坐，低声交谈着。忽然回头望了望刚从西门走进来的三个人，又转过身继续讨论自己的话题了。罗伊先行迈进中央的祭台，李和珍妮也依次沿着台阶走上来。

"李，你应该还记得刚来到这里参加桃源盛典时的情形吧。

"今天的考试也是在这里举行，程序上没有之前那么烦琐。最初从现世过来的三十六人中，有十三个已经提前离开了。参加考试的学生按照云端初始给出的评定等级和在桃花源七周学习成果的综合成绩，先优到劣，依次参加考试。李，因为你的最初评级较低，又没有开启高级图书馆的联接，所以今天恐怕要最后一个应试，虽然在我和珍妮看来，你的表现至少可以稍稍超过这剩下的二十二人的平均水平。你在武术训练上下了很大的功夫，这也是其他人所不能比拟的。即使武术训练的表现并不计入综合评定之中，你也依然怀着极大的热忱钻研它，仅就这一点来说，我们认为你是可以第一个出场的学员。"

"谢谢你们能这样积极地评价我在桃花源的学习生活。能与你们结识和成为朋友，是我的光荣。我并不太在乎别人的评定是什么，我在乎的是自己是否在认真地待人待物，以及我所敬佩的和亲爱的人们对我提出的批评和建议。"

"李，你能这么想，我们非常欣慰。我们也非常荣幸能成为你的好朋友。"

"玄易师父应该向你介绍过桃花源土生土长的村民是如何接受教育的。今天的考试与本地桃花源人在学校中每次升学的考试是相同的。当你进入冥想状态以后，会被云端强制带入一个虚拟的世界里并赋予你一个身份和相应的记忆。你在现世和桃源的具象记忆将会被暂时抹杀掉，等到考试结束以后再重新录入中枢。唯一剩下的是你在这里习得的智识和涵养的美德。在这个暂时存在的虚拟世界中，会遇到一些问题，你要想办法去解决它们。你的解决方式，所思所感和行为产生的效果会成为判定你是否通过的标准。如果通过了，就会从此一个虚拟世界转入到下一个虚拟世界，遇到的问题会更复杂更困难一些；否则，你会回到现实中来，而考试时经历的若干世界则会从记忆中移除。

"桃源所有从精舍毕业的村民，今天都会作为学员考试的评审，他们会通过云端与应试者的精神相连，以一种上天的视角观察学员在每一个虚拟世界中的表现。我们这些长期陪伴在你们身边的教员是被刨除在外的。评审与学员全体感到的时间流逝速度是完全不一样的。前者仍然生活在现实世界的时间轴中，而应试者则完全经历虚拟世界的时间消耗。对于每一个情景考试，现实世界的时间流逝都是30秒；而虚拟世界的时间消耗量则根据考试的难度而增加。每三个试景为一个难度档。刚开始的三个相对天真的试景不会超过60分钟，紧接着的低等级试景在一日之内，中等级试景约两三周，高等级试景则可持续数月乃至十数月不等。

"无论虚拟世界的时间流量是多少，真正考生要接受的计算量或者说知行量都是要在真实世界的30秒内完成的，而且没有云端的物质或能量支持。所以考试持续得越久，学员身体的负荷越重，超过一定域值后，中枢会不自觉地产生消极退出的警示，转化到虚拟世界中就是在应试者的精神中开始持续地出现放弃、漠视、逃避，无助乃至绝望等消极思想，也因此就对学员又多增加了一股心理压力和一层考试难度。

"但你也不必过于担心了。首先，比其他应试者的一个优势在于，你一直坚持武术训练。你的身体机能绝对是这批学员中的佼佼者，可以承担更多的计算任务——所以真正的考验是在心理或者说品格的韧性上。其次，对于现世的应试者而言，只有少数人能进入到高等级试景；即使如此，暂时还没有可以完全通过所有三个高等级试景检验的现世考生。一般来说，大部分人都会止步于中等级考试。对于云端初始评定在君子中等及以下的现世人中，尚且无一例可进入高等级试景的记录。李，请原谅我。我绝没想伤害你，只是把我知道的所有事实都毫无保留地陈述给你。"

"罗伊，谢谢你的介绍。不必为我忧虑，相处这么久了，你应该知道我的禀性。我能被云端选中实属意外，怎么还会有不切实际的幻想、贪求或是毫无用处的虚荣与自尊心呢。其实能来到桃源学习并和像你们这样优秀的家伙成为朋友，真是我莫大的荣幸了。即使现在就回到地球也了无遗憾，只觉得还想在这里经历得更多一些，和大家相处得更久一点。"

圆形的会场看台上已经陆续被赶来进行观摩和评审的桃源民众填满。纷扬多彩的桃花也随着八方仙气清风汇聚徘徊在祭坛的上空。四根方尖碑从头到底逐渐脆裂为百千菱形的晶片，飞散到每位观众的面前，大家从口袋中掏出天目轻触，晶片便缓缓斜升，浸入额头中央。李和珍妮、罗伊三人迅速从祭坛中央离开，蹬上云阶，找了空位坐下。

没多一会儿，玄易玄悲两位师父携桃源贤级上等的数十位才俊款款进入会场，到达北面看台中央稍上位置落座。玄悲师父再起身，向桃花源的民众行礼后，简短陈述了桃源与现世交流的悠久历史，总结了自精舍接待现世学者七周的大体情况和趣闻，并由衷感谢了全程参加其中的桃源教员们。然后玄易师父起身，细致地对每一个学员在桃源其间的进步与不足做了报告，言辞极中肯真诚。李不禁回想到每一次聆听老师父教诲的情形，心里充满崇敬感动，暗暗地坚定着回归现世以后，要把桃花源的智识精神传达给地球后辈们的决心。

玄易结束了对学员的评价之后，即宣布最终考试规则并请上第一位应考者：周鹭迪教授——他是本届学员中唯一被云端初始评定为贤者的人。周在台中央盘腿而坐，双手放于膝上，闭目进入冥想状态。上空的桃花纷纷下坠，在每位评审与周的前额晶片间形成一条条花线。周的终考正式开始了。

三分种转瞬而逝，李聚精会神地观察着周教授和评审们的姿态表情。大家都非常从容平静。

"对于周来说，前面的几轮测试肯定会非常顺利地通过，毕竟是贤级的学员。"坐在旁边的珍妮一脸轻松地说道，"真正的考验应该会从中等次轮开始。"

果不其然，时间推移到253秒，周的嘴唇变紧，眉头也渐出-褶皱，连一些评审的脸色都稍稍有些黯淡。

"加油啊，教授。"李默默地为周加油。

"啊，270秒了！太好了！"看到周成功通过中等检验，李非常高兴。

"嗯，不愧是贤级。"珍妮也赞叹道。

"希望他能成为第一个完全通过高等级三轮考试的现世学员。"罗伊一边认真地关注着周，一边轻声说。

286秒，周的脑部和胸口开始由暗银色变为橙黄，双手不自觉地紧紧握成拳头。

295秒，橙黄转而成为腥红，且向颈部和腹部扩散。许多评审的手也紧紧握在一起。

300秒，周没有醒过来！李分明看到身后的几个桃花源的村民开始流泪。

317秒，周的全身都已经变了颜色，手臂瘫软从双膝滑落。更多评审的眼角湿润了。

322秒，周蓦地倾倒，四肢完全失了活力，发束末端变得模糊，有进一步沙化的趋势。

324秒，周的身体突然恢复了正常的色泽，花线从评审的前额一一断开，飞向祭台中央，将周包裹，逐渐收拢融合。

完成云子替换以后，周睁开眼睛，慢慢站起来，环顾四周，向大家鞠躬行礼。看台上爆发出热烈的欢呼声。李激动地站起来为他最优秀的队友拍手叫好。珍妮和罗伊也站起来鼓掌。周缓缓走回到自己的座位前，身旁的人们都与他击掌握手祝贺。

玄易师父站起来，用心语通告整个会场考试继续进行，大家的热情才压抑下来，重新庄重地坐好，等待着第二个学员就位，并通过花线相连接。

……

太阳已爬到天空的正上方，更多的桃花汇聚过来以遮挡强烈的光线直达会场。全部二十三个学员中已经有二十一个完成了考试。考试时间基本上是依次递减的，但也出现了两个例外，其中就有李的另一个队友，虞嫣然。她虽然只是君子中等，却在终考时创造了293秒的佳绩，是全场第三位，也是君子中等及以下学员中第一位成功进入高等级试景的人。排在她前面除周以外的其它十位选手中那唯一进入高等级试景的君子上等学员也不过坚持到297秒。当时，李竟忘记了会场纪律，直接乘云冲下看台，来到嫣然身旁为她祝贺，并高高举起她的左手，向全场喊她的名字。喊了三五次才突然发现自己的失礼，身旁的嫣然微低下头悄悄掩饰着绯红的脸。李赶紧行礼道歉，快步退到祭坛外。

"现在请第二十二位学员马特汉克斯参加考试。"由北面传来玄易师父的心语。罗伊拍拍李的肩膀，示意他和珍妮随自己出来。三人下了看台，站在花堃台的西侧入口处。

"李，马上就到你了。不要紧张。发挥出真实的水平就好了。

"李是最后一个学员。参加完考试应该不会再有时间回到看台上，而是在接受全体桃源人的致敬以后就回归现世了。所以我们想再和你说说体己话。

"李，和你在一起的日子里，我和珍妮都过得非常愉快。除了看到你巨大的学习潜力和认真的学习态度，你对于武术的热爱和对于云经的眷顾让我们觉得得到了一个知音。你的问题，你的一些观点，也总是可以引起我们的反思，启发我们的思维。就这一点来说，我们互相都是对方的教员。"

"李，虽然你的确没什么武术天赋，在精舍的学习进度也比别人慢一些，但我们是更喜欢你的。这并不是因为我们跟你相处的时间比与其他学员相处的时间长才这么说的。你的精神内质中有其他人所不具备的优秀特征，这些特征是如此模糊以至于我和罗伊不能用语言来清楚地表达，但它们又是如此明晰以至于所有和你长期接触的人都能由衷地体会到和被吸引着。

"另外，再次向你道歉！把你带来桃花源的时候出手太重了。你可不能记仇啊。"

"哈哈，怎么会呢……"李的笑容戛然而止，他看到珍妮脸颊上的漱漱泪迹和罗伊微微抖动的嘴角，以及不知什么时候站在珍妮身后露出温柔笑颜的嫣然。一簇桃花随风吹来，在嫣然与罗伊之间回旋，须臾中勾勒出一只熊的轮廓，扶摇而上九宵之外。

"大家……"李深深地向好朋友行礼。

"请最后一位学员李昀燊参加考试。"

罗伊、珍妮和嫣然侧身让出通向祭坛的路，轻轻地为好伙伴鼓掌。李抬起双手在鼻翼两旁狠狠地抹了一把。昂首挺胸，大步流星，走向故事的源点。

三十七

李站在祭坛的中心，环顾四周。七星期以前，他还只是一个刚从地球上被莫名其妙"掳"来的无知小子，坐在角落里既兴奋又惊诧地观察着花堃台上如魔法般缤纷变幻的盛典表演。而今，他的学业已告一段落，成为主角，向众位贤士君子，汇报自己的进步和成长。激情惶恐退去，只余和乐感佩的明智虚心。

前额晶片由身体中剥离出来，变形为菱状八面体，悬于头顶，千万条花线从圆形看台各处飞射至此。李席地盘坐，双手合十于胸前，曲颈低头进入正定。

"珍妮、罗伊，你们好啊。"

"啊，诺威！凯瑟琳！很久不见了。你们好！"

"劳驾，借过。"

诺威和凯瑟琳从甬道侧身挪进珍妮和罗伊旁边坐下。

"周没有跟你们一起吗？"

"被其他学生教员包围了。"

"也是，他今天发挥得非常好！我们都为他在桃源取得的成就感到高兴！"

"是啊，这家伙平常训练和学习都格外认真，悟性又好。不过他也准备回现世了，不能一起在桃源生活和工作，真的非常遗憾。"

"他竟也要回去了……"

"听说之前玄易师父也主动挽留，但他心意已决……不说这个了，你们的李学员也成长了不少呢，我和诺威昨天简单地看了一下他七周的学业，非常充实丰富。今天的姿态表情与初来乍到时截然不同了。而且他竟还愿意利用课余时间研习武术，确实难得，仅就这一点来说，他是要胜过周的。"

"谢谢你们的赞扬。这小伙子的许多潜质性格，在我接触过的现世人中是比较罕见的。不过在领悟能力上还是与其他君子或贤级的学员有差距，他需要花两三倍的时间才能自如掌握一些比较复杂的概念或技艺。但就道德志向上来说，他绝不输给任何人，甚至是像我们这样的桃花源本地居民。"

"有意思。听说玄易师父还召见了他？"

"是，我们起初也深感惊讶。但相处的时间越久，就越觉得他内心潜藏着许多待开发的积极能量。但你们是怎么……"

"潜质啊……这是个很好的想法……现阶段桃花源的考核标准中对于潜能的测定还是相当模糊，虽然云端可以偶尔选出一些像李这样的人，但并不准确和稳定。你们的项目什么时候结束，我觉得这是一个很好的研究方向，咱们可以合作，完善桃花源的选拔考评机制。"

"这太好了，我们也正有此意。"

"你们先停一停，李的考试开始了。"

"啊……"珍妮的提醒让大家立刻停止了讨论，把注意力放回到祭坛中央。

一分种刚到，罗伊身边的两位评审接连不自觉地发出一声意味深长的叹息。这让他和珍妮很有点意外，细察台下，李却是一脸平静。再回来看评审，似乎也并无异样。

"你们太敏感了。即使是凡俗上等，能被云端选中进来桃花源修习七周，不可能撑不过三分钟的。之前凯瑟琳也说了，我们粗略浏览了李的记录，他还是很有实力的。我们觉得他应该已经成长到接近君子中等的程度。"

罗伊和珍妮听着诺威的话，也觉是自己过分担忧了，默默点点头。正当此时，时间突破两分钟，四个教员周围泛起一阵类似的叹息声。这让诺威和凯瑟琳也不得不警觉起来了。

"难道……""你们看，李的头部开始出现橙黄色。"

"李，坚持住啊……你不是只有这种程度的……"

"没想到初级次轮就出现心理压力了……看来对他期望有点儿高。"

"你在说什么呢……"诺威正背后突然传来一个评审的心语声，他不禁吃惊回看。"那小伙子连续跳过两个末轮试景，现在是中级首轮……不说了，我得更专注一些。"

"啊！！"

诺威急起身躬腰前探道："末轮跳过，除非前两轮表现连续失票数低于20。而且是连续末轮跳过……这怎么可能……"

136秒。

"凡俗的初始评定似乎给予他一些帮助。"

"罗伊说得对，但即使如此，他的表现仍然非常亮眼。"

"谢谢你能这么说，凯瑟琳。"

"注意李的头部变化。"

142秒。

四个人赶紧把目光聚交回来。李的嘴角隐约上下浮动，双肩稍耸起。头部橙黄向面部、颈部和上身扩展，但颜色却逐渐稀释，在将要触及小腹前散除了。

169秒。

"这难道是……"

"嗯，武术中动态调节能量与计算量分布的心法。没想到李竟活用于此，这小子还真是放松呢。"珍妮难掩心中的喜悦。

175秒。

"我对他的想象力还是不够啊。"

"诺威，你站得太久了。"

"噢，抱歉。"

181秒。

"哦！"全场爆发出一致的惊叹声。

"这，怎么……可能！"诺威又从座位上弹起来。

"李……"珍妮双手叉合，罗伊紧紧地握着身前评审的云椅背。

凯瑟琳和诺威干脆乘云飞到看台下的祭坛边缘，近距离欣赏这最后的表演了。

186秒。

李的头部和前胸同时闪现浓重的橙黄色。

193秒。

李的脸部开始频繁抽搐，合十的双手明显在用力抑制抖动。看台上若干评审相继拂袖拭目。

202秒。

李已经通体橙黄。双臂失了活力，低垂于腰间。颈部出现痉挛症状。愈来愈多的桃源民众再三拂袖拭目。

210秒！

李没有醒过来。罗伊温柔地搂住啜泣的珍妮，目光牢牢地盯着台下的学员。

李的头部和前胸被浸染成腥红色。颈部失了活力，脑袋耷拉在右肩一边。

230秒！

李仍然端坐如初。腥红遍及躯干，发梢模糊，开始有云子沙化散入空中，但冥冥中又受着一股向心力，绕着发际打转。看台上的评审已顾不得抬手，任由泪水汹涌。珍妮伏在罗伊肩头，已不忍再看。

240秒！

李没有醒过来。

"戚……戚……"珍妮分明看见罗伊从下颚滴落的泪珠。她猛抬头向祭台方向眺望。李通体腥红的脚趾、手指和远离中枢的皮肤开始变得模糊，发束已消失六成，背后堆起一抔红沙，如鲜血一般。李不知哪里来的气力，竟缓缓地抬起手，重新合十于胸前，很快滑落了，又缓缓抬起手来，又滑落……

"够了！李！已经够了……"珍妮折腰掩面不能自已。

看台上响起桃花源咏唱。

"你们是他的教员吧……"之前坐在诺威后面的评审暂时拨开花线说道，"很多人在次轮投了反对票……但不是因为这小伙子表现不好……后来大家又陆续撤票重投……"

"那么，现在……应该……"

"嗯，已经不是高级试景了……我很抱歉……" 评审重新牵回花线，和上咏唱。

263秒，李没有醒过来。

李的四肢和小腹已经全部沙化，但沙堆分布均匀，支撑着他直立的"坐姿"。头部和前胸变成重度危险的幽蓝色。

270秒。

连空中的桃花也随着咏唱的节奏回旋起舞。李的肩膀也散失殆尽了。浑身黯淡无光，面部变得模糊不清，只有那双眼睛仍然清明，坚毅倔强地紧闭着。

"珍妮，我们走。"

271秒。强劲的风刃斩断了所有花线，悬在李头上的晶片亦被击得粉碎。咏唱骤然凝噎，全场评审哗然起身，风云消解，但见祭台中央，李的周围环绕四人——罗伊、珍妮、诺威和凯瑟琳——守护。李的身体重新由黑转蓝，以致红橙，而终于恢复正常。玄悲起身挥袖，上空桃花疾坠，包裹住李和沙堆，万丈金光闪耀，碎银泻地，众人再看，李已周全，安然躺在玉石台上。百千晶片渗出，回归祭坛，方尖碑自底重筑，七彩桃花向四面飘摇而去。

李疲惫地睁开眼睛，珍妮将他上身扶起。

"珍妮……罗伊……

"我……没给你们……丢人吧……"

"差点儿见不到了，"珍妮抹一把脸，"还不丢人？！"

"是嘛……对不起了……"

"先别说话。让我们给你续些气力。"

四人端坐，双手触及李的上身，默念云经数句。李感觉到若干能量进入体内，劳累感逐渐减轻了。

"谢谢大家。我好多了。"李和朋友们站起来，相互行礼。

"请各位村民落座。"远处传来玄悲师父的话音。看台一片静寂。"这真是一场精彩的考试！每一位学员都展现了自己的风采，我相信在座的所有桃源人，都为你们的成长感到高兴。希望大家回归现世以后，可以为本族的文明发展和人民福祉做出应有的贡献，尤其是要在培养贤良后辈的教育事业上尽到责任。"

"应大家的要求，我不得不提今天最后一场考试。我为看到有学员可以通过高级试景而由衷欢喜。但许多评审试后仍怀疑虑。玄易师兄，请允许我在此作为代表确认一些事情。"

玄易起身。

"云端对于李的初始评定为凡俗，可是事实？"

"是。"

"在他来到桃花源以后，你多次召他到灵台阁清谈，可是事实？"

"是。"

看台中出现了一些细小的讨论声。

"你为何会单独予他授业解惑？"

"他的潜力很大，我希望可以帮助他。"

"云端在个体潜力计算方面尚不完善，你是如何做出更优评估的？"

"我于去年年末开发出一套理论算法。"

"开发工作始于何时？"

"上届现世学员最终考之后一日。"

周围的讨论声量增加了。

"在此期间，你并没有通知云端或桃花源民众，可是事实？"

"是。"

"对此，你有什么需要解释？"

"……没有……"

"既然如此，玄易师兄，请允许我公开你与此位学员间的交谈记录。"

看台再次陷入寂静。

约摸十分钟后，看台又躁动起来。

玄悲再次起身，看台重新寂静。

"玄易师兄，在第一次与学员见面之际，有记录显示，你向其体内注入某种物质或能量，请你解释它的特征和用途。"

"潜力评估算法既出，相应的激发潜力理论也就不再困难。植入李体内的是我根据此理论调和的特殊能量脉冲，可助他逐渐激活潜质。"

"激发学员潜质的事情你也没有通告桃花源民众或任何形式的仲裁委员会，可是事实？"

"是。"

看台第三次哗然。

“请各位村民保持安静。

“玄易师兄，你在未通告和未被允许的情况下，私自研发技术并对他人身体或思想进行改造，虽然出于善意，但终究违反桃花源根本规范。另外，这次改造，极可能是出现今日学员优秀表现的缘由，而在考核之前，你也没有通告所有评审，这是变相舞弊行为。你可承认？”

“的确如此，我本想在今日考试结束后公布。我非常抱歉。”

“你是否还有什么需要解释？”

“没有。”

“那么，现在开启公审程序。”

“你和玄易师父是涉事人，所以不能参与其中。少安勿躁。”罗伊轻声对李说，然后连入公审网络。

“公审完成。鉴于玄易违反桃源研究透明和考试公平规范，并虑其隐瞒的动机，裁定如下：撤去玄易统筹管理桃花源教育系统的职权；剥夺玄易未来十届桃花源所有考核的发言权和投票权；限制玄易自由于天柱山灵台阁周围五十年，其后不得进入桃花源研究与教育机构一百年；永久裁撤天柱山灵台阁周围科学试验室、相关设备及与云端的连接入口；桃花源仲裁委员会每半年前往天柱山灵台阁周围排检。裁定各条款在截止日前三月之内重审，以定夺是否延长条款期限。裁定自明日起正式生效。”

“我接受公审裁定。”

“玄易师父！”李的内心充满自责。“要不是因为我，师父也不会做这些违规的事情。”

“李，我的孩子。”玄易通过心语传达自己的心意，李猛抬头看见玄易站在北面看台上望着他，脸上是一如既往慈祥的微笑。“看到你的成长，我比任何人都要高兴啊。我的违规是我自己的决定，与你无关。若是换一个人，他也像你一样有潜力，我会做相同的决定。这些惩罚对我已经很宽容了，你可以看到桃花源人民的善意和理性。你今天的完美表现既证明了我的新理论新方法的正确性，也让每个桃花源人更加认真地审视人才选拔考核机制的不足，这正是我希望看到的。谢谢你！”

“师父，我想改变主意，我想留在桃花源。”

"李，不要感情用事！你的心意其实从未改变过，不是吗？现世中有更重要的事业、更多的生命等待着你。"

"师父……"

"李，有缘与你见面畅谈，实乃玄易人生幸事。你要加油。为了桃花源和现世双方的进步。"

"请各位现世学员进场。"耳边重新响起玄悲师父的心语声。

"李，我们就此别过了。"

"罗伊……"

"李，我们要一起努力啊。"

"珍妮……"

三个好朋友紧紧相拥在一起。罗伊和珍妮在李的胸膛上重重地捶了一下，泪笑着乘云返回西面的看台上。

二十三位学员成环形排开，双手背后，微笑着面向所有的教员和评审。七彩桃花再次欢聚中央广场。巨大的圆形云台上第二次响起沁人心脾的咏唱。桃花在每位学员的周围汇成柱体的中空旋壁。旋壁越收越紧，越转越疾，骤然散落，一位学员已湮没于无形。剩下的学员们也跟随着众人一齐咏唱，在离别师友的忧伤和回归现世的想往中一个个地消失了。

何处是梦？

何处是故乡？

似乎很难说得清楚。

三十八

和煦的日光透过明黄的窗帘洒进卧室，李睁开眼睛，打了哈欠，深吸一口气，从床上坐起，伸个懒腰，转身下床，穿好拖鞋。他从冰箱里拿了瓶装的加维他命D的牛奶，倒满玻璃杯。拉开落地窗帘，晒一晒太阳。中秋的硅谷依然温暖，楼下不远处的足球场上已经聚集了十几个高中生在比赛。

"自从工作以后，也就是周末能睡到自然醒了。

"贝塔猫的系统将在这个月底前完全搭载完成，剩下的就交给托尼组进行实测了。忙了将近十三个月，是不是应该在下个项目开题之前先休个长假呢？

"想想这魔鬼般的一年真是发生了不少事情。春天时候两个关系很好的队友觉得项目瓶颈难以突破，一个转去广告部，一个跳槽去了Orange。劳拉因为我陪伴太少，夏至那天和平分手了。这两天总会梦到漫天飞扬的七彩桃花瓣，说不定会有新的感情，希望吧。好事情也是有的：公司股票提升63%；这个项目若是成功投放市场，明年初应该能得到晋升。到时候是不是也应该考虑换个岗位呢？中国的蝙蝠公司一直在联系我，家人也多在北京，尤其父亲的健康状况不太乐观……"

李把牛奶杯清洗干净，放回橱柜里。在微波炉里转了五分钟的爆米花，倒进硕大的食物桶里。拎着坐在松软的沙发上，打开电视，调到HCO看会儿肥皂剧。吃了一小半，就感觉索然无味，把节目切成新闻频道，起身去衣柜里随便抓了一件T恤和短裤，扔到床上。

"……昨天下午世界杯进行了四场小组赛……C组美国队2比2战平中国队……"

"应该支持谁呢？希望两队都能小组出线吧。不过看样子应该不太可能，哈哈，毕竟同组还有德国和尼日利亚。"李一边说着一边脱去睡袍。

"……IT351的部分飞机残骸在阿尔卑斯山脉中段以南26英里外被发现……已经找到43人的遗体，包括三名机组成员，其他78名失踪乘客……目前尚没有任何政府或组织宣称对此次坠机事件负责……"

"真是不幸。听汤姆说，这趟航班里有很多大人物，史丹福大学和博雅大学的几位教授研究员以及若干时尚界的高管和设计师。愿逝者安息。"

李已经穿戴好，准备去阿玛隆的实体店淘淘好书。刚关上电视，手机就响了。是婉清阿姨。

"姨娘……"

"燊燊，你爸爸……情况……不太好……"电话那头的语调有些轻微的颤抖。

李的脑袋立刻"嗡"的一下。婉清阿姨素来沉稳，除非事态确实比较严重。

"姨娘，我这就请假。您不要过度忧虑……等我回来。"

李挂了电话，立刻联系了主管，支了一个月的年假，又申请了在北京工作一个月。在 Doodle Flight 上订了当天下午直飞北京的机票，拖出小行李箱和书包，装上证件，顺手塞了几件衣服几双鞋，拿了电脑，就匆匆前往旧金山国际机场。

三十九

"父亲！父亲！"李刚一进昌平远郊的小四合院，就大声呼喊，"我回来了。"

九月的北京秋高气爽，近山的树叶都在准备换上红妆黄妆，院子里栽满了花草，引着蝴蝶游戏。麻雀和喜鹊也在房檐上树枝上歇息。通向东厢房的青砖路上站了十好几人，北面主堂上还坐了一些正在饮茶。有父亲的表妹史佳、发小儿张晨和聂方初，在博雅大学读本科时的同窗好友贾喆，在美国读博期间的挚交李恩志和马昱强，以及父亲在工作期间结识的好朋友。

"姑姑！

"小叔！婶子！

"贾叔叔！

"大伯！马叔叔！"

李向他们一一行礼。

"燊燊，你回来了！"大家都一一与李握手，招呼声中少了平常的喜悦而多了几分惆怅。

"你天笑叔叔也从日本赶回来，刚下飞机，正在路上。还有你爸的其他几位同学朋友。年纪小的时候见过，恐怕现在你已记不清了。"张晨指了指北堂里表情凝重的几位饮茶人，"前几天你父亲的学生们也都来看过了。"

"父亲他……"

"情况很不乐观。"恩志说，"前两天病情骤然恶化，睡时多醒时少，食量也不行了。昨晚请大夫来看过，但也没什么好办法。早上才睡下的，到现在似还没有醒。"

东房门半开，轻轻闪出来一位五十多岁的端庄女人，又轻轻把门合上。

"姨娘！"

"燊燊，我听到你的声音，回来就好。"婉清用手抹了抹红肿的双眼。"你父亲他刚刚醒来了，知道你回来很高兴，赶紧进屋吧。"

"哎。"

李一个箭步跃上青石阶，开门进了厢房，中年女人也随着一起进去，房门重新掩上了。

父亲靠着一床被子和枕头半坐着，看见李出现在眼前，微微露出笑意，脸上泛起些色彩。

"父亲。我回来了。"李的眼睛有些模糊了，赶紧晾起衣袖擦净，对着床上羸弱的男人微笑。

"快……坐……咳。"

李坐到床沿上握着父亲的手。

"工作……生活……咳！可还顺心？"

"嗯，一切都好。最近刚刚完成一个大项目，马上就能升职了。"

"好……好……"

"劳拉呢，咳……她好吗？"

"她……工作太忙了，不能抽身过来，请您原谅。她很好！生活上给我许多支持。"

"好好待她……别像我，咳咳……委屈了……咳……"

"嗯。"李看见姨娘冲着窗抹眼泪，自己虽已有所准备，亲见了父亲的模样仍难掩心中悲伤，喉咙里像卡了锋利的石块上下摩擦。

"燊，咳……我，时日无多……

"对死亡……咳……并不可怕……

"你事业稳定，咳，感情……有寄托……咳，我很知足……

"剩下的……就是……多……咳！

"承担社会责任……

"提高……咳……思想境界……

"还有，咳咳，多亲爱孩子们……

"尤其那些，咳……因前辈而可怜的……"

一阵急促的咳嗽和喘息后，老人还是坚持着，温柔的目光中有种无可质疑的硬度。

"学做…智慧的人…

"否则…咳…做善良…

"否则……就……诚实……

"否……咳，聪明，咳咳……都一齐，放弃……

"我记住了。"

李的头突然晕眩了一下，皱了皱眉目，疼痛就消散了。

老人已经说不出声，只是口形还在倔强地变换着。他勉强伸伸手，指了指旁边朝夕陪伴的女人。

"我明白，姨娘若愿意来美国居住最好，否则，我愿意回京谋工作，常伴姨娘身旁侍奉！"

老人冲李点点头，完全散了气力。

"姨娘，父亲怕是说得太多了，有些疲累，"李一边说着，一边站起身，"我看还是…"

"君不行兮夷犹，蹇谁留兮中洲？美要眇兮宜修，沛吾乘兮桂舟。今沅湘兮无波，使江水兮安流！望夫君兮未来，吹参差兮谁思？"

李惊诧地回身，看见父亲闭着眼睛，嘴里念起楚辞，之前的气喘和咳嗽都消失了。

"父亲！父亲！"李呼唤着老人，但他并没有回应，而是继续小声而清楚地念着：

"驾飞龙兮北征，邅吾道兮洞庭。薜荔柏兮蕙绸，荪桡兮兰旌。望涔阳兮极浦，横大江兮扬灵。"

"自从你长大，晚上就没再与父亲在同一个房间里休息，不知道这事情也是正常的。"婉清走过来，坐在床头的竹椅上，轻轻捧起父亲的左手，"他每夜睡前，都会吟这首《湘君》，我就与他同吟此辞。这些天病情恶化，身体虚弱，经常陷于恍惚，每每昏睡之前，也总是先背出这首辞来，而且气息通畅有力。你现在唤他，他自然是不能回应你的。"

"原来是这样。姨娘，您一定也身体劳累极了，趁父亲安睡，也要好好休息。我在这里盯着吧。"

"我没事，我也愿意陪着你父亲。燊燊，你先倒倒时差，用我的房间。我累了就唤你。"

……

一轮圆月当空，皎洁的月光洒满整个小院。白天的访客早已散去，相约明天再来。西屋中，李和父亲的几位密友挤在火炕上。大家都心事重重，睡不着，也不想说话。

忽然间，东屋传来一阵响动。几个人赶忙爬起来，厚衣服也顾不得穿戴，急匆匆跑到东屋门前。屋里传来中年女人的声音"大家快进来吧"，五个人才推门而入。李把门关严，踱到最前面。

老人还是在恍惚中小声念着楚辞，只是这次不再顺畅：

"横流涕兮……咳咳……潺湲……咳……隐思君……咳……兮陫侧……"

婉清此时不再流泪，显得异常镇定，甚至比平常时候还要沉着和肃穆。她紧紧握着病人的左手，略仰面轻轻地说：

"李，二十多年了……今日，容我自作主张一回。"

中年女人抽出头上的发簪，乌黑的长发如瀑布般整齐地落散于她的

双肩和后背上，清秀的面庞也被稍稍遮掩，却更加优雅动人。她再一次
握住父亲的手，低声诵道：

"寒窗十年苦，春晖一朝息。

"新丰酌绿蚁，竹林弈官棋。

"新雨春泥暖，暮雪梅花馨。

"扬帆东入海，展翼拂沧溟。"

老人的喘息声顿时平稳了，他大睁着眼睛，望着近前陪伴在自己身
旁多年的女人，竟有些不认识了。女人漱漱地流泪，男人也跟着漱漱地
哭。两相无话，只是盯着对方，脉脉地看啊，看啊，不能眨眼，不敢拭
泪。男子似乎用尽最后的气力，缓缓地抬起右手，颤抖着捧起女人的
脸。双目终于失了光彩，右手滑落。

四十

依着父亲的遗嘱，葬礼在四方的小院中进行，骨灰将散于正堂前的
桃树下。礼毕，众人散尽，只剩下李和婉清。

"孩子，把你父亲的骨灰撒了吧。"

"嗯。"

李上前几步，走到桃树跟前，躬下腰，认真地把父亲的骨灰均匀地
撒在树下的泥土中。就在他要起身退后的时候，一阵强劲的气旋吹来，
李赶紧抬手遮挡风沙。

不一会儿，气旋就消散殆尽。李挺直脊梁，松开手臂再看，已是满
树满园粉白了。

"姨娘！你看！这是……

"姨娘！"李回身寻找婉清，偌大的院子里却只剩自己与桃花。

四十一

　　"燊燊，你确定只带上它么？"张晨及其他叔伯们站在首都国际机场的登机口前。

　　"是。我与父亲以及家人的照片影像都录入到云库里了。真正重要的实物联系，应该就是它了。其余的物品，我想还是应该留给姨娘，她和父亲一直生活在一起。她不辞而别，是担心我断了在美国积累下的资源关系，回来照顾她。我若不走，怕是也难见到姨娘。"

　　"你且放心，我们这些老家伙在，你婉清姨娘就能生活得高高兴兴的。我和你几个叔伯都合计好了，轮流在你家里盯着。一来是不想让那园子荒了，二来是她若回来了，好赶紧通知你。"

　　"谢谢您们！园子维护以及您们的生活起居费用我会定期转账回来。"

　　"你小子这说的什么话！我们还需要你养活不成？！你只别收我们的住宿费就行。"

　　"临行前，我再说句不中听的，怕以后忘了或是没机会了。话重了你不要往心里去。

　　"你爸是个好人。就一点，婉清照顾了二十几年，他竟始终不动感情。只是他睡熟了以后，婉清会握着你父亲的手，默默地落泪……若是有姑娘对你如此痴情，可不能学你爸！"

　　"父亲曾经对我说，他心里一直装着别人，那个人也一定会来找他。父亲明白婉清姨娘对他的情义深重，一直以来也把姨娘看作是最亲的人。但他若是娶了姨娘，对他们三个都不忠诚。父亲受儒家影响，思想上束缚很深。但这就是父亲，变了，就不是他了。

　　"父亲弥留之际，与姨娘深情对望，并主动抚着姨娘的脸为她擦去泪水，想必已经正视了这份感情。姨娘虽一直在流泪，但我看得出，至少在那一刻，她是幸福的、满足的。"

　　"嗯。"

"你放心地走。有空儿了，就回来。北京，永远是你的家；我们，永远是你的家人。"

李再次向叔伯们深深行礼。卸下书包，接过熊，把它放在包裹的顶端，恰好露出毛茸茸的小脑袋和微笑的脸。李重新背上行囊，从容地转身向登机楼走去，一双棕褐色的眼睛，比任何时候，比任何人，都更清澈，都更笃定。